그대 마음이 부처라네

그대 마음이 부처라네

지은이_ 이정범
감수_ 강건기

1판 1쇄 인쇄_ 2012. 10. 31
1판 1쇄 발행_ 2012. 11. 5

발행처_ 김영사
발행인_ 박은주

등록번호_ 제406-2003-036호
등록일자_ 1979. 5. 17.

경기도 파주시 문발동 출판단지 515-1 우편번호 413-756
마케팅부 031) 955-3100, 편집부 031) 955-3250, 팩시밀리 031) 955-3111

값은 뒤표지에 있습니다.
ISBN 978-89-349-6032-4 03810

독자 의견 전화_ 031) 955-3200
홈페이지_ www.gimmyoung.com
이메일_ bestbook@gimmyoung.com

좋은 독자가 좋은 책을 만듭니다.
김영사는 독자 여러분의 의견에 항상 귀 기울이고 있습니다.

그대 마음이 부처라네

다큐소설 보조국사 지눌

이정범 지음 · **강건기** 감수

김영사

/
추천사
/

온누리에 불일이 항상 보조하리라

불일보조국사佛日普照國師 지눌知訥 스님이 열반하신 지 800년이 지났다. 지눌 스님의 마지막 안거처安居處였던 승보종찰僧寶宗刹 조계산曹溪山 송광사松廣寺에서 펼친 돈오점수頓悟漸修, 정혜쌍수定慧雙修, 선교일원禪敎一元의 선풍은 정혜결사 운동과 함께 우리나라 불교의 밑바탕이 되었다.

그리하여 신라시대의 원효元曉 스님과 함께 한국불교를 대표하는 고려시대 지눌 스님의 가르침은 한국불교의 큰 기둥이 되어 오늘날까지 수많은 납자들에게 이정표가 되고 있다.

또한 《수심결修心訣》《진심직설眞心直說》《권수정혜결사문勸修定慧結社文》《계초심학인문誡初心學人文》《원돈성불론圓頓成佛論》《화엄론절요華嚴論節要》《법집별행록절요병입사기法集別行錄節要幷入私記》《간화결의론看話決疑論》 등 스님의 주요 저서들은 시대가 바뀌어도 그 빛을 더하여 오늘날 국제 불교학계의 보배로 불리고 있다.

진실로 지눌 스님은 우리 겨레의 큰 보배이시다. 그러하기에 그 분의 일생과 사상은 인간답게 살려는 배움을 얻고자 하는 모든 이들의 필수 과정이 아닐 수 없다. 두루 널리 펼쳐야 할 훌륭한 가르침인 것이다.

소설로 불일 보조국사의 삶과 가르침을 배우는 기쁨이 매우 컸다. 일찍부터 많은 대중들을 위해 이처럼 흥미롭고 배우기 쉬운 책이 없음을 아쉬워한 차다. 스님의 사상을 연구한 논저는 수백 편에 이르지만 일반인들을 위한 소설은 처음이기에 더더욱 반갑지 않을 수가 없다.

오랜 기간 이 글을 쓰느라 수고한 저자와 그 전문적 풀이와 증명을 맡아주신 목우학인 강건기 박사님께 깊은 감사의 말씀을 드린다. 특히 이러한 기획을 세워 꾸준히 추진해온 김영사의 박은주 사장님과 편집자분들께도 치하의 인사를 드리는 바이다.

이 인연공덕으로 온누리에 불일佛日이 항상 보조普照하리라.

2012년 가을

보조사상연구원 이사장 현호玄虎 합장

차례

"한 생각 깨끗한 마음이 바로 도량이니
항하의 모래처럼 많은 칠보탑을 만드는 것보다 훌륭하다.
보탑은 마침내 부서져 티끌이 되지만
한 생각의 깨끗한 마음은 부처를 이룬다"

그대 마음이 부처라네

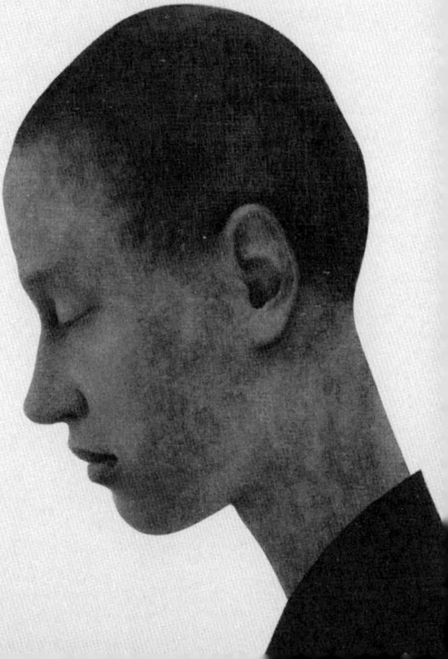

출가 인연

한 마음 미혹하여 가없는 번뇌를 일으키는 이는 중생이요,
한 마음 깨달아 가없는 묘한 작용을 일으키는 이는 부처다.
비록 미혹함과 깨달음은 다르지만 요는 모두 한 마음에서 말미암은 것이다.
그러므로 마음을 떠나 부처가 될 수는 없다.

《권수정혜결사문》

고려 의종 12년인 1158년, 황해도 동주군에서 한 아이가 태어났다. 동주군은 지금의 황해북도 중부에 위치한 고을로 905년 무렵 동주洞州로 개명된 후 황해도 평주平州에 속했다가 1270년(원종 11)에 왕의 태를 이 지역에 안장했다 하여 서흥현으로 승격된 뒤 지금까지 서흥이라는 지명이 이어지고 있다.

몇 해 전 치른 과거에 급제한 뒤 국학 학정國學學正이라는 벼슬을 얻어 개경에 머물던 정광우는 아들이 태어나고 며칠 뒤에야 고향으로 갈 수 있었다. 당시 그가 몸담았던 국학은 고려 시대 국립 교육기관으로 처음에는 국자감으로 불리다가 충렬왕 때부터는 국학

으로, 고려 말에는 다시 성균관으로 이름이 바뀌었다. 다만 신라 때부터 국학이란 명칭이 쓰인 관계로 고려 시대에도 국학으로 통용되었을 것으로 추정된다.

국학 학정의 품계는 정9품이었으나 유학을 가르치는 교수직이라 주변 사람들의 존경을 한몸에 받는 자리였다. 게다가 국학 학정의 정원은 두 명뿐이라 정광우는 가족과 떨어져 혼자 개경에서 지내다가 부인이 출산했다는 소식을 듣고 겨우 말미를 얻어 고향 집으로 달려갔다.

"부인, 고생이 많았구려."

정광우는 아이를 품에 안으며 아내에게 고맙다는 인사를 건넸다. 마침 잠에서 깨어난 아들은 또랑또랑한 눈빛으로 처음 만난 아버지를 말끄러미 올려다보았다.

"녀석, 영특하게 생겼구나. 내가 네 아비란다."

"그리도 원하던 아들을 얻었으니 든든하시겠어요."

출산한 뒤 아직 부기가 빠지지 않은 아내 조씨가 빙긋 웃으며 대꾸했다. 조씨는 황해도 연백 출신으로 몇 해 전 정광우에게 시집와 맏딸 서희를 낳았고 이제 아들까지 낳았다.

"허허허! 서희가 태어날 때와 달리 마음이 든든하다오. 백일 때 큰 잔치라도 열어야겠소. 그나저나 이 녀석의 아명兒名부터 지어야겠구려."

정광우는 이렇게 말하며 지난날 아내에게 들은 아이의 태몽을 떠올려보았다.

하루는 아내가 햇살이 눈부신 들판을 걷고 있었다. 그때 커다란 황소가 풀을 뜯고 그 곁에 한 아이가 나무 그늘 아래 팔베개를 하고 누워 콧노래를 부르고 있는 것을 보았다. 아이 옆에는 탐스러운 복숭아와 잘 익은 살구가 한 개씩 담긴 바구니가 있었는데, 그 두 개의 과일만으로 커다란 바구니가 꽉 찼다고 한다. 당시 정광우는 아내가 과일 꿈을 꾸었다는 말을 듣고 또 계집애를 얻는 줄 알고 낙담했다. 그런데 막상 아들을 얻은 후 다시 생각해보니 큰 바구니를 꽉 채울 정도의 과일도 과일이지만 소 치는 아이가 예사롭지 않게 여겨졌다.

정광우는 비록 유학 교수였지만 그 무렵 고려 불교의 양대 종파 중 하나인 선종에 관심이 많았다. 정광우는 선종의 중심 사찰인 개경 광명사廣明寺에서 본 〈십우도〉라는 벽화가 문득 떠올랐다. 〈십우도〉는 수행자가 깨달음을 얻어가는 과정을 열 개의 그림으로 묘사한 것이라고 했다. 그중 다섯 번째 벽화는 목동이 풀을 뜯는 소를 한가롭게 바라보는 내용으로 화제畵題는 '목우牧牛'라고 했다. 그 장면은 바로 조씨 부인의 태몽과 같았다.

정광우는 바로 그 점에 착안해 아들의 아명을 '목우'라 지었다.

"당신이 소 치는 목동을 태몽으로 꾸었다 하니 이 아이의 이름을 목우라고 부를까 하오."

그 말을 들은 조씨 부인이 곰곰이 생각한 끝에 대꾸했다.

"소 치는 아이라는 뜻이 썩 내키진 않지만 제가 그런 태몽을 꾸었으니 어쩌겠어요. 어차피 아명이니까……"

이명이니까 어른이 된 뒤 얼마든지 더 좋은 이름으로 바꿀 수 있겠다는 뜻이었다.

그런데 얼마 후 그들 내외에게는 차마 내놓고 말할 수 없는 고민이 생겼다. 목우는 영특하긴 했지만 왠지 혈색이 좋지 않았다. 제 누이와 달리 젖을 빠는 힘도 없고 걸핏하면 얼굴이 백지장처럼 변하거나 먹은 것을 토하기 일쑤였다. 틈나는 대로 동주로 내려가 목우를 살피던 정광우는 더 이상 그대로 보고만 있을 수가 없었다.

"목우를 이대로 그냥 두었다가는 아무래도 큰일이 날 것 같소. 이참에 개경으로 이사를 합시다."

정광우는 개경의 국학과 가까운 곳에 새 거처를 마련하고 목우가 탈이 날 때마다 의원을 부르거나 약을 지어줄 작정이었다. 그 뒤 개경으로 이사한 정광우는 국학에서 퇴청하면 곧장 집으로 돌아가 목우를 보살피는 데 여념이 없었다. 목우보다 네 살 위인 누이 서희가 여느 사내아이들 못지않게 씩씩하고 건강한 데 비해 모처럼 얻은 아들은 그렇지 못하니 답답한 노릇이었다.

병약한 목우가 과연 타고난 명대로 살 수 있을지, 만약 그렇지 못하다면 어떻게 해야 할지 고민을 거듭해보았지만 이렇다 할 결론을 얻을 수 없었다. 조씨 부인은 가까스로 젖을 빠는 목우를 볼 때마다 가슴이 에이는 것만 같았다. 아이가 수시로 입술이 새파랗게 질리고 삼복더위에도 부들부들 떠는 일이 많았기 때문이다.

"그러지 말고 가까운 절이라도 찾아가보우. 아무래도 전생의 업병業病인 듯하니 불전에 간절히 비는 게 좋지 않겠수?"

••• 〈십우도〉 중 '목우' 부분
검은 소가 흰 소가 되는 과정을 통해 오염된 성품을 닦아 깨달음으로 나아가는 것을 형상화하고 있다.

불심 깊은 이웃 아낙들이 때때로 권했지만 정광우 내외는 그것만은 피하고 싶었다. 정광우 자신이 유학 교수라는 신분 때문만은 아니었다. 국교인 불교, 그중에서도 선종에 대해 어느 정도 견문이 있던 정광우는 사월 초파일이나 팔관회, 연등회 등 국가적인 행사가 있을 때는 개경 주변의 대찰을 찾아가 복을 빌기도 했다. 그러나 전생이니 업병이니 하는 말에는 미묘한 거부감이 일었다. 과연 저 아이가 업병을 타고난 것일까? 전생에 무슨 악업을 지었다고 병을 타고났단 말인가? 정광우 내외는 부처님께 목우의 건강을 비는 대신 이름난 의원들을 찾아다녔다.

“이렇게 쓴 건 싫어요. 먹기 싫단 말이에요.”

어느덧 걸음을 떼고 또박또박 제 의사를 밝힐 줄 알게 된 목우는 탕약을 입에 댈 때마다 투정을 부리곤 했다.

“입에 쓴 약이 몸에는 좋은 법이다. 널 위해 정성껏 조제한 것이니 어서 마시렴.”

그래서였을까?

목우는 적어도 약을 먹는 동안엔 원기를 회복해 손위 누이나 또래 동무들과 제법 어울려 놀았다. 그러다가 약 기운이 떨어졌다 싶으면 다시 시름시름 앓았고, 정광우 내외는 즉시 의원에게 달려가 처방전 받기를 수없이 반복했다.

하지만 그 일도 목우가 여덟 살 되던 해부터는 소용이 없었다. 그해 봄부터 자리에 누운 목우는 온갖 탕약을 먹어도 이렇다 할 차도를 보이지 않았다. 목우가 좀체 기운을 차리지 못하자 정광우는 문득 지난날 미신이라 치부하며 한 귀로 흘려 넘겼던 업병이라는 말을 떠올렸다. 유교의 논리로는 납득할 수 없는 부분이지만 자식의 병마 앞에서는 지푸라기라도 잡고 싶은 게 부모의 심정이었다.

그러나 정광우는 차마 눈 뜨고 볼 수 없는 승려들의 행태를 떠올리며 이내 미간을 찌푸렸다. 왕권에 기대어 온갖 권모술수를 부리는 그들의 모습을 한두 번 목격한 게 아니었다. 그런데 아들의 병을 고치기 위해 그 권모술수의 본거지에 찾아가야 할 형편이었다.

"아무래도 가까운 절에 찾아가 빌어보는 게 어떻겠소?"

그 말에 아내 조씨 부인은 눈물부터 흘렸다.

"그러다가 아예 출가해야 목숨을 구할 수 있단 말을 들으면 어쩝니까? 이름난 고승 중에 그런 분이 많잖아요."

사실 정광우도 그런 상황이 내심 걱정스러웠다. 그렇다고 백약이 무효인 아들을 그냥 두고만 볼 것인가?

"내가 비록 유학을 가르치지만 목우를 살릴 수만 있다면 무슨 일인들 못하겠소? 자식 하나를 가슴에 묻느니 차라리 부처님께 바쳐 천명을 다하게 한다면…… 게다가 불법佛法은 나무랄 게 없으나 일부 승려들의 올바르지 못한 처신이 눈에 거슬리는 것이니 과히 염려할 건 없으리다."

그런 마음이 닿아서였을까?

녹음이 우거지기 시작한 그해 초여름의 어느 날, 한 탁발승이 정광우의 집을 찾아왔다.

"나무 관세음보살!"

조씨 부인은 문밖에서 울려 퍼지는 목탁과 염불 소리에 가슴이 뛰었다. 나라에서 주는 넉넉한 보시를 받고 있기에 작고 가난한 사찰의 승려가 아니라면 탁발을 다니는 일이 거의 없던 때였다. 그런데 조씨 부인이 마침 가까운 절이라도 찾아가 불공을 드리려던 차에 탁발승이 불쑥 나타난 것이다. 이런 게 인연인가?

조씨 부인은 급히 옷매무새를 가다듬고 곳간으로 들어갔다. 비록 살림이 넉넉하진 않았지만 국학 학정에게 지급하는 전시과를 통해 양식과 땔감 정도는 떨어지지 않았다. 조씨 부인은 한 말 남짓한 쌀을 탁발승에게 시주하고 간절한 마음을 담아 합장했다. 그때 발길을 돌리려던 탁발승이 입을 열었다.

"이 댁에 우환이 있군요."

"그렇습니다만 스님이 그걸 어떻게……"

"소승이 그런 걸 어찌 알겠습니까만 보살님 얼굴에 그늘이 보이기에……"

"어렵게 얻은 자식이 태어날 때부터 병약한데 지금은 그 좋다는 탕약을 먹여도 효험을 보이지 않는군요."

탁발승은 작게 혀를 차고는 합장했다.

"나무 관세음보살. 인명은 재천이라 했습니다. 불가에는 '생자필멸 거자필반 회자정리'라는 말도 있으니 모든 걸 인연이라 여기십시오. 인연입지요. 그럼 소승은 이만……"

탁발승이 무슨 말인가 하려다 말고 돌아설 기미를 보이자 조씨 부인이 다급히 그를 불러 세웠다.

"저어, 스님! 중생을 구제하는 게 스님의 본분이 아니신지요? 만약 제 아들이 천명을 다할 때까지 살 수만 있다면 어미로서 더 이상 무슨 욕심이 있을까요. 불가에 귀의라도 시켜야 한다면 그렇게 하겠단 말씀입니다."

"나무 관세음보살. 소승이 이래라저래라 할 형편은 아닙니다만 시주를 넉넉히 받았으니 아드님의 건강을 지극정성으로 발원하겠습니다. 그런데 그런 공덕으로 아드님이 병석에서 일어난다면 방금 하신 말씀을 지킬 수 있겠습니까?"

조씨 부인은 그 질문에 한동안 머뭇거렸다. 그러다가 새삼스레 다짐이라도 받으려는 듯 되물었다.

"정말 제 아이가 불가에 귀의하면 타고난 명대로 살 수 있을까요?"

"인명은 재천이라 했으니 그 또한 장담하지 못합니다. 다만 그게 아드님의 인연이라면 그 길을 따르는 게 마땅한 듯하외다. 아드님과 보살님 내외의 인연이 그렇다면 말입니다."

탁발승의 말을 듣고 난 조씨 부인은 다시 생각에 잠겼다. 그러더니 자신도 모르게 대답했다.

"아이가 오래오래 건강히 살 수만 있다면 그리하겠습니다."

"지금 하신 말씀은 소승이 아니라 부처님께 드린 약속입니다. 그러니 반드시 지키겠다는 발원이 있어야 효험이 생길 것입니다. 만약 아드님이 오늘부터 보름 안에 병석에서 일어난다면 사굴산문의 종휘선사께 보내십시오."

탁발승은 그렇게 말한 뒤 발길을 돌렸다.

'사굴산문의 종휘선사라고?'

조씨 부인은 한 번도 만난 적 없는 종휘선사의 모습을 그려보려고 애썼다.

그날 저녁 퇴청한 정광우는 아내의 말을 전해 듣고 만감이 교차했다. 아들 목우를 저대로 놓아두면 숨을 거둘지 모른다. 그런데 불문에 귀의시킨다? 만약 그게 목우를 살리는 길이라면 그냥 두었다가 가슴에 묻는 것보다는 백배, 천배 나은 일 아닐까? 여태 아내에게 말하지는 않았지만 목우라는 아명 자체가 선종에서 유래했으니 아들이 출가하는 것은 이미 정해진 운명이지 싶었다.

급한 마음에 그랬겠지만 아내는 목우를 출가시키겠노라 약속했다고 한다. 정광우 또한 지푸라기라도 잡고 싶은 마음뿐이었다. 그도 사굴산문을 이끄는 종휘선사의 명성은 익히 들어왔다. 한때는 국왕이 왕사王師로 추대하려 했지만 후학을 양성하겠다며 정중히 사양했다 하여 개경 일대에 소문이 자자했던 선승이다. 그런 스승이라면 아들을 맡겨도 괜찮지 않을까? 목우가 병을 훌훌 털고 일어날 수만 있다면……

정광우는 자신이 만약 그 탁발승을 만났더라도 아내와 똑같은 선택을 했을 것이라고 자위했다. 목우는 병약했지만 천만다행으로 끈기가 있고 영특했다. 하나를 가르쳐주면 단번에 열 개를 깨우쳤다. 허약한 탓인지 내성적인 데다 생각도 깊었다.

탁발승이 다녀간 뒤로 목우는 차츰 기력을 되찾는 듯했다. 날마다 자리에 누워 식은땀을 흘리고 걸핏하면 헛소리를 지르던 아이였다. 그런데 며칠이 지나자 그 증세가 없어졌다. 아직 온전히 회복되진 않았지만 조씨 부인이 정성껏 끓인 미음을 남김없이 비웠다. 낯이 온화해졌으며 악몽에 시달리다가 몸부림치는 일도 그쳤다. 그러더니 탁발승이 다녀간 뒤 꼭 열흘째 되던 날 자리를 털고 일어났다.

"어머니, 아버지! 저 때문에 걱정이 많으셨지요?"

목우는 여덟 살배기답지 않게 부쩍 어른스러워졌다.

"그게 부모의 마음이니 어쩌겠느냐. 아무튼 네가 탕약에 의존하지 않고도 거뜬히 일어난 것을 보니 살 것 같구나."

"저도 기운이 펄펄 나는 것 같아요. 이것 좀 보세요."

목우는 주먹을 불끈 쥐고 팔꿈치를 굽혀 보였다. 저고리 소매 사이로 상박근의 알통이 메추리알만큼 드러났다.

"에계계. 그게 뭐니?"

서희가 한심하다는 듯 놀려댔다. 그래도 정광우 내외는 자리를 털고 일어난 목우가 기특하기만 했다.

"오냐, 오냐. 그래야지."

"그런데 제가 병석에 누워 있는 동안 무슨 일이 있었나요?"

목우의 물음에 조씨 부인은 다시 눈물을 글썽였다. 정광우도 이내 눈시울을 붉혔다.

"무슨 일이 있었겠느냐. 그저 네가 자리에서 일어나길 간절히

빌었을 뿐이지."

"이제 제가 거뜬히 일어났는데 왜 우세요?"

눈치 빠른 목우가 무언가 심상치 않음을 느끼고 물었다.

조씨 부인이 눈물을 소매로 닦아내며 그간의 사정을 털어놓았다.

"사실은…… 네가 몸져누웠을 때 한 스님이 찾아오셨다. 그분께 네 건강을 되찾을 수만 있다면 널 불제자로 만들겠노라 약속했다. 부처님께 드린 약속이라 수천만 냥을 준다 해도 물릴 수 없으니 이를 어쩌면 좋겠니?"

"그렇다면, 제가 머잖아 출가를 해야겠군요?"

목우의 태연한 되물음에 이번에는 정광우가 대답했다.

"네 마음엔 어떤지 모르겠구나. 나 또한 네 어머니와 같은 심정이다."

목우는 여덟 살이라는 나이에 어울리지 않게 차분하고 냉철했다.

"너무 걱정하지 마세요. 저도 출가할 마음이 있으니까요."

아들의 대답을 듣고 난 정광우가 다시 입을 열었다.

"출가해 일심으로 수행에 힘쓰고 훗날 덕 높은 고승이 되어 추앙받는다면 고관대작이 무에 부럽겠느냐? 더구나 네가 건강하게 자라서 타고난 명을 다할 수 있다면야……"

"사실은 꿈속에서 부처님을 여러 번 뵈었어요. 부처님께서 법문하실 때 수천 명의 제자들 속에 섞여 있던 제가 딴청을 부렸고, 그래서 어른 스님들께 야단맞기도 했어요. 아마 제 전생이 게으른 중이었나 봐요. 하지만 언젠가 부처님께서 탁발을 나가시면서 제

머리를 쓰다듬어주시는 꿈도 꾸었어요. 그러니 금생에서라도 다시 출가할 수 있다면 한눈팔지 않고 수행에 힘쓸 것 같아요. 그런 때가 되면 물 만난 고기처럼 활기차게 살겠죠?"

"에구, 내 아들!"

조씨 부인은 목우를 감싸 안은 채 소리 없이 눈물을 흘렸다.

그러는 동안에도 정광우는 목우의 말을 곰곰이 되새겨보았다. 부처가 현몽했다거나 전생에 승려였을지 모른다는 말을 듣자 갑자기 그 아이가 낯설어 보였다. 아무래도 목우와 부자父子로서의 인연은 이것으로 끝나려는 모양이었다.

굴산사에서 다진 비구의 길

삼계※의 고뇌는 마치 불타는 집과 같거늘
어찌 그대로 머물러 긴 고통을 달게 받겠는가?
생사를 면하려면 부처 되기를 구하는 것이 지름길이다. 부처는 바로 이 마음이다.
마음을 어찌 멀리서 찾을 것인가? 이 몸을 떠나지 않는다.

《수심결》

정광우는 국학에 휴가를 내고 아내, 목우와 함께 길을 나섰다.

개경에서 강릉 사굴산 굴산사까지는 한반도를 동서로 가로질러 약 천릿길이었다. 하루에 100리씩 걷는다 해도 열흘이나 걸리는 먼 길이다. 그 아득하고 험한 길을 걷는 동안 정광우 내외는 차츰 파김치가 되어갔지만 그토록 병약하기만 했던 목우는 걸을수록 기운이 샘솟는 듯했다.

"녀석…… 고향과 부모 곁을 멀리 떠나는 게 그리도 좋으냐? 서희 누나

삼계三界 : 불교적인 세계관의 하나로 아직 깨닫지 못한 중생이 윤회하는 욕계欲界 · 색계色界 · 무색계無色界의 세계. 삼유三有라고도 한다.

●●● 굴산사지 당간지주
통일신라 시대 문성왕 때 범일국사가 창건한 굴산사 터에 있는 당간지주로,
우리나라에 현존하는 당간지주 중 가장 규모가 크다. 보물 제86호.

와 헤어지는 게 슬프지 않아?"

저만치 앞서서 가볍게 걷는 목우에게 정광우 내외가 물었다.

굴산사는 지금의 강릉시 구정면 학산리에 있던 사굴산문의 근본 도량이었다. 사굴산문은 신라 후기의 범일梵日국사가 847년에 개창한 구산선문의 하나로 손꼽힌다. 목우가 여덟 살 나이로 부모님과 함께 굴산사에 찾아갔을 때는 범일국사의 8세 법손인 종휘선사가 방장으로 주석하고 있었다. 지객 스님의 안내를 받아 방장실로 들어간 정광우 내외는 목우와 함께 삼배를 올린 뒤 무릎을 꿇고 앉았다.

"며칠 전, 이 아이의 이야기는 들었습니다. 그래…… 귀한 아들을 불제자로 만들 각오는 되셨습니까?"

종휘선사가 인자하게 물었다.

"워낙 허약한 아이라 출가 생활을 잘 견딜 수 있을지……"

조씨 부인이 걱정스러운 얼굴로 대답했다.

그러자 종휘선사는 목우에게 눈길을 던지며 물었다.

"제법 총기가 있어 보이는구나. 넌 어떠냐?"

목우는 머뭇거리지 않고 바로 대답했다.

"스님께서 허락하신다면 중노릇을 제대로 해보고 싶습니다."

"허허허! 중노릇을 제대로 해보겠다? 맹랑한 녀석이구나."

이때 정광우가 나섰다.

"스님, 이 아이가 태어날 때부터 병고에 시달린 탓에 제가 발원한 게 있습니다. 건강하게 살아갈 수만 있다면 아이를 불제자로 만들겠다고요. 그리고 지금 그 약속을 지키기 위해 천릿길을 멀다 않고 찾아왔으니 부디 잘 살펴주시길 부탁드립니다."

종휘선사가 다관에서 우려낸 차를 네 개의 잔에 차례대로 따르며 조용히 말했다.

"불가에는 인생난득, 장부난득, 불법난득, 정법난득이라는 말이 있습니다. 이것을 사난득四難得이라 하는데 다시 말하자면 사람으로 태어나기 어렵고, 그중에서도 장부로 태어나기 어려우며, 장부가 불법을 만나는 것은 더욱 어렵고, 불법 중에서도 바른 진리를 만나는 게 더더욱 어렵다는 뜻입니다. 이 사난득의 어려움을 흔히 맹귀우목盲龜遇木에 비유하는데 100년에 한 번씩 물 위로 떠오르는 눈먼 거북이 망망대해에서 구멍 뚫린 나무판자를 만나는 것만큼이나 힘들다는 말이죠. 그러니 이 아이가 사내로 세상에 태어난 데다 이제는 불법을 만나기 위해 천릿길을 달려왔고, 더구나 정법을 배우고자 하니 대장부의 장도를 축하하고 격려해주시는 게 어떻겠습니까?"

종휘선사의 말을 듣고 난 정광우는 줄곧 가슴을 누르던 근심 덩어리가 봄볕의 눈처럼 사라지는 듯했다. 아들과 속세의 인연이 다했다는 각오를 했으면서도 어미로서 애끓는 모정을 감추지 못하던 조씨 부인도 마찬가지였다.

"스님 말씀을 듣고 나니 돌아가는 발길이 깃털처럼 가볍습니다."

정광우 내외는 종휘선사가 대접한 차 한잔을 비운 뒤 자리에서 일어났다. 속인으로서는 마지막으로 보게 될 아들이 산문 밖까지 배웅을 나왔다. 목우 또한 부모가 떠날 때는 잠깐 목이 메는 듯했지만 끝내 눈물은 보이지 않았다.

종휘선사는 이튿날 아침 손수 목우의 머리를 깎아주고 법명을 내렸으니 그 이름이 지눌知訥이었다.

"예부터 성인들은 말을 삼가는 대신 생각이 깊었다. 너 또한 어눌하고 과묵하게 깨달음을 얻으라는 뜻으로 지눌이라는 이름을 내릴 것이니 목우라는 아명은 훗날 자호로 쓰고 오늘부터는 지눌로서 새로운 인생을 살도록 해라."

그러고 보면 지눌이라는 이름은 나이에 비해 생각이 깊은 목우에게 참으로 어울리는 법명이었다.

"이곳 굴산사는 수백 년 전 범일국사가 창건하신 수행 도량이다."

지눌에게 사미십계[※]를 내리고 난 종휘선사가 굴산사의 내력을 담담히 들려주었다.

"너도 오늘 이곳에서 머리를 깎았으니 이젠 범일국사의 직계 제자라는 자격을 갖춘 셈이다. 그런 뜻에서 범일국사가 어떤 분인지 알아둬야 옳지 않겠느냐?"

종휘선사의 물음에 지눌은 다소곳이 대답했다.

"네에, 스님."

"그분은 이 고을 명주(강릉에 있던

사미십계沙彌十戒 : 불교 교단에 처음 입문한 수행자(사미)가 받는 열 가지 계율.

지역)에서 태어나셨단다. 하루는 국사의 어머니께서 이곳 굴산사 석천石泉 샘물을 마시려고 물을 펐는데 바가지에 붉은 해가 떠올랐다는구나. 국사의 어머니가 이상하게 여겨 그 물을 버리고 새로 떴지만 붉은 해는 좀처럼 가시지 않았다는 게야. 하는 수 없이 붉은 해가 떠 있는 샘물을 마셨더니 곧이어 태기가 생겨, 13개월 만에 아들을 낳았지……"

구족계具足戒 : 사미, 사미니가 일정한 수행을 마친 뒤 비구와 비구니가 되기 위해 받는 계율. 모든 계율이 완전히 구비되었다는 뜻에서 구족계라 부르며, 이 계율을 잘 지키면 열반의 경지에 이른다고 한다.

종휘선사는 그쯤에서 말을 멈추고 찻잔을 들어 입술을 적시는가 싶더니 다시 굴산사의 내력을 지눌에게 들려주었다.

아직 시집도 가지 않은 처녀가 아이를 낳자 그 집안에서는 범일을 학바위 밑에 버렸는데 여러 학들이 그를 품어 생명을 구했다. 그 모습을 본 어머니 문씨는 아들을 몰래 데리고 와 키웠다는 것이다.

범일은 열다섯 살에 출가해 스무 살에 구족계※를 받았다. 그리고 831년(흥덕왕 6)에는 당나라로 유학했다. 범일이 스승으로 섬긴 사람은, 마조도일馬祖道一의 법을 계승한 뒤 중국 남쪽에서 선禪을 크게 진작한 염관제안鹽官齊安이었다. 범일이 제안선사를 찾아가 인사를 드릴 때였다.

"그대, 어디에서 왔는가?"

제안의 뜬금없는 질문에 범일은 굴하지 않고 대답했다.

"동쪽 나라에서 왔습니다."

"바다로 왔는가, 아니면 뭍으로 왔는가?"

"양로를 밟지 않고 왔습니다."

"이미 양로를 밟지 아니했거늘 그대가 어찌 이곳에 도달할 수 있었을까?"

이때 범일이 바로 응수했다.

"일월日月이 동서東西에 무슨 장애를 받겠습니까?"

이 말을 들은 제안선사는 박장대소하며 범일을 크게 환영했다.

"그대 과연 동방의 보살이로군."

이때 범일이 겸손하게 여쭈었다.

"성불의 길을 알고자 합니다. 무엇인지요?"

"평상심이 도인 것이지."

이 한마디에 범일은 크게 깨달았다. 그 뒤 범일은 제안선사의 문하에서 6년 동안 수행한 뒤 석두희천石頭希遷과 마조도일에게 깨달음을 인가받은 약산유엄藥山惟嚴을 찾아가 불꽃 튀는 선문답을 나누고 재차 인가를 받았다.

그 무렵 당 무종武宗이 법난을 일으켰는데 이를 역사에서는 무종의 연호인 회창會昌을 따 '회창의 폐불廢佛' 또는 '회창법난'이라 부른다. 845년 도교의 조귀진趙歸眞 도사道士가 무종에게 "유교와 불교를 방치하면 앞으로 나라를 망칠 것입니다"라고 진언하자, 황제 무종은 대도시인 장안과 낙양에 각각 사찰 네 개만, 그 밖의 각 주에는 한 개 사찰만 남긴 채 전국 4만여 도량을 폐사했다. 아울러 승려 26만여 명을 강제로 환속시켰다.

이 와중에 신라를 비롯한 주변국 유학승들이 더 이상 발 디딜 곳이 없자 범일은 상산商山의 산속에서 반년 정도 숨어 지내다가 소주韶州에 있는 6조 혜능慧能의 탑을 참배한 뒤 귀국했다. 이때가 847년이었다.

범일이 귀국하기 20여 년 전부터 신라에서는 도의, 홍척, 혜철 등이 저마다 산문을 개창하며 선종을 널리 펼치고 있었다. 물론 그때만 해도 신라 승단은 교종이 장악한 때라 선종은 많은 시련을 받았다. 그럼에도 구산선문이 형성되려는 시대의 흐름은 도도했다.

귀국한 범일도 시절 인연을 기다리면서 백달산※에 머물며 몇몇 제자들에게 선종을 전파하다가 귀국 4년 만인 851년에 당시 명주 도독의 청을 받아들여 굴산사로 옮겼다. 자신의 탄생 설화를 간직한 고향으로 돌아갔던 셈이다. 그 뒤 범일국사는 40여 년 동안 굴산사에서 후학을 양성했는데, 그를 따르던 제자가 500여 명이 넘었다. 그래서 당시 굴산사에서 밥을 지을 때면 쌀뜨물이 동해 앞바다까지 흘러갔다는 이야기가 전할 정도였다.

종휘선사에게서 그런 이야기를 듣고 난 지눌은 자긍심을 느끼면서도 한편으론 궁금한 게 많아 답답한 마음이 들었다. 대체 구산선문은 무엇이며 선

백달산 : 지금의 대전광역시 대덕구와 동구에 걸쳐 있는 산으로 해발 429미터이다. 산줄기가 닭발처럼 퍼져 나갔다 하여 계족산이라 부르기도 한다.

종과 교종에는 어떤 차이가 있을까? 중국의 황제는 왜 모든 사찰을 없애버렸을까? 지눌은 그런 사소한 것들이 궁금했지만 일일이 묻기엔 종휘선사가 어렵기만 했다.

고려는 불교를 국교로 받드는 왕조답게 사찰마다 전답과 함께 사노寺奴를 두어 살림을 꾸려나가도록 했다. 대사찰인 굴산사도 마찬가지여서 사찰 노비들이 땔감과 공양, 청소 등 행자들의 소임을 맡고 있어 지눌은 경전을 배우고 승려로서 의식을 익히는 일에만 전념할 수 있었다.

그런데 지눌이 사미 생활에 차츰 익숙해질 무렵, 종휘선사가 말했다.

"예전 중국 당나라 시절에 백장회해百丈懷海선사가 계셨다. 그분이 우리와 같은 선원에서 대중이 지켜야 할 생활 규칙을 정했는데 그것을 《백장청규百丈淸規》라고 부른다. 백장 노사가 정한 청규라는 뜻이다. 여기서 청淸이란 청정대해중淸淨大海衆의 첫 글자이니 넓은 바다와 같은 청정한 무리를 말한다. 다시 말해 우리 같은 출가 수행승은 청정을 본질로 삼아야 한다는 뜻이기도 하다. 당시만 해도 중국엔 선원이 따로 없어 선사들은 청빈하게 살아야 했다. 지금의 고려처럼 사전과 사노를 지급받지 못했으니 승려들은 가만히 앉아 수행에만 전념할 형편이 아니었다. 그래서 《백장청규》 중 가장 유명한 대목이 '일일부작 일일불식日一不作 日一不食', 그러니까 하루 일하지 않으면 하루를 굶어야 한다는 것이었다. 그게 청정대해중의 원칙이었으니 너 또한 틈틈이 몸을 놀려 절 안팎의 살림을 거들어야 할 것이다."

지눌은 스승의 말씀을 가슴 깊이 새기며 틈나는 대로 사노들과 더불어 땔감을 구하거나 법당 청소를 했고 때로는 밥 짓는 일도 거들었다. 처음에는 익숙하지 않은 데다 몸도 허약해 힘이 들었지만 차츰 몸놀림이 가벼워졌다. 전생부터 출가 생활에 인연이 깊었던지 속세 부모님이 탕약을 달여 바치지 않으면 하루도 견디지 못했던 건강도 몰라보게 회복되었다.

당시 굴산사에는 수십 명의 수행승이 있었는데 그들 대부분은 지눌보다 나이가 많은 사형師兄이었다. 지눌이 처음 출가해 사미계를 받고 난 뒤의 일이다. 문밖에서 낭랑하게 울려 퍼지는 도량석과 사형들의 부스럭거리는 소리에 놀란 지눌은 인시寅時(오전 3시~5시)가 되기도 전에 자리에서 일어났다.

"졸리지 않느냐? 아침 공양 때까지 더 자려무나."

사형들 중에서 가장 나이가 많은 만학이 다독여주자 지눌은 고맙다기보다 부끄러웠다.

"괜찮습니다, 사형. 저 또한 어엿하게 사미계를 받았으니 속세와는 달리 살아야 한다고 여깁니다. 맘껏 자고 게으르게 지내며 절밥을 축낼 수야 있나요?"

"그 녀석……"

지눌은 출가 전 꿈에서 본 것처럼 목탁과 함께 낭랑한 독경 소리가 들리면 오뚝이처럼 몸을 일으켜 세우곤 했다. 이불과 베개를 정돈하고 법의를 갖춰 입은 그가 대웅전으로 향할 때쯤이면 종송에 이어 불전사물이 시작되곤 했다. 쏟아질 것만 같은 샛별들을 헤아리며 차수를 한 채 대웅전에 이르면 청아한 새벽 공기에 가슴마저 맑게 씻기는 느낌이었다.

불전사물 : 사찰에서 조석 예불을 할 때 사용하는 네 가지 법구로 범종, 법고, 목어, 운판을 통틀어 가리킨다.

차수叉手 : 두 손을 어긋매껴 마주 잡음.

지눌이 처음 새벽 예불에 동참할 때 만학 사형이 불전사물의 의미를 들려주었다.

"범종은 천상과 지옥 중생을 제도하기 위해 새벽에 28번, 저녁에 33번 치는 것이다. 법고는 여러 짐승과 중생의 어리석음을 일깨워주기 위해 치며, 운판은 공중을 날아다니는 조류와 허공에 떠도는 영혼을 제도하기 위해, 목어는 물속에 사는 어류 중생을 제도하기 위해 치지."

예불에 이어 발원문, 반야심경, 천수경, 금강경 순서로 이어지는 독경이 모두 끝나면 지눌은 서둘러 공양간으로 달려가곤 했다. 이미 아침 끼니가 김을 피워내고 있었지만 혹시라도 거들 일이 있을까 해서였다.

지눌의 여러 사형 중에서 가장 가깝게 지낸 도반은 두 살 위인 득재得材 사미였다. 득재는 어려서 부모를 잃은 뒤 가까운 친척 집에 맡겨졌다가 출가했다고 한다. 조실부모한 점에서는 지눌에 비해 불우한 처지였으나 불의를 참지 못하는 성격에 부지런히 수행해 도를 깨우치겠다는 열정만큼은 막상막하였다. 그런 득재가 곁에 있어 지눌은 무엇보다 든든했다. 지눌은 1년 먼저 입산한 득재를 사형으로 대우했고, 득재는 지눌을 친아우처럼 아껴주었다.

"사형은 앞으로 어떤 비구가 되고 싶으세요?"

하루는 지눌이 득재와 함께 공양간으로 장작을 나르다가 아궁이 앞에서 물었다. 가마솥에선 대중들이 쓸 목욕물이 펄펄 끓었는데 불을 때던 사노가 타는 장작을 꺼내 옆 아궁이로 옮기는 중이었다. 그럼에도 아직 몸이 완전히 식지 않은 나무들이 이글이글 타며 열기를 내뿜었다.

"그건 무슨 말이야? 출가를 했으면 하루빨리 깨달음을 얻고 중생을 제도하는, 상구보리 하화중생 외에 무슨 목적이 있겠어?"

득재가 의젓하게 대답했다.

"어찌 해야 진리를 깨달을 수 있을까요?"

"그거야 큰스님께 여쭤보아야겠지."

"……"

지눌은 득재에게 한마디 하려다가 그만 입을 다물었다. 정말 큰스님은 깨달음을 얻으셨을까? 깨달은 분들은 마음의 문이 활짝 열려서 멀리 떨어진 곳의 일이나 미래의 일도 훤히 아신다는데 그게 사실일까?

지눌은 이따금 종휘선사가 지나가는 말처럼 툭툭 던지는 말씀이 예사롭지 않다는 것을 느꼈다. 마치 자기의 속마음을 꿰뚫는 듯한 말씀에 움찔할 때도 많았다. 그래서 처음 출가할 때와 달리 스승을 대하는 게 날이 갈수록 조심스럽기만 했다. 하지만 지눌에게는 그런 스승의 모습과 함께 출가 전에 이따금 접했던 승려들의 언행이 무서운 선입견으로 남아 있었다.

지눌은 어려서 부모님을 따라 개경의 저잣거리는 물론 멀리 떨어진 벽란도까지 나들이를 하곤 했다. 대부분 원인을 알 수 없는 그의 병을 치료할 만한 약재를 구하기 위해서였다. 그때 번화한 거리에서 삭발염의의 승려들을 심심치 않게 보았는데 그들은 하나같이 인상이 험악한 데다 눈빛마저 흐렸다.

"이봐! 오늘까지 밀린 이자가 반년 치가 훨씬 넘은 걸 알고 있어?"

몇몇 승려는 상인들의 가게를 에워싼 채 협박을 일삼았고 때로는 물건을 마구 휩쓸어 가거나 가게 안의 집기를 부수곤 했다.

그럴 때마다 어린 지눌은 아버지 뒤로 몸을 숨기며 물었다.

"아버지, 왜 스님들이 저런 짓을 하죠?"

"글쎄다. 하지만 모든 스님이 저렇지는 않아. 부지런히 도를 닦으며 많은 사람들의 존경을 받는 스님이 더 많단다. 임금님이나 귀족들을 가르치는 덕 높은 고승도 많이 계시지."

지눌은 아버지의 말씀을 믿기로 했지만 출가한 후에도 술에 취해 비틀거리거나 별다른 이유도 없이 사람들에게 호통치는 저잣거리 스님들에 대한 선입견이 완전히 사라지진 않았다. 한 가지 위안이 있다면 굴산사 사형 대부분이 개경에서 보았던 승려들과는 사뭇 다르다는 점이었다.

지눌의 행자 생활은 대부분 득재를 비롯한 사형들을 본받는 것으로 이루어졌다. 새벽 예불에서부터 아침 공양, 사시 예불, 청소와 울력, 경전 공부와 참선 수행에 이르기까지 모든 일과가 빈틈없이 이어졌다.

굴산사의 다소 엄격한 대중 생활과 달리 당시 고려 사회와 정치, 더 나아가 승단은 수많은 폐단을 드러냈다. 고려 왕조는 초기의 혼란을 잘 수습한 뒤 문물과 제도를 완성해 제16대 예종 때는 전성기를 누렸다. 1105년에 즉위한 예종은 3년 뒤인 1108년, 윤관으로 하여금 여진족을 정벌하게 하여 함흥 일대에 9성을 쌓았다. 그리고 1119년 이후 새로 일어난 금金나라와 교류를 시작해 대내외적인 안정을 이룰 수 있었다.

하지만 예종의 맏아들인 인종이 즉위한 뒤로는 사정이 달라졌다. 중앙 문벌 귀족들이 왕권에 노골적으로 도전했기 때문이다. 그중 대표적인 인물이 이자겸이었다. 이자겸 가문은 오래전부터 왕실과 혼인 관계를 맺으면서 막강한 외척 가문으로 성장했다. 이자겸도 그런 전통을 이어받아 자신의 딸을 예종에게 시집보내 왕의 장인으로 세력을 떨치기 시작했고, 그것도 모자라 나중에는 외손자인 인종에게 자신의 두 딸을 시집보냈다. 따라서 인종은 이자겸을 외조부이자 장인으로 모셔야 할 형편이었다.

이렇게 대를 이어 권력을 확실하게 다진 이자겸은 왕권을 능멸하는 짓을 서슴지 않다가 인종 주변 사람들이 이를 견제하려고 하자 마침내 반란을 일으켰다. 이를 '이자겸의 난'이라고 한다. 이자겸의 난은 지눌이 태어나기 32년 전에 일어난 일이다.

결국 이자겸이 외손자이며 사위인 인종에게 제압당하면서 전성기를 누리던 문벌 귀족들은 된서리를 맞았다. 하지만 왕권에 대한 도전뿐만 아니라 개경과 서경 세력의 대립은 계속 이어졌는데 대표적인 사건이 '묘청의 난'이다.

근대 역사가 신채호가 묘청의 난을 '조선 역사 천 년 이래 최대 사건'이라 일컬은 것은 묘청 또는 그와 뜻을 함께했던 세력의 자주의식을 강조하려는 의미였다. 그러나 서경으로 천도하고 금나라를 정벌하자는 묘청의 주장에는 현실성이 없었다. 게다가 묘청의 난이 고려 사회에 끼친 영향은 매우 컸다. 정치와 사회 기강이 흔들렸으며 신분 질서가 무너져 하극상 풍토가 만연했다.

이와 같은 영향으로 지눌이 살아 있는 동안 '서계의 민란'(1172년)을 비롯해 수많은 농민 봉기와 민란이 줄을 이어 일어났다. 이런 가운데 지눌이 열세 살 되던 해에 일어난 '무신의 난'과 서른아홉 살 때 일어난 '최충헌의 난'은 지눌의 생애와 사상에 적지 않은 영향을 주었다.

무신정변과 승려들

깊이 관찰하여 항상 고요히 하여 온갖 인연을 잊고,
단정하게 앉아 바깥세상을 버리고 안으로 마음을 비춰 보되
먼저 고요함으로써 생각을 다스리고,
다음에는 깨어 있음으로써 혼미함을 다스려야 한다.

《권수정혜결사문》

지눌이 출가한 지 5년째 되던 1170년 가을이었다. 어느덧 그는 열세 살이라는 나이에 걸맞게 수행승의 위의를 갖췄으며 대중 생활에도 능숙해졌다.

지눌은 출가한 이래 종휘선사에게서 참선 수행에 대한 깊은 가르침을 받았으며, 득재를 비롯한 사형들에게서 세탁과 세면 등 사소한 일상에서부터 출행하는 법, 객승 접대하는 법 등 수행자가 지켜야 할 세세한 부분까지 익혀나갔다. 그리고 《금강경》《화엄경》《법화경》을 비롯한 주요 경전과 옛 스승들이 남긴 경책※을 외우고 실천하는 일에도 소홀함이 없었다. 그중에서도 중국 백장회

경책警策 : 수행자들이 수행할 때 정신이 이완되거나 지나치게 긴장하는 것을 풀어주기 위해 죽비로 어깨나 등을 두들기는 것. 그 말과 뜻이 넉넉히 사람의 정신을 깨우쳐줄 만한 글귀를 비유하기도 한다.

해의 제자이며 위앙종潙仰宗의 개조가 된 위산영우潙山靈祐 선사의 경책은 당시 지눌이 늘 염송하던 것이었다. 특히 지눌은 어려서 떠난 고향과 부모, 형제가 그리울 때마다 위산영우의 경책을 암송하며 출가자의 본분을 되새기곤 했다.

무릇 출가한 사람은 걸음을 옮겨 나아감에
세상을 뛰어넘으며 마음과 몸을 세속과 달리한다.
성인의 전통을 이어받아 더욱 융성하게 하여
마군들이 두려워 떨게 한다.
네 가지 은혜에 보답하고 삼계 중생을 제도해야 한다.

夫出家者 發足超方 心形異俗
紹隆聖種 震懾魔軍 用報四恩 拔濟三有

여기서 네 가지 은혜란 부모와 스승, 국가, 시주의 은혜를 말하는 것으로, 출가자는 그런 여러 은혜에 보답하기 위해 중생 제도를 본분으로 삼아야 한다는 가르침이었다.

종휘선사는 제자들에게 선 수행을 강조했으나 참선만이 깨달음에 이르는 유일한 방법이라고 내세운 적은 없었다. 당시 선종과 교종의 갈등이 극심한 가운데 지눌이 종휘선사처럼 열린 마음을 지닌 스승을 모시게 된 것은 행복한 일이었다.

종휘선사의 영향을 받은 지눌은 어느 한 종파나 고승의 가르침에 치우치지 않고 진리를 탐구하려는 모든 이들과 경전, 연구서를 스승으로 삼았다. 지눌이 선과 교로 양분되어 대립하던 불교계를 회통할 수 있었던 것도 열린 사고방식 때문이었다.

유난히 무더웠던 그해 여름이 지나고 한창 가을이 깊어갈 때였다. 다른 사형들을 따라 한 달 남짓 만행을 하고 돌아온 득재가 개경에서 일어난 일을 지눌에게 전해주었다.

"얼마 전 개경에서 큰 난리가 났다던데."

득재가 밑도 끝도 없이 난리라는 말을 꺼내자 지눌은 무슨 소린가 싶었다.

"난리라니? 외적이라도 쳐들어왔단 말이오?"

"그게 아니라 상장군 정중부, 견룡행수 이의방 같은 여러 무신이 임금님이 보는 앞에서 문신들을 모조리 죽여 없앴다는군."

"네에?"

지눌은 놀란 나머지 입을 다물지 못했다.

"무신이 대체 문신들을 왜 죽여요?"

"자세한 내막은 모르겠지만 그동안 무신이 문신에게 무시당하고 차별 대우를 받았으니 불만을 가질 만도 했지. 얼마나 화가 났으면 문관을 쓴 자는 서리라도 씨를 남기지 말라고 했을까."

만행萬行 : 여러 곳을 두루 돌아다니면서 닦는 온갖 수행.

서리胥吏 : 관아에 속하여 말단 행정 실무에 종사하던 사람.

그 말을 듣는 동안 지눌은 불현듯 속가의 아버지를 떠올렸다. 국학 학정인 아버지도 직급 낮은 문신인데 별일은 없을까? 지눌이 출가한 후 정광우는 굴산사로 편지를 자주 보내거나 가족과 함께 찾아와 아들의 안부를 물었다. 덕택에 지눌은 속가의 일을 자세히 알 수 있었고 수행에 더욱 전념할 수 있었다.

그런데 무신이 들고일어나 문신의 씨를 말리려고 했다면 아버지도 무사하지 못할 것이었다.

지눌은 벌떡 일어나 걸망을 챙겨 들었다.

"어딜 가려고?"

득재가 물었다.

"아무래도 속가에 가봐야겠어요. 부모님 안부가 궁금해서요."

지눌이 답하자 득재는 고개를 저었다.

"큰스님께서 허락해주실까? 그것보다 그 난리가 지난 8월에 일어났다니 만약 자네 집에 변고가 있었다면 벌써 기별이 닿았겠지."

"그렇긴 하지만……"

지눌은 쉽사리 마음을 놓을 수가 없었다. 득재의 말대로 아버지가 변을 당하셨다면 9월 말인 지금까지 소식이 전해지지 않을 리 없었다. 더구나 보름 전쯤엔 아버지가 쓴 편지를 받고 바로 답장을 보내기도 했다. 건강에 유의하고 더욱 열심히 수행에 힘쓰라는 의례적인 내용이었다. 그렇다면 집안에 아무 일도 없다는 뜻이기도 했다.

잠시 생각에 잠겼던 지눌은 저도 모르게 위산영우의 경책을 외웠다.

"부출가자 발족초방 심형이속……"

출가자의 본분을 다하며 네 가지 은혜에 보답하려면 그럴 때일수록 더욱 열심히 수행에 정진해야 하리라.

"제가 경솔하고 성급했습니다. 그나저나 그런 난리가 났으니 지금쯤은 무신이 권력을 차지했겠군요?"

"아마 그리 되었겠지만 세상에 그리도 흉측한 일이 다 있을까. 어떻게 신하들끼리 서로를 죽이려고 칼을 휘두르는지, 그것도 임금님 앞에서……"

오늘날, 무신에 대한 문신의 횡포가 심하고 차별 대우가 극에 달한 것이 무신의 난의 배경으로 알려진다.

묘청의 난으로 불거진 개경파와 서경파의 대립은 의종 시대에 차츰 수그러들었다. 그러나 대대로 기득권을 누려왔던 문신 귀족은 의종의 왕권 강화 정책에 큰 불만을 가질 수밖에 없었다. 의종 입장에서는 자칫하면 왕권이 무너지고 문신 귀족 세력에게 휘둘릴 판이었다. 하지만 그는 왕권 강화라는 1차적인 목표를 이루었다고 착각해 사치와 향락에 젖어들었다. 마침 중국 대륙도 금과 남송으로 양분되어 고려와 북방 민족 사이의 갈등도 잠잠해진 상태였다.

역사에 기록된 의종의 사치와 향락은 확실히 도를 넘었다. 의종의 낭비벽으로 일반 백성의 등골이 휘자 문신들은 연일 민생을 돌볼 것을 왕에게 호소했고 이에 맞서 의종은 환관과 무신의 친위 세력을 늘려나갔다. 정중부를 비롯해 이의방, 이의민 등이 이 무렵에 발탁되어 의종을 굳건히 지켰다.

이런 가운데 의종 21년인 1167년, 김부식의 아들이자 당시 좌승선이었던 김돈중이 중대한 실수를 했다. 김돈중이 왕의 행차를 호위하던 중 타고 있던 말이 다른 무사의 말과 충돌하면서 화살 한 대가 발사되어 하필이면 왕의 가마 옆에 떨어졌다. 순식간에 일어난 일이라 화살이 어느 쪽에서 어떻게 날아왔는지 누구도 파악하지 못한 가운데 의종은 격노했다. 당장 왕을 암살하려 한 범인을 색출하라는 명령이 떨어졌다. 김돈중은 차마 자기 실수임을 자백하지 못한 채 그 사건이 하루빨리 무마되기를 기다렸다.

의종은 범인을 잡지 못한 책임을 물어 왕의 호위를 책임졌던 무신 14명을 귀양 보냈다. 이 사건으로 정중부 등은 의종이 언제, 어떻게 돌변해 무신을 박대할지 모른다는 위기감에 사로잡혔다. 왕권 강화의 가장 중요한 도구로 쓰이면서도 결국 왕에게 천덕꾸러기 대접을 받아야 했던 무신의 분노는 차츰 깊어졌다. 더구나 왕이 곳곳을 다니며 사치와 향락을 즐기자 호위 무사들은 연일 파김치가 되었다. 제때 밥도 먹지 못하고 숙소가 모자라 걸핏하면 한뎃잠을 자야 했던 그들은 날이 갈수록 의종에 대한 불만이 높아졌다.

결국 의종 즉위 24년인 1170년, 정중부와 이의방, 이의민, 이고 등은 더 이상 참지 못하겠다며 쿠데타를 모의하고 때를 노렸다. 왕의 행차가 수시로 이어지는 데다 총애하는 문신들과 어울려 밤이 깊은 줄 모르게 술과 유흥에만 취했으니 무신들은 그야말로 죽을 맛이었다. 설상가상으로 의종 측근에 있던 문신들의 무신에 대한 차별 대우도 극에 달했다.

1170년 8월 어느 날, 의종이 무신을 위로하겠다는 뜻에서 흥왕사興王寺로 행차했다. 지금의 경기도 개풍군 덕적산에 있었던 흥왕사는 고려 문종 때 10여 년의 불사를 거쳐 창건된 절이다. 모두 2,800칸 규모이며 약 1,000명의 승려가 머물 정도의 대찰이었다. 특히 금 144근, 은 427근으로 만든 금탑이 유명했다고 한다.

"그대들이 연일 짐을 호위하느라 고생이 많구나. 오늘은 마음껏 여흥을 즐기도록 하라."

의종이 이렇게 격려했는데도 무신들은 당최 흥이 나지 않았다. 마음껏 여흥을 즐기게 할 작정이라면 왕이 행차를 하지 않는 게 순서였다. 그런 다음 술과 고기를 양껏 내려주면 될 일이었다. 그런데 의종은 흥왕사까지 행차했고 더구나 무신들에게 오병수박희를 열게 했다. 무신들은 왕과 문신들이 지켜보는 가운데 서로 맨손으로 치고받는 권법을 선보여야 했으니 도무지 흥이 날 리가 없었다. 자신들이 위로받아야 할 자리에서 오히려 구경거리로 전락한 무신들은 당장 자리를 박차고 싶을 뿐이었다.

그런 까닭에 대장군 이소응은 오병수박희를 하는 흉내만 내다가 눈치 없는 젊은 무사에게 된통 당했다. 이소응이 쓰러지자 의종과 문신들은 배꼽을 잡고 뒹굴었다. 늘 그런 식으로 수모를 겪었던 무신들인지라 그 정도로 끝났으면 대충 넘어갔을지 모른다. 하지만 왕의 총애를 받던 문신 한뢰가 불쑥 나서면서 사건은 크게 불거졌다.

한뢰는 본시 거만하기 이를 데 없는 데다 왕의 신임을 믿고 무신을 매우 업신여기던 자였다.

"이런 한심한 작자가 다 있나! 명색이 대장군이란 자가 젊은 무사에게 무릎을 꿇어?"

한뢰가 다짜고짜 이소응의 뺨을 때렸다. 이 정도 되었으면 의종과 문신들은 이러다 큰일이 생기겠구나 하고 자중했어야 옳았다. 하지만 그들은 이소응이 쓰러졌을 때보다 더욱 큰 소리로 우스워 죽겠다며 배꼽을 움켜쥐었다.

이때 정중부가 나서서 한뢰에게 따졌다. 당시 정중부는 무신 중 최고인 상장군이었다.

"이게 무슨 모욕이란 말이오? 이소응은 비록 무신이라 하나 품계가 종3품인데 어찌 하급 군관도 참기 힘든 모욕을 주는 것이오?"

이 말에 정신이 바짝 든 의종이 정중부를 불렀다.

"상장군, 한뢰가 술에 취한 나머지 사리 분별을 못한 것 같소. 아까 말했듯이 오늘은 무신들을 위해 이 자리를 마련했으니 노여움을 풀고 여흥을 즐깁시다."

의종이 정중부를 달래어 살벌한 분위기가 풀어지는 듯했다. 하지만 무신들은 더 이상 모욕을 견딜 수 없었다.

"폐하가 오늘 밤 환궁하시면 다음 기회를 보아야겠지만 만약 보현원으로 행차하시면 거사를 도모합시다."

이런 모의도 모른 채 의종은 흥왕사에서 보현원으로 행차하라고 지시했다. 보현원은 개경과 남경(서울)의 길목인 장단현에 자리 잡은 고려 별궁 중 하나였다. 의종은 보현원에 연못을 만들게 한 뒤 자주 행차해 놀이를 즐겼다.

그날 의종의 행렬이 보현원에 거의 도착했을 때 이고와 이의방은 의종을 호위하던 순검들을 따돌린 뒤 직속 부하인 견룡군을 동원해 한뢰, 임종식 등 문신과 환관 들을 죽였다. 이런 긴박한 사태가 일어나자 김돈중은 재빨리 도망쳐 지금의 파주에 있는 감악산에 숨었지만 무신들에게 붙잡혀 최후를 맞았다.

이처럼 순식간에 대세를 장악한 쿠데타 세력은 그날 밤 개경으로 돌아가 숙직하던 문신을 모조리 죽였으며 태자는 진도로 유배를 보냈고 태손은 죽여 없앴다. 그리고 의종마저 거제도로 보냈다가 김보당의 복위 운동이 일어나자 경주로 유배지를 옮겼다. 그 뒤 무신정변 3년째인 1173년, 이의민이 의종의 허리를 꺾어 시해했다.

쿠데타에 성공해 단숨에 권력의 단맛을 보게 된 무신은 저희들끼리 살육을 일삼으며 차례대로 정권을 차지해나갔다. 그런 가운데 국왕들은 허수아비만도 못한 존재로 전락해 왕위에서 쫓겨나거나 의종처럼 처참하게 시해됐다. 이후 최충헌이 이의민을 죽인 뒤로는 60년 동안 아들과 손자에게 권좌를 세습해 무신은 100여 년 동안 권력을 차지했다.

불교계도 그 난이 끼친 악영향에서 예외일 수는 없었다. 태조 왕건 이후 불교는 대대로 고려 왕실과 긴밀한 관계를 유지했으며 그 와중에 현실 정치에 휩쓸리는 일이 많았다. 한 예로 인종 때 이자겸이 반란을 도모하자 이자겸의 아들이자 승려인 의장義莊이 현화사玄化寺 대중 300여 명을 직접 인솔해 반란군에 가담한 것을 들 수 있다. 이자겸은 그때의 공로를 높이 치하하며 아들인 의장을 승통僧統 다음가는 지위인 수좌首座로 삼았다.

이처럼 권력과 유착된 승가의 관행은 그 뒤 무신 정권 시기에도 예외가 없었다. 무신정변이 일어난 지 4년이 지난 1174년(명종 4)의 일이다. 당시 지눌은 열일곱 살, 어엿한 청년으로 성장했다. 학문도 더욱 깊어져 굴산사가 거느린 주변 지역 사찰에까지 명성이 자자하였다.

그 무렵 개경 주변에는 흥왕사를 비롯한 70여 개의 사찰이 있었다. 대부분 교종에 속했던 이들 사찰의 승려들은 무신정변이 일어나자 기득권을 지키기 위해 무신 세력과 등지게 되었다. 무신들은 적대적인 승려를 회유하고 포섭하기 위해 자신들이 즉위시킨 명종으로 하여금 자그마치 3만여 명의 승려를 불러들여 공양을 베풀게 했다.

그럼에도 승려들의 반발은 그치지 않았다.

1174년, 병부상서 겸 서경유수로 있던 조위총이 정중부와 이의방을 타도한다는 명분을 앞세워 군사를 일으켰다. 조위총은 3년 동안 치열하게 무신정변 세력에 항거했지만 이의방 등이 지휘하는 정부군에 패배하며 참수를 당했다. 그런데 이 와중에 귀법사를 비롯해 중광사, 홍호사, 홍화사 등 여러 사찰의 승려 2,000여 명이 정중부, 이의방 타도를 목적으로 궐기했다.

전통적으로 왕실의 외호를 받았던 불교계, 특히 교종 입장에서는 왕권을 능멸하는 무신 정권을 더 이상 용서할 수 없었을지 모른다. 하지만 그것은 어디까지나 그들의 희망이며 이상이었을 뿐, 무신 집권 세력을 당해낼 수는 없었다. 아니, 승려들의 힘이 무신보다 세다 해도 그렇게 나설 일이 아니었다. 그럼에도 권력 쟁탈전에 휩쓸려 승려 백 수십여 명이 참혹하게 목숨을 잃었다.

승려들이 세속의 일에 나섰다가 처참하게 숨졌다는 소식은 멀리 굴산사에도 자세히 전해졌다. 마침 종휘선사의 심부름을 마치고 개경에서 돌아온 만학 사형이 그 참담한 이야기를 들려주었다.

"사형, 얼마 전에도 개경에서 큰 난리가 났다던데 그 이야기 좀 해주세요."

만학 사형이 돌아오자 굴산사 대중은 개경의 소식을 자세히 알고자 모여 앉았다. 지눌도 그 틈에 끼어 있었다.

"처음엔 귀법사 승려 100여 명이 개경 북문으로 들어가 선유승록 언선彦宣을 죽였다네."

"선유승록이라면 불교 행사나 승적을 다루는 관리가 아닙니까?

왜 승려들이 선유승록을 죽인답니까?"

"언선이 무신에게 잘 보이려고 아부를 했는데 귀법사 승려들이 그 일에 앙심을 품고 죽였다는 거야. 그러자 이의방은 귀법사 승려들에게 본때를 보여주겠다며 군사 1,000여 명을 움직여 진압했는데, 그 일로 승려 수십 명이 목숨을 잃었다는군."

만학 사형의 이야기를 듣는 동안 지눌은 미간을 찌푸렸다.

"승려들도 가만히 있을 수는 없었겠지. 바로 이튿날엔 중광사, 홍화사 등 여러 사찰 승려 2,000여 명이 무신을 타도하겠다며 들고일어난 거야. 승군이 개경 동문 밖에 이르자 이의방은 재빨리 성문을 닫아걸었어. 그때 승군은 숭인문을 불태워 개경으로 난입한 뒤 이의방 형제를 죽이려다가 양쪽 군인이 충돌해 승려 100여 명과 이의방 군사 수십 명이 숨졌다네. 그런데 그게 끝은 아니었어. 이의방이 승려들의 도성 출입을 금지시킨 데 이어 승군을 일으킨 사찰마다 군사를 보내 모조리 불태워 없앴고, 승려들은 그걸 막겠다고 다시 충돌해 난리가 났었네. 그 바람에 나도 개경에 숨어 지내다가 야음을 틈타 이제야 돌아온 것일세."

"같은 승려로서 참담하고 부끄럽습니다. 어찌 그런 일이 일어났는지……"

득재가 혀를 차며 대꾸했다.

"그러게 말일세. 그나마 그들이 법상종이나 화엄종 승려들이라 우리 선승은 큰 피해를 입지 않았지만 속인들 눈에야 학승이나 선승이나 매한가지로 보이지 않겠나?"

"솔직히 우리가 그런 자들과 한통속 취급을 받는 건 불쾌합니다. 그들이 비록 왕과 문벌 귀족을 위해 들고일어났다지만 일자무식인 무신 집단과 다를 게 없잖습니까? 손에 쥔 재물과 권력을 놓치지 않으려는 속인들과 똑같지요."

이처럼 굴산사 대중의 의분은 좀체 그치지 않았으며 한동안 갑론을박이 분분했다. 논쟁의 주제는 승려들이 세속의 일에 어느 정도 관심을 갖거나 참여해야 옳은가 하는 점이었다. 한쪽에서는 중생 구제가 본분인 승려 입장에서 정치에 개입하는 것은 옳지 않다고 했다. 다른 한쪽에서는 불교가 국교로 정해진 이상 왕권이 훼손되는 것은 곧 국시國是와 국기를 흔드는 일이므로 무신 정권에 적극 맞선 교종 승려들을 이해한다는 입장이었다.

"중생을 구제하는 일은 궁극적으로 국토를 바로 세우는 일입니다. 그러니 이럴 때일수록 우리는 더욱 치열하게 수행에 매진해 각자 깨달음을 얻고 그것을 중생에게 회향해야 합니다."

"우리 왕조는 태조 이래 불교를 기본으로 삼은 나라입니다. 그 결과 전국 각 사찰의 승려들이 수행에 전념할 수 있도록 왕실의 외호를 받아왔는데 지금처럼 왕권이 능멸당할 때 그 은공을 외면하는 것은 수행자의 자세가 아닙니다. 따라서 승군을 조직해 저 극악무도한 무신들을 없애고 나라를 바로 세우려는 시도는 당연한 게 아닙니까?"

지눌로서는 사형들의 논쟁에 끼어들 마음은 없었다. 그저 수행승으로서 참다운 본분을 생각해볼 따름이었다. 하지만 정작 심각한 문제는 승려들이 현실 정치에 휩쓸리면서 승가의 기강이 극도로 문란해졌다는 점이다.

지눌이 수학하던 굴산사도 정도만 덜할 뿐 예외는 아니었다. 종휘선사는 일찍이 백장의 청규를 실천할 것을 강조했지만 이처럼 무신정변을 거치면서 일부는 나태하고 해이해졌다. 때로는 저자로 나가 술에 취한 채 밤늦게 돌아오는 도반도 있었으며 새벽 예불 따위는 밥 먹듯이 거르는 사형도 눈에 띄었다.

삼복더위가 한창이던 어느 날이었다.

새벽부터 일어나 도량석을 위해 법당 앞을 지나던 지눌은 소스라치게 놀랐다. 발끝에 물컹하는 사람의 촉감이 전해졌기 때문이다. 지눌이 겨우 정신을 가다듬고 달빛에 기대 살펴보니 도반 하나가 세상모르고 잠들어 있었다. 숨을 내쉴 때마다 술 냄새가 진동했다. 아직 얼굴은 자세히 알 수 없었으나 사형 중 하나가 틀림없었다. 지눌은 그 사형을 둘러메고 후원 쪽 요사의 빈방에 눕혀 놓았다.

그런 다음 평소처럼 도량석과 아침 공양 등의 일과를 마치고 잠시 틈을 내어 술 취한 사형에게 찾아갔다. 밝은 빛 아래 보니 평소 깍듯한 언행으로 다른 도반들의 모범이 되었던 석담 사형이었다. 그런 까닭에 지눌은 더욱 크게 놀랐다.

"저어, 사형! 아직 주무십니까? 어서 일어나십시오."

지눌이 석담을 조심스레 흔들어 깨웠다. 워낙 깊이 잠든 탓인지 석담은 지눌이 여러 번 깨운 뒤에야 겨우 눈을 떴다. 석담은 아직도 충혈이 가시지 않은 눈으로 주위를 두리번거리며 물었다.

"여, 여기가 어딘가?"

"후원 쪽 요사입니다. 이제 정신이 드십니까?"

"새벽 예불 때 날 발견한 모양이로군. 한밤중에 일주문 안으로 들어온 건 기억하는데 그 뒤로 정신을 잃은 모양이야."

"그렇습니다. 법당 앞에 웬 시신인가 싶어 대경실색했습니다."

지눌이 힐난하는 투로 대꾸하자 석담은 피식 웃어 보였다.

"자네도 알겠지만 바깥세상이 좀 시끄러운가. 그래서 속세로 나가 곡차 한잔했더니 그만 인사불성이 되었네."

"그렇게 마시는 것도 곡차 축에 낄까요? 미음이라도 끓여드려요?"

"자네에게 면목이 없구먼. 오늘 일은 혼자만 알고 눈감아주게."

지눌은 그런 사형들을 볼 때마다 답답하기도 하고 울화가 치밀었으나 당장은 뾰족한 방법이 없었다. 다만 대부분의 사형과 도반들이 속세의 일에 아랑곳없이 수행에 전념한다는 점에서 위안을 찾았다.

고려 불교는 사원 경제의 폐해가 늘 지적되어왔다. 왕실은 사찰마다 사원전을 지급했고 대부분의 사원전에 대해 세금을 부과하지 않았다. 따라서 사원전에서 생산되는 곡물은 고스란히 사찰의 수익으로 남는데 그 규모가 상당했다. 고려 말기에는 사원전의 수조지※ 면적이 10만 결, 전국 토지의 6분의 1 정도라 했으니 지눌 당시에도 규모가 매우 컸음을 짐작할 수 있다.

수조지收租地 : 국가에서 관리에게 지급하는 토지로, 조세를 받을 권리가 있는 땅.

일부 승려들은 이런 토지에서 생산되는 곡물을 밑천 삼아 직물, 기와, 면화 등을 생산해 시장에 내놓았으며 심지어 양조업에도 손을 댔다. 더 나아가 그렇게 마련한 돈으로 고리대금업을 벌여 막대한 이익을 거두었고, 그 재산을 지키려고 승군을 조직해 무력 기반을 갖추기도 했다.

이런 여파가 선 수행의 대사찰인 굴산사에도 미치지 않을 수 없었고 이에 따라 지눌은 직간접적으로 사원이 이굴화利窟化하는 과정을 지켜봐야만 했다. 결국 이때의 경험은 훗날 지눌이 정혜결사를 추진하는 중대한 계기가 되었다. 그는 《권수정혜결사문》에서 당시의 폐단을 다음처럼 날카롭게 지적했다.

> 그러나 우리가 날마다 하는 소행을 돌이켜보면 어떠한가. 불법을 빙자하여 나와 남을 구별해 이양의 길에서 허덕이고, 풍진 속의 일에 골몰하여 도덕은 닦지 않고 의식衣食만 허비하니, 비록 출가했다 하나 무슨 덕이 있겠는가. …… 나는 오래전부터 이런 일을 한심스레 여겨왔다.

문자인가, 마음인가

거울을 보는 사람은 무엇보다 먼저 제 얼굴의 곱고 더러움을 알아야 하겠거늘
어찌 남의 글에 걸리어 신비로서 날을 보내면서
제 마음을 분별하지 않고 바른 관觀을 닦지 않겠는가?
옛사람도 '불법은 오직 꾸준한 수행에 있고 항상 입으로 분별하는 것을
취하지 않는다'고 했으니 부디 가슴에 새겨야 한다.

《법집별행록절요병입사기》

지눌의 하루는 여느 대중처럼 새벽 예불과 아침 공양, 정진, 사시마지, 저녁 예불 그리고 정진과 취침으로 이루어졌다.

그는 열일곱 살 되던 해에 종휘선사에게서 비구계를 받았으며 선종 사찰의 수좌답게 사미 때부터 익혔던 참선 수행에 더욱 매진했다. 지눌이 출가한 후 처음 참선을 시작할 무렵이었다. 하루는 종휘선사가 참선 수행자의 마음가짐과 자세에 대해 자상하게 일러주었다.

"참선 수행을 하려는 자는 먼저 마음가짐부터 바로잡아야 한다. 수행자는 다섯 가지를 갖춰야 하나니 그것은 계를 지켜 몸과 마음

을 청정하게 하는 것이며 굶주림과 추위를 면할 정도의 옷과 음식을 갖춰야 한다. 또 한적하고 조용한 곳에 머물러야 하며 식제연무息諸緣務라 해서 주변을 잘 정리하고 생활을 단조롭게 해야 할 것이다. 끝으로 선지식을 가까이 모셔야 할 것이니 여기서 선지식이란 사찰 살림을 잘 꾸려서 수행인을 보호하는 분, 서로 경책할 수 있는 도반 그리고 진리를 일깨워주는 스승 모두를 일컫는다. 한편 수행자는 탐욕과 분노, 게으름, 유희를 버려야 하며 자신과 스승, 불법을 의심하지 말아야 한다. 이런 상태에서 몸과 마음, 호흡과 수면, 식사를 잘 조절하고 선정과 지혜를 얻기 위한 서원을 세울 것이며 한마음으로 정진에 몰두해야 하느니라."

오늘날 선禪은 '마음을 가다듬고 정신을 통일하여 깨달음의 경지에 이르게 하는 정신 집중의 수행'으로 정의된다. 그런가 하면 '인간이 모든 속박에서 벗어날 수 있는 자유의 길'이기도 하다.

이에 비해 지눌 당시의 선은 어떻게 받아들여졌을까? 방대하고 난해한 경전을 읽지 않고도 깨달음을 얻을 수 있는 수행법 정도로 인식되었다고 한다. 선이 이 땅에 처음 소개된 후 왕실이나 귀족보다는 호족과 서민에게서 폭넓은 지지를 받은 것도 불립문자를 앞세운 선 수행의 특징 때문이라고 할 수 있다.

지눌은 스승과 사형들의 지도를 받으며 좌선의[illegible]를 몸에 익혔고 아침 공양 후 사시마지를 올리기 전까지 선방에서 좌선을 해왔다. 하지만 오롯하지 않아서 좌선할 때면 온갖 잡념이 일어나 서로 뒤엉킬 뿐 마음을 집중할 수 없었다. 대체 이 번민은 무엇이란 말인가? 옛 조사스님들이나 스승님도 처음엔 이랬을까? 지눌은 이렇게 괴로워할 때가 많았지만 그런 고민을 쉽사리 털어놓지도 못했다.

그러던 어느 날, 종휘선사가 지눌을 불렀다.

"참선 공부는 잘하고 있느냐?"

어느덧 백발이 성성한 종휘선사는 인자한 할아버지가 총기 있는 손자를 대할 때처럼 지눌에게 물었다.

"그게 아직……"

"성급할 것 없다. 부처가 그리 쉽게 이뤄지겠느냐? 너는 문자를 좋아하니 틈틈이 이 책이나 읽도록 해라."

그렇게 지눌이 받아 든 책은 《조당집祖堂集》이었다. 《조당집》은 석가모니불을 비롯한 과거칠불에서 당나라 말기까지의 선사禪師 253명의 행적과 법어, 게송, 선문답을 담은 선종 역사책이다. 남당 시대, 초경사에 머물던 선승 정靜과 균筠이 952년에 엮었다 하며 내용 중에는 일부 신라의 선승들까지 언급되어 있다.

그러니까 《조당집》은 중국 선종뿐만 아니라 그것이 이 땅에 전해져 해동선 또는 신라선으로 발전하기까지의 과정을 담은 자료였다. 모두 20권으로 이루어진 《조당집》을 받아 든 지눌은 속으로 감읍했다.

좌선의坐禪儀 : 좌선을 할 때의 기초 법식을 가리키며 중국 송나라의 종색宗賾선사가 편찬한 규범을 뜻하기도 한다. 좌선의는 《백장청규》에 포함되어 전해지며 지금도 대부분의 선원에서 선 수행의 기본으로 삼는 규범이다.

지눌에게 책을 모두 건네준 종휘선사가 다시 말했다.

"선가에서 불립문자를 내세우고 있지만 그것은 다만 문자에 얽매이지 말라는 뜻이 아니겠느냐?"

이 말씀처럼 지눌은 덮어놓고 좌선을 하기보다는 그 근원을 알고자 했다. 그가 좀체 집중하지 못했던 것도 왕성한 지적 욕구 때문이었을지 모른다. 하지만 선가에서는 그런 지식을 경계해왔다. 건혜지,[※] 이른바 마른 지혜의 지위에 불과하다는 이유에서다. 지눌은 보살의 52가지 수행 단계를 떠올려보았다. 보살 수행의 52가지 단계란 열 가지 믿음의 단계(十信)와 열 가지 안주의 단계(十住), 열 가지 행동의 단계(十行), 열 가지 회향의 단계(十廻向), 열 가지 최종 경지의 단계(十地) 등 50가지 단계를 지나 등각等覺, 묘각妙覺의 단계를 통틀어 일컫는다. 이 52가지 단계를 거쳐야 부처와 같은 최후의 깨달음을 얻을 수 있다는 것이다.

이 가운데서도 믿음의 지혜보다 앞선 기본 단계가 건혜지, 마른 지혜라 하며, 이는 욕애가 말라서 없고, 마음이 맑아 고른 지혜이지만 여래의 법류수法流水에 붙지 못하여 마른 지혜에 지나지 않는다고 정의되는 개념이다. 그렇다면 건혜지를 수행의 목적으로 삼지 않은 바에야 이 첫 단계를 뛰어넘어야 십신, 십주 등을 거쳐 마침내 묘각의 경지에 이를 수 있다는 말이 된다. 지눌은 늘 이런 의문을 품고 있었는데 그런 욕구를 알고 있던 스승이 샘물 한 바가지를 퍼

건혜지乾慧地 : '간혜지'라고도 발음한다.

준 셈이었다.

지눌은 말없이 일어나 스승에게 삼배를 올리고 방장실에서 나왔다. 그리고 《조당집》의 문자를 하나하나 새겨나갔다. 문자에 얽매이지 말라는 스승의 가르침에도 불구하고 무수한 문자들이 지눌의 머릿속을 파고 들어가 질서 정연하게 자리를 잡는 듯했다. 특히 수백 년 앞선 시대를 살았던 조사들의 법어와 선문답, 게송 들은 때때로 운율이 되어 지눌 자신의 것인 양 입 밖으로 튀어나오곤 했다.

지눌은 《조당집》을 읽는 동시에 중국 각 선종의 종파와 법맥, 고려에 정착한 구산선문에 대해서도 그 내력을 파악해나갔다. 중국에서 선종이 하나의 종파로 정착한 것은 백장회해에 뿌리를 두었다. 백장 이전만 해도 중국의 선종은 독자적인 제도와 규칙을 마련하지 못한 채 율종律宗을 모방하는 정도로 만족했다. 그러다가 백장이 비로소 선문의 직책에서부터 공양하는 법을 비롯한 일상생활의 규율인 백장청규를 정함에 따라 선종이 자립할 수 있는 터전을 마련했다.

이렇게 성립된 선종은 통일신라 때 당으로 유학했던 법랑法朗선사가 처음으로 한반도에 소개했으나 당시 승단에서 철저히 외면당했다. 그 뒤에도 선종은 한반도에 정착하기까지 험난한 장애와 시련을 극복해야만 했다. 결국 나말여초에야 이 땅에 14개 정도의 선문이 개창되었으며 그중 선풍이 크게 진작된 실상산(남원 실상사), 가지산(장흥 보림사), 사굴산(강릉 굴산사), 동리산(곡성 태안

사), 성주산(보령 성주사), 사자산(영월 흥령사), 희양산(문경 봉암사), 봉림산(창원 봉림사), 수미산(해주 광조사) 선문 등 아홉 개 선문을 '구산선문'으로 일컫게 되었다. 구산선문은 모두 6조 혜능을 종조로 삼는 하나의 종파로 통칭할 수 있다. 그리고 구산선문 중에서도 시초가 되는 것은 도의道義선사의 가지산문迦智山門이었다.

도의는 오늘날 한강 주변에 해당하는 북한군北漢郡 출신으로 당시 기득권층과는 태생적으로 거리가 있었던 인물이다. 그럼에도 그의 수행과 학식은 탁월하여 중국으로 유학했을 때 6조 혜능의 조사당에 참배한 데 이어 강서의 홍주로 가서 마조도일의 수제자인 서당지장에게 법을 이어받고 '명적明寂'이라는 법명 대신 '도의'라는 새 이름을 받았다.

그는 백장회해를 참배한 뒤 유학 37년 만인 821년(신라 헌덕왕 13)에 귀국했다. 도의는 당시 국내에 널리 퍼진 화엄종, 법상종 등의 교학 불교에 대응해 남종선을 설파했지만 별다른 호응을 얻지 못했다. 하나의 예로 도의가 당시 화엄종 승통이었던 지원智遠대사와 나누었던 문답을 들 수 있다.

"이제 신라에서도 새로운 수행법을 꽃피울 때가 되지 않았습니까?"

도의가 묻자 지원이 되물었다.

"새로운 수행법이라니 무얼 뜻하오?"

"직지인심 견성성불 교외별전 불립문자를 종지宗旨로 삼는 선수행을 말하는 것이외다."

"그래, 당에 가서 그런 언어도단의 수행을 익히느라 수십 년을 허비했단 말이오?"

도의는 그만 말문이 막혔다.

"대사야말로 언어도단이올시다. 지금처럼 경전에만 매달리다간 제아무리 불경을 읽으며 무수한 세월을 보내더라도 심인법心印法을 끝내 얻지 못할 것이오."

이때 지원은 벌컥 화를 내며 도의를 몰아붙였다.

"무슨 그따위 마귀와 같은 소리가 다 있소. 더 이상 듣기 싫으니 썩 나가시오."

4조 도신의 법을 이어받은 법랑이 신라에 귀국해 냉대를 받던 상황과 조금도 다르지 않았다. 이런 사정은 가지산문을 개창한 보조체징普照體澄의 비문에도 기록되어 있다.

> 처음 도의대사가 서당西堂의 심인을 얻고 뒤에 신라로 귀국하여 그의 선리禪理를 설하였으나, 당시 사람들은 아직 경전의 말씀과 관법觀法을 익혀서 정신을 보존하는 가르침만을 숭상하였다. ……

결국 도의는 아직 신라에 선종을 펼칠 때가 아님을 깨닫고 설악산 진전사[※]로 들어갔다. 도의는 진전사에 머물며 제자 염거廉居에게 법을 전했고, 염거는 다시 체징體澄에게 법을 전하면서 가지산문을 개창하는 디딤돌이 되었다.

진전사陳田寺 : 강원도 양양군 강현면 둔전리에 있었던 사찰로 9세기 무렵 창건되었다가 16세기까지 이어진 것으로 전해진다. 지금 이곳에는 삼층 석탑과 도의선사의 것으로 추정되는 부도가 남아 있으며, 신흥사에서 당시 터전에 새 도량을 세워 복원했다.

그 뒤 도의의 제자들은 가지산 보림사에서 선풍을 크게 일으켜 이론보다 실천을 중요하게 여기는 불교 개혁에 앞장섰다. 체징의 행장을 기린 비문에는 '달마를 중국에서 제1조로 삼았듯이 우리나라에서는 도의대사를 제1조로 삼고 염거선사를 제2조로 하며 우리 스님(체징)이 제3조가 된다'고 새겨져 있어 도의가 처음으로 남종선을 이 땅에 소개했음이 밝혀져 있다.

도의가 중국 남종선의 법맥을 이었으면서도 신라 교종 승려들에게 박대를 당한 것처럼 당시 구산선문 개창자들은 저마다 불교계 기득권층으로부터 심한 푸대접을 받았다. 제대로 된 선방 하나 마련할 수 없어서 처음에는 교종계 사찰에 머물며 선종을 전파하는 데 힘을 기울였다.

"당신들이 주장하는 선이라는 게 뭐요?"

교종에 충실했던 일부 승려들은 새로운 개혁 바람을 몰고 온 선종에 큰 호기심을 느꼈을 것이다.

"쉽게 말해 팔만 경전을 모두 읽는 대신 고요히 마음을 집중하는 것만으로도 부처를 이룰 수 있는 수행법이라오."

"당신들은 불립문자를 내세우는데 대체 문자를 통하지 않고 어떻게 부처를 이룰 수 있단 말이오?"

“문자란 그저 달을 가리키는 손가락일 뿐.”

“참으로 쉽고도 어려운 말이구려. 하지만 내 마음이 끌리는 건 무슨 조홧속이오?”

동서고금을 막론하고 보수파와 개혁파 사이에 대립과 갈등이 상존하는 것처럼 신라 말기의 교종과 선종도 마찬가지였다. 당시 교종은 전통적으로 왕실과 귀족의 외호를 받았으며, 이는 왕을 부처와 동격으로 보는 왕권 강화 이념에서 비롯되었다. 따라서 교종은 보수적인 색채를 띠게 되었다.

이에 비해 선종은 물적 기반이 빈약한 반면 문자에 의존하지 않아도 된다는 논리에 따라 지방 호족과 서민 들의 호응을 받았다. 때마침 각 지역의 호족들은 왕실과 귀족들 사이의 갈등으로 정치가 혼란한 틈을 타 독자적인 기반을 구축해나갔다. 선종은 이런 시대 흐름 속에서 호족의 관심을 끌었고 그들의 도움으로 차츰 발전했다. 더구나 당시의 개혁파답게 기존 체제와 기득권층의 권위를 거부하며 결국 구산선문 시대를 열 수 있었다.

선종은 약 50년 동안의 맹아기를 거쳐 이 땅에 차츰 뿌리를 내렸으며 어느새 교종과 어깨를 나란히 할 정도로 교세를 떨치기 시작했다. 그러던 선종이 다시 침묵에 잠긴 것은 통일신라 말기의 혼란과 각 지역 농민들의 저항 그리고 후삼국 시대의 막이 열린 당시 상황과 무관치 않았다.

궁예와 견훤, 왕건 등은 저마다 삼국의 패권을 장악하기 위해 막대한 출혈을 감수했다. 아울러 민심을 끌어들이기 위해 불교의 여러 이데올로기를 활용했다.

궁예는 열 살 때 세달사로 출가해 선종善宗이라는 법명을 받았다. 그는 경전이나 계율보다는 무예에 관심이 많았던 사이비 승려였다. 무술 연마로 세달사 생활을 이어나가던 궁예는 때마침 각지에서 농민전쟁이 일어나자 그런 틈에 세력을 확장해나가던 호족 내지 농민전쟁의 우두머리를 물색했다. 처음에는 기훤箕萱에게 의탁했지만 기훤이 자신을 푸대접한다고 여겨 강원도 일대에서 세력을 떨치던 양길에게 찾아가 그때부터 기량을 인정받고 자기 세력을 구축할 수 있었다.

훗날 궁예가 철원에서 마진국摩震國을 세운 뒤 스스로 미륵 행세를 했으며 두 아들마저 청광보살, 신광보살로 추앙하게 했다는 일화는 유명하다. 그런 행보에서 알 수 있듯이 궁예는 민중이 난세에 마음을 의지했던 미륵 사상을 적절히 활용해 민심을 사로잡으려 했다.

혼란기였던 후삼국 때의 민중은 왕실과 귀족 중심의 교종이나, 초기의 개혁적인 색채를 잃은 채 민초의 어려움을 애써 외면하는 선종 모두에 등을 돌렸다. 그 대신 석가모니가 열반하고 56억 7,000만 년 뒤, 이 땅에 하생한다는 미륵을 기다리며 각지에 미륵 신앙을 상징하는 불상과 석불을 세웠다. 바로 그런 때에 궁예가 철원 일대를 장악하고 스스로 미륵불임을 주장한 것이다.

완산주(전주)에서 후백제를 세운 견훤은 미륵 신앙보다는 선종에 관심을 가졌다. 견훤은 왕권을 확실히 다지기 위해 호족 세력뿐만 아니라 선종 승려들을 끌어들였다. 대표적인 사례가 경보慶甫 선사에 얽힌 이야기다.

892년, 당으로 유학을 떠났던 경보가 귀국한 것은 약 30년 만인 921년이었다. 그사이 통일신라는 말기적인 혼란에 휩싸였다. 경주 출신인 경보가 귀국한다는 이야기를 듣자 견훤은 즉시 그를 만나고자 했다.

경보는 화엄사로 출가한 이래 여러 명찰에서 수행했고, 특히 성주사의 무염, 굴산사의 범일 등에게 수학한 바 있었다. 이후 당으로 가서 동산양개洞山良价의 제자인 소산광인疎山匡人에게서 깨달음을 인가받았다.

견훤은 그런 경보의 이력에 반해서 자신의 정신적 기반으로 삼으려 했다. 그래서 완산주 남쪽에 남복선원南福禪院을 세우고 그곳에 경보가 주석해주기를 원했다. 그러나 경보선사는 이런 제안을 정중히 사양하고 백계산[※] 옥룡사로 들어가 참선 수행에만 매진했다. 훗날 경보의 명성을 듣고 고려 태조를 비롯해 혜종과 정종 등 여러 국왕이 그를 스승으로 받들었다. 지금도 전라남도 광양시 옥룡사지에는 경보의 비가 남아 있다.

궁예가 미륵 신앙을, 견훤이 선종을 끌어들여 지지 기반을 강화하려 했다면 왕건은 밀교를 비롯해 불교의 다양한 사상을 받아들이는 데 힘을 기울였다. 그 결과 도선과 왕건 가문 사이에

백계산白鷄山 : 전라남도 광양시에 있는 산(해발 506미터)으로, 옥룡사지 주변은 동백 숲으로 유명하다.

얽힌 설화가 훗날 창조되는가 하면 왕건 자신도 송악(개경)으로 도읍을 옮긴 뒤 10여 개의 사찰을 창건할 정도로 깊은 신심을 보여주었다.

특히 왕건은 훈요10조를 통해 불교가 고려의 정신적인 지주임을 역설하며 후대 왕들이 그 지침을 지켜나가도록 당부했다. 훈요10조 중 불교와 직접적인 연관이 있는 조항은 1조, 2조, 6조 세 가지에 이른다.

그중 1조는 고려가 부처님의 가피를 입어 창건되었으나 훗날 간신이 정권을 잡으면서 승려들이 하자는 대로 사원을 제멋대로 바꾸고 빼앗는 일까지 생겼으니 이런 일을 못하게 막아야 한다는 것이다.

2조는 모든 절은 도선이 산수의 순역이나 형세를 골라서 처음으로 지었으므로 훗날의 국왕, 공후, 후비, 조신 들은 쓸데없이 무분별하게 사찰을 짓다가 지덕을 손상시켜 나라를 망하게 하는 일이 결코 없어야 한다는 내용이다.

6조는 정월 보름에 불을 켜고 복을 비는 것은 부처님을 섬기는 것이고 중경과 서경에서 신에게 제사 지내는 것은 하늘과 명산, 큰 강을 섬기는 일인데 이외에 쓸데없는 제도를 더 만들거나 줄이자고 건의한다면 반드시 막아야 한다는 것이다.

그런데 태조의 당부에도 아랑곳없이 그의 아들 정종, 광종이 지나치게 불교계에 호의를 베풀면서부터 문제가 생겼다. 정종은 946년에 곡식 7만 섬을 여러 절에 시주하는가 하면 일종의 장학 재단인 불명경보佛名經寶, 광학보廣學寶 등을 설치해 전국 사찰을 지원했다. 정종은 그 대가로 불교계를 왕권 외호 세력으로 만들었다. 광종도 널리 재회齋會를 베푸는가 하면 각지에 방생소를 설치했고 궐내에서 도살을 금지하며 불법을 직접 실천했다.

이 때문에 고려 초기의 젊은이들은 신분을 가리지 않고 출가에 뜻을 두었으며 많은 승려들은 수행보다 왕실의 위세를 업고 이익을 탐했다. 이렇게 되자 광종은 961년부터 과거제를 실시해 유학생을 관료로 선발했고 이때부터 불교는 국가의 정신적 지주로서, 유교는 현실적인 통치 이념으로서 역할을 분담했다.

한편 광종은 중국에서 귀화한 쌍기雙冀의 건의를 받아들여 승과僧科 제도와 승려들의 위계질서를 위한 승계僧階 제도를 마련했다. 이때부터 승과는 교종과 선종으로 나뉘어 3년마다 한 번씩 치러졌다.

광종은 불교 종단과 사상도 정비했는데, 이런 조치에 따라 선종과 교종, 염불정토 사상이 하나로 통합되었다. 이처럼 광종이 불교의 여러 종파를 통합하려 한 것은 선종을 지원하던 호족 세력을 눌러 왕권을 강화하기 위해서였다.

범처럼 날카롭게, 소처럼 우직하게

요즘 세상 사람들이 공부하는 것을 보면, 겨우 한낱 본래의 불성을 알고는
스스로 천진天眞만 믿고 선행을 많이 닦지 않는다.
그러나 그것은 진심에 통달하지 못할 뿐 아니라 도리어 게을러져 악도惡道에
떨어짐을 면치 못하거늘 어찌 생사를 벗어날 수 있겠는가?

《진심직설》

《조당집》을 아예 외우다시피 여러 차례 독파한 지눌은 비로소 참선 수행이 왜 필요한지, 고려에서 선종이 차지하는 비중은 어느 정도인지 가늠하게 되었다. 참선 이론과 고려 선종의 시대 배경을 알고 나자 선 수행에 좀 더 집중할 수 있었다. 다만 역대 국내외 선사들이 그랬던 것처럼 언제 확철대오廓徹大悟의 인연이 다가올지 알 수 없었다. 지눌은 홀연히 찾아올 깨달음의 순간을 초조하게 기다리는 대신 조사 어록을 비롯해 경전 등을 읽으면서 그 안에 담긴 진리를 찾는 일에 더욱 힘을 기울였다. 그런 자세 때문이었는지 굴산사 대중 가운데 일부는 지눌의 독서를 노골적으로 비난하곤

했다.

"우리 산문을 여신 범일조사께선 불립문자를 그리도 강조했건만 자넨 날이 갈수록 책벌레가 되가는구나!"

"그리도 문자가 좋으면 그 잘난 교종 사찰로 적을 옮기지 그러나?"

그럴 때마다 지눌은 말없이, 그러나 웃음 띤 얼굴로 사형과 도반들에게 양해를 구했다.

지눌은 경전 읽기와 정진에만 매달리지 않고 나름대로 고려 불교의 현실도 냉엄하게 바라보았다. 권력을 탐할 뿐만 아니라 속인들의 이익에 영합하려는 불교계의 풍토를 뜯어고쳐야 옳다는 의분이 그의 마음을 사로잡았기 때문이다.

그 무렵 지눌은 굴산사 연못가에 앉아 상념에 사로잡힐 때가 많았다. 연못을 뒤덮은 연잎과 연꽃 사이로 개구리들이 자맥질을 하거나 물고기들이 튀어 오르곤 했다. 그럴 때마다 연꽃 주변에 진흙탕이 일었다가 한참 만에야 가라앉았다. 하루는 근처를 지나가던 득재 사형이 걸음을 멈추며 한마디 했다.

"제아무리 진흙탕이 심해도 연꽃을 물들이지는 못하는군."

지눌이 물었다.

"우리 승가도 저와 같아야 하지 않겠습니까?"

"하지만……"

득재는 말끝을 흐리고 말았다.

"무엇보다 불법의 근본으로 돌아가야 합니다. 그러기 위해선 대중을 설득하고 사로잡을 만큼의 그릇이 되어야겠지요."

호랑이를 잡으려면 먼저 호랑이 굴에 들어가야 한다 했으니 지눌 또한 고려 불교의 현실을 개혁하기 위해서라도 승과에 급제할 필요를 느꼈다. 승과에 합격하면 대선大選으로 불리며 차례대로 대덕, 대사 등을 거쳐 나중에는 선종 승려의 최고 법계인 대선사大禪師의 지위에 오를 수 있었다. 따라서 승과 급제는 법계뿐만 아니라 승려로서의 권위를 갖추는 정식 절차였다. 그런 지위에 올라야 혼탁한 고려 불교를 바로잡자는 그의 주장에 힘이 실릴 것이었다.

지눌은 그런 길을 가기 위해 스무 살이 넘어서부터 본격적인 준비에 들어갔다. 승과 시험 장소인 선불장選佛場은 교종 도회소인 개경 왕륜사, 선종 도회소인 개경 광명사에 각각 마련되었다. 광명사는 왕건이 즉위하기 전에 살던 집을 개수해 창건된 것으로 유명했다.

지눌은 스물두 살 때 치를 1179년의 승과를 준비하려고 했다. 하지만 단지 꿈으로 그치고 말았다. 스승 종휘선사의 갑작스러운 열반과 49재 등이 겹친 탓이었다.

종휘선사는 입적하기 며칠 전 지눌을 따로 불렀다.

"큰스님, 어서 병석에서 일어나셔야지요."

지눌이 스승 앞에 무릎을 꿇고 인사를 올렸다.

"덧없는 인생이니 때가 되면 가야지. 부처님도 세상 인연을 미련 없이 떨치셨는데 나와 같은 중이 무슨 미련을 가지겠느냐?"

종휘선사는 지눌을 한동안 말없이 바라보다가 다시 물었다.

"네가 요즘 승과 공부를 하고 있다지?"

"그러하옵니다."

"쯧쯧. 닭 벼슬만도 못한 게 중 벼슬이라는데……"

"네에?"

지눌은 갑자기 뒤통수를 얻어맞은 기분이었다.

"네 그릇이면 승과 정도는 언제든 가볍게 합격할 것이다. 그러니 애써 서두를 건 없다."

지눌은 스승이 그처럼 말하는 의도를 이해하지 못했다.

"호시우행虎視牛行이라 했다. 범처럼 날카롭게 살펴보고 소처럼 우직하게 걸으라는 말이다. 네가 중노릇 잘하려면 그 말을 금과옥조로 삼아야 할 것이다."

"하오나 스님, 이번 승과는……"

"방금 호시우행이라 했거늘!"

스승이 다시금 호시우행을 강조하자 지눌은 그만 입을 다물었다. 호시우행이라! 가만히 새기고 보니 지눌 자신의 성품과 근기에 딱 들어맞는 듯했다.

결국 종휘선사는 지눌에게 호시우행하라는 유훈을 남긴 지 사흘만에 눈을 감았다. 그 뒤 다비와 49재를 치르고 전국을 만행하느라 지눌의 승과는 자연스레 3년 뒤로 미뤄졌다.

지눌은 굴산사로 출가한 이래 종휘선사에게 많은 가르침을 받았다. 하지만 그의 학구열과 개혁 의지에 큰 영향을 준 것은 스승뿐만 아니라 당대의 고승과 옛 스승이 남긴 책 모두라고 할 수 있었다.

그럼에도 은사인 종휘선사가 열반하자 전에 없이 가슴이 먹먹해졌다. 좀체 마음을 안정시킬 수 없는 나날이 지속되었다. 대웅전이며 선방, 법당 앞의 불탑, 요사, 하늘 높이 치솟은 당간지주 등 십수 년 동안 지켜보았고 눈에 익었던 모든 사물이 갑자기 낯설어졌다. 손에 익은 목탁이나 염주, 발우조차 자기 것이 아닌 듯했다.

지눌은 문득 사굴산을 떠나야 할 때가 되었음을 느꼈다. 종휘선사의 열반과 함께 굴산사에서의 인연이 다한 것은 아닌가. 흰 구름처럼 정처 없이 떠나야 할 때는 아닌가.

종휘선사의 49재를 치르고 난 이튿날 새벽, 지눌은 걸망을 챙겨들었다. 그가 방문을 나섰을 때 득재는 새벽 예불이 끝난 법당을 정리하고 요사로 돌아오던 중이었다. 어둠 속에서 두 사람의 눈길이 마주쳤다. 지눌은 푸르스름한 새벽의 미명 속에서도 득재의 당황한 표정을 느꼈다. 득재는 곧 마음을 진정시킨 듯 차분하게 입을 열었다.

"마침내 떠나려는 모양이군. 어디로 갈 셈인가?"

"백운이나 되어 이곳저곳 떠돌고자 합니다."

"그거 참, 백운이라니…… 그렇담 청산에 머물 때가 있거든 소식이나 한 자락 전해줘."

"여부가 있을까요. 다른 사형들껜 인사도 못 드렸으니 대신 말씀 전해주세요."

득재와 마주 섰던 지눌은 곧 몸을 돌려 법당 마당으로 향했다.

아직 이별도 하기 전인데 목울대까지 올라온 미련과 아쉬움 때문에 더 이상 득재 사형을 볼 수 없었다. 처음 출가할 때 고향 집을 떠나온 것보다 굴산사를 떠나는 일이 더욱 아쉬웠다. 하긴 '출가가 그리도 좋으냐'는 부모님의 핀잔을 들어가며 집을 떠난 데다 속가에서보다 갑절의 세월을 보낸 곳이었으니 굴산사야말로 마음의 고향이었다.

법당 마당에 선 채 불전에 삼배한 지눌은 타박타박 일주문을 향해 걸음을 옮겼다. 아홉 살에 입문해 14년 동안 머물던 굴산사를 하직하는 길이었다. 어쩌면 두 번 다시 굴산사 도량에 머물지 못할 수도 있었다. 그러니 그 길은 제2의 출가였다. 앞으로 어떤 일이 펼쳐질지 모른 채 부모님을 따라 굴산사로 갔던 길을 되짚어나갔다. 제2의 출가 또한 미래를 가늠하기 어려운 것은 마찬가지였다.

굴산사 일대에서 깊은 학문과 철저한 수행으로 여러 도반의 아낌과 칭송을 받던 지눌은 어느덧 일주문 밖으로 나섰다. 그런 도반들과 재회할 기약조차 없는 길이었으나 얼핏 보면 잠시 명주 읍내를 다녀올 듯한 행장行裝이었다. 그래서인지 일주문 주변을 쓸던 사노들조차 "어디 다녀오시게요?" 하고 의례적인 인사를 전할 뿐이었다.

일주문을 지난 지눌이 거의 하산했을 때, 득재가 황급히 달려오며 소리쳤다.

"이보게, 잠시 멈추게!"

득재가 작은 보퉁이를 손에 들고 빠른 걸음으로 다가오자 지눌은 멈춰 선 채 몸을 돌렸다.

“이거 걸망에 넣어둬. 먼 길에 출출할 테니 허기나 때워.”

득재가 내민 것은 전날 종휘선사의 49재를 치를 때 올린 떡이었다.

지눌은 득재 사형의 마음 씀씀이가 새삼 고마웠다. 비구란 본시 걸사乞士라는 뜻이니 밥을 빌어먹는 게 비구의 다섯 덕목 중 첫손에 꼽힌다. 그럼에도 한창 시장할 때 인가를 만나지 못하기도 할 테니 그 떡이 비상식량으로는 제격일 터였다.

“괜히 사형께 누만 끼치는구려.”

“당치 않은 소리. 그건 그렇고 자네 올해의 승과는 글렀고 다음 승과에는 틀림없이 응할 테지?”

“그래야겠죠.”

“승과 끝나고 담선법회가 열리면 나도 동참할 것이니 그때나 다시 만나겠군.”

지눌은 문득 지난날의 일을 떠올렸다. 득재는 고려의 승가를 진흙탕에 물들지 않는 연꽃처럼 가꾸자는 지눌의 제안에 크게 호응한 적이 있었다. 그리고 그런 길을 걷기 위해 우선 승과에 응시하는 것을 목표로 삼기로 했다. 지눌 못지않게 학구파인 데다 승단의 부패와 불의를 참지 못하는 득재였기에 승과 응시는 당연해 보였다. 하지만 득재는 아예 시험 준비를 포기했다. 그 일로 두 사람은 한동안 입씨름을 벌인 적이 있었다.

“왜 승과를 포기하겠다는 게요?”

"지금처럼 승단이 썩은 마당에 무슨 중 벼슬? 대체 비구가 뭐야. 인천人天의 사표師表라 하지 않는가? 이미 출가해 비구계까지 받았으니 비구 노릇이나 제대로 할 것이지 그 이상의 군더더기는 필요 없다는 생각이 들어."

"전에도 말했듯이 우리가 벼슬을 얻고 승계가 높아지는 건 군더더기가 분명합니다. 하지만 범을 잡으려면 먼저 그 굴에 들어가는 게 순서 아닌가요?"

지눌이 정색하자 득재는 고개를 저었다.

"꼭 굴속으로 들어가야 범을 잡을 수 있을까? 혼자 호랑이를 때려눕힐 힘이 없다면 여럿이 굴 밖을 에워싸고 연기를 피우는 방법도 있어."

지눌은 득재의 말에도 일리는 있다고 여겼다. 하지만 여럿이 손을 잡는다 해도 누군가는 그 무리를 이끌어가야 했다. 그래서 자신만이라도 그 진흙탕 속에 뛰어들어야 한다는 신념을 더욱 굳히게 되었다.

그렇게 몇 달이 흐른 뒤, 작별을 앞두고 다시 그때의 일이 떠오르자 지눌은 눈시울이 뜨거워졌다.

"사형, 부디 부지런히 갈고닦아 성불합시다."

"아무렴. 몸조심하고 3년 뒤에 다시 만나세."

지눌은 출가한 이래 줄곧 명주 일대에서만 머물렀다. 따라서 그가 굴산사를 영영 하직한 뒤 출가할 때와는 반대 방향으로 대관령을 넘은 것은 14년 만의 일이었다. 구절양장의 고갯길을 오르고 올라 정상에 이른 그는 나뭇가지 사이로 아스라이 보이는 명주 일대와 자신이 머물렀던 굴산사 쪽으로 눈길을 던졌다. 그러다가 그냥 보기만 해도 속이 시릴 듯한 동해안을 하염없이 바라보았다. 언제 저곳을 다시 찾을 수 있을까.

지눌은 대관령을 넘는 동안 개경 주변의 선종 사찰에 머물기로 했다. 고향과 가까우면서도 승과를 준비하기에 편리할 것이라고 생각했기 때문이다. 그러나 명주에서 개경까지 서두를 필요는 없었다. 반드시 개경 주변에 머물러야 하는 것도 아니었다. 그야말로 행운유수行雲流水의 길 아니던가. 인연 닿는 대로 5도양계를 떠돌며 선지식을 만나고 때로는 수행 정진에 전념하는 것도 나쁘지 않을 터였다.

5도양계 : 고려 때 최고의 지방 행정 구역으로 양광도, 경상도, 전라도, 서해도, 교주도의 5도와 서북계, 동북계의 양계를 가리킴. 남쪽의 5도는 일반 행정 구역이며 북쪽의 양계는 군사 지역으로 이루어졌다.

대각국사 의천과 선교 통합

요즘 가끔 보리의 마음에서 물러난 덕이 없는 사람을 보면,
그는 부처님의 계율을 전혀 의지하지 않고 삼업을 단속하지 않으며
방탕하고 게으르며 다른 사람을 업신여겨 시비를 따지는 것을 근본으로 삼는다.
…… 그러므로 번뇌가 한량없이 많아도 분노와 교만이 가장 심하고
수행의 문이 한량없이 많아도 자비와 인욕이 근원이 되는 것이다.

《법집별행록절요병입사기》

지눌은 대관령 서쪽으로 내려가 며칠 뒤 양광주도(지금의 경기도 남쪽 지역)의 광주 고을에 이르렀다. 처음에는 개경으로 갈 작정이었으나 이번 기회에 옛 신라와 백제 땅을 한 바퀴 돌아보자며 발길을 남쪽으로 돌렸다.

그가 광주와 충주 사이의 한 역에 도착하자 이미 저녁 해가 붉게 물들고 있었다. 역마에게 여물을 주던 역원驛員이 지눌의 행색을 훑어보고는 지레짐작으로 말했다.

"오늘은 빈방이 없소."

지눌은 쓴웃음을 삼키며 대꾸했다.

"아무렴 떠돌이 객승이 역에서 신세를 지겠습니까? 가까운 절이 있다면 그곳이나 알려주시오."

"남쪽으로 두어 마장 거리에 관음사란 작은 절이 있소만…… 부지런히 가면 저녁 공양은 놓치지 않겠구려."

지눌은 역원이 일러준 대로 관음사 쪽으로 걸음을 옮겼다. 하지만 막상 도착하고 보니 이미 공양 때가 지난 뒤였다.

도량은 그리 넓지 않았고 당우 또한 대여섯 채에 불과한 사찰이었다. 마침 마당을 쓸던 사노가 지눌을 맞았다.

"어디서 오신 스님이시우?"

지눌은 순간 뭐라고 대답할까 망설였다. 사노의 물음에 허를 찔린 듯했기 때문이다. 어디서 온 중이냐? 대체 난 어디서 출발한 것일까? 내 인생은 어디서, 어떻게, 왜 시작된 것일까? 어디로, 어떻게 흘러 끝을 맺을 것인가? 지눌은 한순간, 부질없는 상념에 잠겼다가 사노의 부릅뜬 눈을 의식하며 입을 열었다.

"구름처럼 명산대천을 떠돌다가 예까지 밀려왔구려. 날이 저물어 하룻밤 머물까 하는데……"

"그거야 여기 큰스님이 결정하실 일입죠."

사노가 시큰둥하게 답했다.

지눌은 사노를 그대로 놓아둔 채 대웅전으로 들어가 108배를 마쳤다. 얼마 뒤 그가 밖으로 나서자 백발이 성성한 노승이 뒷짐을 진 채 서쪽 하늘을 바라보고 있었다. 무뚝뚝하게 지눌을 맞았던 사노가 옆에서 한마디 거들었다.

"우리 관음사의 이 자, 안 자 대사님이니 공손히 인사를 올리시우."

지눌은 다시금 사노의 언행이 언짢았지만 내색하지 않고 이안이라는 법명으로 소개된 노승의 뒤에서 합장을 했다.

"소승, 문안 인사 여쭙니다."

노승은 그제야 뒷짐을 풀고 몸을 돌렸다. 키는 작았지만 눈빛만큼은 형형했다. 지눌은 단박에 긴장감을 느끼며 다시 합장했다.

"어서 오시구려."

노승도 합장으로 인사를 받았다.

"소승, 사굴산에서 지내다가 만행에 나선 지눌이라 하옵니다. 하룻밤 이 도량에서 머물까 합니다만……"

"명주 사굴산에서 왔단 말인가? 그렇다면 종휘선사 문하로군."

이안 노승이 반색하며 물었다.

"그렇습니다만 선사께선 두어 달 전에 입적하셨습니다."

지눌이 간략히 대답했다.

"나무 관세음보살. 이 늙은이가 그런 줄도 모르고…… 식은 밥이나마 조금 남았을 것이니 우선 공양부터 하시게."

지눌은 노승에게 고개 숙여 인사한 뒤 무뚝뚝한 사노의 안내를 받아 공양간으로 들어갔다. 곧이어 뒷문으로 들어온 늙은 사비寺婢는 이렇다 저렇다 말 한마디 없이 상을 차려놓고 자리를 떠났다. 지눌은 그 사비와 무뚝뚝한 사노가 모자지간임을 짐작하며 한식寒食의 저녁 공양을 마쳤다.

그러는 동안 사노는 지눌이 묵을 방에 군불을 지폈다. 늦가을의 태양이 긴 그림자를 드리우며 서산에 걸린 때였다. 법당 마당의 떡갈나무와 밤나무, 참나무도 석양처럼 곱게 물든 채 차츰 어둠 속으로 잠겨들었다.

"종휘선사라면 내게도 인연이 깊은 도반이었네."

지눌이 법당 마당으로 나서자 처음 만났을 때처럼 뒷짐을 지고 있던 노승이 말했다.

"인연이 깊으시다면……?"

지눌이 되물었다.

"한 도량에서 몇 철을 지냈지. 다만 그이는 불립문자를 앞세웠고, 난 화엄종에 몸담았다는 게 차이라면 차이랄까……"

노승은 자신이 교종 승려라는 사실을 밝히고 있었다.

"두 분의 길이 참으로 달랐던 것일까요?"

지눌이 단도직입으로 물었다.

"그럴 리 있겠나? 석가모니가 가섭에게 마음으로 전한 법이나 수천, 수만 대중에게 말씀으로 전한 법이나 그 근본이 다르지 않은 바에야…… 하나 이 늙은이가 자네 스승의 수행법을 이해한 것은 그이와 작별하고도 500년은 지났을 때야."

종휘선사와 이 노승 사이엔 대체 어떤 인연이 있었던 것일까? 스승이야말로 구산선문을 대표하는 선사답게 수많은 대중의 추앙을 받았지만 생전에 교종을 낮춰 말한 적은 한 번도 없었다. 그런 이유로 젊은 시절 관음사 이안과 같은 교종 승려와 교분이 있었다

●●● 〈대각국사 의천〉 진영(선암사 소장)

는 사실이 밝혀지지 않았겠지만, 막상 밝혀졌다 해도 그걸 이해하지 못할 제자 또한 없었을 것이다.

"날이 저물었으니 저 방에 걸망을 내려놓게나. 조금 전에 군불을 지피게 했으니 냉기는 가셨을 게야."

이안은 그쯤에서 대화를 끝내겠다는 듯 지눌이 머물 요사를 가리킨 뒤 발길을 돌렸다. 사노 못지않게 무뚝뚝한 노승이었다. 그러나 그 말속에는 감히 거부할 수 없는 위엄과 따뜻한 정이 담겨 있었다. 처음 만났는데도 생면부지가 아닌 듯한 기시감 덕에 지눌은 관음사가 편안하게 느껴졌다. 사노 또한 무뚝뚝한 말버릇과는 달리 아궁이 주변과 방 안을 말끔히 정리해놓았고 어느새 이불까지 펼쳐놓았다.

하루 종일 먼 길을 오느라 시달렸던 지눌은 걸망을 내려놓자 무너지듯 이부자리에 누웠다. 온기가 느껴지는 데다 식곤증까지 밀려왔으나 이상하게도 잠은 쉽게 오지 않았다. 대체 두 노장 사이에 무슨 일이 있었던 것일까?

따지고 보면 구산선문이 정착할 때까지 겪은 숱한 우여곡절과 선교 양종의 갈등은 당연한 과정이랄 수도 있었다. 선종이 도입될 무렵인 신라 후기, 왕과 귀족들에게 절대적인 외호를 받거나 유착 관계에 있던 신라 교종에 비해 선종이 개혁적이며 친서민적인 색깔을 띤 건 분명했다. 하지만 후삼국 시대를 거쳐 고려 왕조가 성립된 후 300년 가까운 지눌 당시까지도 양대 종파가 갈등 국면을 벗어나지 못한 데다 선종이 일방적인 수세에 놓였다.

지눌은 문득 100여 년 앞서 활약한 대각국사 의천의 발자취를 생각해보았다.

의천의 아버지 문종은 재위 기간에 고려의 문물제도를 정비했으며 불교와 유교뿐만 아니라 문화 예술 분야도 크게 발전시켰다. 이른바 '고려의 황금기'를 이룩한 그는 이복 누이 인평왕후仁平王后 왕씨, 이자연의 딸 인예왕후仁睿王后 이씨를 비롯한 세 자매 외에 여러 비빈 사이에 수많은 왕자와 공주를 두었다.

그 일로 이자연의 출신 가문인 인주 이씨는 문종 시기부터 왕권을 넘볼 정도의 세력을 갖추기 시작했다. 이자연의 손자 이자의, 이자겸 시대에는 급기야 반란의 주역이 될 만큼 큰 세도를 이루었다.

의천은 문종과 이자연의 장녀 인예왕후 사이의 넷째 아들로 태어났다. 훗날 형들이 순종(제12대), 선종(제13대), 숙종(제15대) 등으로 즉위한 데 비해 왕후王煦, 즉 의천은 열한 살 때 출가해 세속 권력을 등졌다.

의천이 어렸을 때 문종은 각지로 어사를 파견해 탐관오리에게 시달리던 백성을 보호하려 했으며 불교계의 폐단을 엄히 다스리는 조치를 내리기도 했다. 당시 문종은 승단의 병폐를 적나라하게 지적하며 개혁 의지를 밝혔는데 《고려사》〈세가〉 편의 기록을 보면 다음과 같은 글이 있다.

> …… 지금 신역身役을 피하려는 무리들이 사문에 이름을 의탁하여 재물을 모으고자 농사짓고 가축 기르는 일을 본업으로 삼고 장사

에 힘쓰는 것이 풍습처럼 되었다. 그래서 나아가서는 계율을 어기고 물러가서는 청정의 서약을 업신여긴다. 어깨에 걸치는 법복으로 술동이를 덮고, 강론하고 범패를 외는 마당을 파와 마늘 심는 밭으로 떼어주었다. 장사꾼과 통하여 사고팔면서 술 마시며 놀이를 즐기고 있다. …… 짐朕(문종)은 선악을 구분하고 기강을 바로잡고자 온 나라의 이런 절을 도태시키고 계행戒行을 정성껏 닦는 자만이 편안히 도를 닦고 살 수 있도록 하겠노라. 이를 범하는 자는 법으로 다스리겠노라.

문종은 귀족들이 사사로이 세운 원찰願刹을 비롯해 계행을 어기며 중생제도를 외면하는 사찰을 헐어버리게 했다. 그러면서 한편으로는 불교를 왕권의 기반으로 삼기 위해 12년에 걸쳐 개경 덕적산에 2,800칸 규모의 흥왕사를 세웠다. 먼 훗날 의종이 무신을 위로하겠다며 오병수박희를 열었다가 오히려 그들의 분노를 자극했고, 결국 무신정변을 일으키게 된 흥왕사였다.

문종은 궁중에서 수시로 법회를 열게 했으며 일곱 번에 걸쳐 반승[※] 잔치를 베풀어 계행에 힘쓰는 승려들을 격려했다. 문종이 베푼 반승 행사에는 최대 3만 명의 승려가 참석한 적도 있었다. 이 행사들은 문종이 불교를 통

반승飯僧 : 국왕이 승려를 공경하는 뜻에서 재식齋食을 베푸는 행사. 이 땅에 불교가 도입되면서부터 시작되었고 특히 고려 때 자주 베풀어졌다. 1018년(현종 9)에는 10만 명에게 반승 행사를 열었다는 기록도 전한다.

해 왕권을 확립하며 귀족들을 견제하려는 의도에서 이루어졌다.

이처럼 불교를 배후 세력으로 삼던 무렵, 문종은 인예왕후 소생 중 네 왕자를 불러 물었다.

"너희들 중 누가 출가해 복전福田을 일굴 것이냐?"

문종이 이렇게 물은 것은 왕자들 중 하나를 출가시켜야 한다는 당시 국법에 따른 조치였다. 모두 입을 다물고 있을 때 열한 살의 넷째 왕자 왕후가 홀로 나섰다.

"폐하, 소자가 마땅히 출가하고자 합니다. 분부를 내려주십시오."

문종은 왕후의 출가를 허락했다. 그러면서 자신의 외삼촌이자 화엄종의 대가인 경덕국사 난원爛圓으로 하여금 왕후를 가르치게 했다. 출가한 왕후는 불일사※에서 구족계를 받고 오관산 영통사※※에서 경율론 삼장을 익혔으며 그중에서도 화엄경을 본격적으로 공부했다. 왕후가 13세 또는 15세에 우세祐世, 즉 '세상을 보우한다'는 뜻의 법명과 승통僧統이라는 법계를 받았다는 것은 지금의 상식으로는 놀라운 일이었다. 승통은 교종 승려 중 최고 지위였기 때문이다. 하지만 의천이 왕자 출신이었고 문종이 불교를 세력 기

불일사 : 지금의 개성시 판문군 선적리에 있던 고려 때의 사찰.

영통사 : 지금의 개성시 용흥동 오관산 기슭에 자리 잡은 사찰로 고려 현종 때인 1027년에 창건되었다. 16세기 무렵 소실된 것을 2002년 11월 북한의 조선경제협력위원회와 대한불교천태종이 함께 복원 사업을 시작해 2005년 10월 31일에 복원했다. 현재 북한 국보 155호인 영통사 대각국사비와 북한 국보 133호인 영통사 오층 석탑 등 여러 문화재가 남아 있다.

반으로 삼고자 한 데서 그 배경을 찾을 수 있다.

더구나 다소 과장된 기록이겠지만 의천은 천부적인 지식과 재능을 지닌 인물이었다고 한다. 김부식이 남긴 영통사 비문에 따르면 '……(대각)국사는 어려서부터 뛰어나게 슬기로워서 책을 읽고 글을 지음에 그 정요精要롭고 민첩하기가 숙세宿世에 익힌 바가 틀림없었다'는 내용이 있다. 천재적인 두뇌에 왕자 출신이라는 지위를 감안하면 그가 열다섯 살에 승통이 되었다 한들 당시엔 시빗거리가 될 수 없었을 것이다.

승통이 된 의천은 아버지 문종이 세운 흥왕사에 머물며 법문을 했는데 그 일 또한 세상을 놀라게 했다. 당시 문신이던 임존林存이 지은 선봉사 비문 〈해동천태시조 대각국사비〉에는 '문조文祖 23년(1069), 호를 내리어 (대각국사에게) 우세라 하고 법계를 주어 승통을 삼았는데 이때 만승萬乘에 비길 장엄한 위의로 도량에 이르러 음성으로 백천법문을 연설하여 사람과 하늘의 한량없는 대중을 놀라게 했다'는 기록도 남아 있다.

의천은 스승 난원화상이 열반한 뒤 당나라 반야般若가 번역한 정원신역貞元新譯 《화엄경》과 그 소疏를 강설했다고 한다. 이 무렵 의천보다 다섯 살 위의 승려 악진樂眞은 의천을 스승으로 삼을 정도였다.

의천은 이미 열아홉 살에 경율론 삼장의 해설서와 연구서인 교장[*]을 모두 수집하고 정리해 편찬할 것을 발원했다. 그래서 송나라로 가 교장을 수집하고 여러 고승과 접촉하려는 뜻을 밝혔으나 아버지 문종의 반대로 뜻을 이루지 못했다. 의천은 아버지를 이어 왕위에 오른 큰형 순종에게도 중국 순례의 허락을 받지 못했다.

이처럼 번번이 중국 유학의 뜻을 저지당했던 의천은 둘째 형 선종 때에야 겨우 중국으로 떠날 수 있었다. 그마저 형과 어머니 몰래 떠나야 하는 밀항이었다. 다시 말해 둘째 형 선종마저 중국 유학을 반대하자 의천은 서른 살이던 1085년(선종 2), 4월 초파일 봉축 행사를 마친 뒤 어머니 인예태후에게 급히 편지를 보내 사정을 알리고 송악에 정박하던 송나라 상선에 몸을 실었다. 《화엄경》에 심취했던 그가 입법계품의 주인공 선재동자처럼 대륙을 순례하려는 꿈을 가졌던 것일까. 이때 그의 제자 두 명이 수행했다.

교장敎藏 : 경·율·론 삼장三藏의 연구서 4,000여 권을 엮은, 세계 최초의 대장경 연구 주석서. 그동안 의천이 편찬한 이 연구 주석서를 '속장' '속장경' '속대장경' 등으로 불러왔으나, 이 명칭은 일본식 오기誤記를 그대로 답습한 것이라는 불교서지학자 박상국의 지적에 따라 현재 국사 교과서에서는 '교장'으로 통일해 표기하고 있다. 다시 말해 대각국사 의천이 집대성한 서적은 경전이 아니라 연구 논문 모음이었다.

개봉(카이펑) : 중국 허난 성 북동부에 있는 고도古都. 황허 남쪽 대평원에 자리 잡았으며 일찍이 춘추전국시대의 위나라를 비롯해 여러 왕조가 수도로 삼은 곳이었다. 특히 송나라 때 도읍으로 결정된 후 크게 발전했다.

얼마 후 송나라 수도인 개봉에 도착한 의천은 철종 황제의 융숭한 대접을 받았다고 한다. 곧이어 화엄종의 대표적인 학승 정원淨源과 유성有誠, 천태종의 종간從諫을 비롯해 유식종, 법상종, 율종, 선종 등 각 종파를 대표하는 고승 53명을 두루 참방했다. 당시 개봉에는 인도, 티베트, 동남아시아 등에서 수많은 승려들이 내왕했기에 의천은 그런 사람들과 교분을 넓히며 더욱 깊은 학식과 폭넓은 견문을 쌓을 수 있었다.

이와 관련해 고려 중기의 문신 임존林存은 선봉사 비문을 통해 '…… 옛날부터 바다 건너 법을 구한 성현이 많았지만 어찌 대각국사처럼 한 번에 천태종, 화엄종, 율종, 법상종, 선종과 서천범학西天梵學을 일시에 전한 분이 계셨겠는가. 참으로 법을 크게 펴는 대보살의 행자이셨다'라고 칭송한 바 있다.

임존의 기록에는 빠져 있지만 의천이 송나라 유학 때 고려 승통이라는 체면을 구겼을 뿐만 아니라 인격 모독까지 당했다는 이야기도 전해진다. 의천이 운문종의 혜림종본慧林宗本(1020~1099)선사를 찾았을 때의 일이다. 당시 종본은 65세로 송나라에서 생불로 추앙받으며 명성을 떨치고 있었다. 31세의 고려 승통 의천이 인사를 마치고 나자 종본의 군더더기 없는 질문이 시작되었다.

"내가 전해 듣자니 그대는 오랫동안 경론을 익혔다 하더군요."

의천이 별다른 생각 없이 답했다.

"화엄의 큰 가르침에 마음을 둔 지 몇 해 되었습니다만 아직은……"

종본이 더욱 파고들었다.

"좋습니다. 《화엄경》은 여러 성현께서 온통 진리의 말씀만을 밝히신 것이지요. 그런데 스스로 그 진리를 증득하여 깨달음이 없다면 진리계의 오묘한 이치를 깨닫기 어렵소이다. 승통께선 벌써 깨달음이 있으신 줄로 아는데?"

이때 정신이 번쩍 든 의천이 답했다.

"마음의 눈앞에는 또렷하오나 그 모습은 도무지 볼 수가 없습니다."

"어떻게 마음의 눈앞에 또렷하다 할 수 있겠소?"

"삼라만상이 모두 일법一法의 도장 찍힘 아니겠습니까?"

의천의 되물음에 종본은 고개를 저었다.

"허허! 아직도 글자와 말뿐이로군. 대체 무엇이 일법이란 말이오?"

의천이 얼굴을 붉히며 답했다.

"입을 놀릴 수 없습니다."

이에 종본이 의천에게 마지막 일격을 가했다.

"그대는 아직 깨치지 못했습니다. 여러 부처님들께 그 뜻은 분명하고 당당합니다. 그대가 깨치지 못했으니까 당연히 입을 놀릴 수 없는 게요. 알겠소?"

종본은 남의 말을 앵무새처럼 따라 외우지 않는 선가의 금기를 의천에게 일깨워준 것이다.

> 의천은 《화엄경》의, 아니면 모든 경전의 본의가 어디에 있는지를 묻는 선종의 종장에게 안타깝게도 또 다른 경전, 즉 여기서는 《법구경》의 '소소어심목지간昭昭於心目之間' 또는 '삼라만상일법지인森羅萬象一法之印' 따위의 인용구로 깨달음을 대신하고자 안간힘을 쓴

다. 선가에서는 깨달음 없이 남의 말을 앵무새처럼 따라 외우는 것을 금기로 여긴다. 혜림에게 이것이 통할 리 없었다.

_심재룡, 《지눌연구》(서울대학교출판부, 2004)

혜림종본의 질문은 계속 이어졌다.

"《화엄경》은 삼신불三身佛 가운데 보신불報身佛의 설법이오, 아니면 법신불의 설법이오?"

"그거야 법신의 설법이 아닙니까?"

"법신은 법계에 널리 퍼져 있습니다. 그때 청중은 어디에 서 있었습니까?"

"……"

망연자실한 의천은 더 이상 답이 떠오르지 않았다. 그 대신 한없이 작아진 자신의 존재를 뼈저리게 느껴야만 했다. 그리고 이때의 일은 의천이 선종에 대해 절치부심하게 된 결정적인 계기가 되었다고 한다.

물론 의천이 송나라에 간 중요한 목적 중 하나는 경전 연구서를 수집하는 것이었으므로 14개월 만의 유학을 마치고 귀국할 때는 3,000여 권의 장소章疏(연구서)를 들여올 수 있었다. 그리고 출가할 때부터 서신을 통해 두터운 교분을 쌓았던 정원법사에게서 화엄을, 종간에게선 천태교관을 전수받았다. 의천은 귀국하기 전, 천태산으로 가 지자智者대사 부도를 참배하면서 고려에 천태종을 뿌리내릴 것을 다짐했다.

의천은 귀국할 때 3,000여 권의 연구서를 들여온 것 외에 부왕 문종이 창건한 흥왕사에 다시 주석할 무렵, 교장도감을 설치하고 추가로 4,000여 권의 불서를 수집했다. 곧이어 교장을 간행하기 위해 4,700여 권의 저술 목록을 수록한《신편제종교장총록新編諸宗敎藏總錄》3권을 편찬했다. 이 목록에는 중국 고승뿐만 아니라 원효를 비롯한 신라 고승들의 저술도 포함되어 있어 의의가 크다. 이후 의천은 47세로 열반할 때까지 10여 년 동안 4,000여 권의 교장을 비롯해 방대한 불서를 편찬하는 위업을 이루었다.

남편 문종이 생전에 흥왕사라는 대찰을 창건한 것처럼 인예태후도 개성 서남쪽에 국청사國淸寺를 짓기로 발원하고 터를 닦게 했다. 출가한 아들 의천이 천태종을 개창하는 일을 앞두고 근본 도량을 마련해주기 위해서였다. 그래서 사찰 이름도 중국 천태산에 세운 국청사를 그대로 이어받았다.

하지만 개성 국청사 불사는 그리 녹록하지 않았다. 당시에는 교종, 그중에서도 화엄종과 법상종의 교세가 크게 일어날 때였다. 그런데 강력한 왕실 외척인 인주 이씨가 법상종과 유착해 왕권을 견제했다. 인예태후 또한 인주 이씨 출신이었으나 천태종을 개창하려는 아들 의천에게 마음이 기울었다. 그러자 친정 식구들과 법상종 승려들이 국청사 창건을 강력히 반대했다. 그 일로 국청사 창건 공사는 몇 개월 만에 중단되었으며, 인예태후는 평양 영명사에서 정진하다가 숨졌다.

의천이 마흔 살 되던 해에는 둘째 형 선종이 숨졌고 그의 어린

아들 헌종이 왕위를 계승했으나 즉위 1년 만에 병을 얻어 열네 살 나이로 숨졌다. 헌종이 즉위한 이후 인주 이씨의 세도는 더욱 강력해져서 마침내 이자의李資義의 난까지 일어날 정도였으나 문종의 셋째 아들인 숙종이 그 난을 평정하고 조카 헌종의 뒤를 이어 즉위했다.

숙종은 어머니 인예태후가 생전에 발원했던 국청사를 완성시켰다. 그리고 아우이자 승통인 의천으로 하여금 국청사 초대 주지를 맡도록 명했다. 의천은 여러 차례 사양했으나 형의 간절한 청을 더 이상 거절하지 못하고 국청사에 주석하면서 교장 간행 사업을 다시 추진하고 천태교관을 강의하기 시작했다. 이때 전국에서 모여든 승려가 1,000여 명이 넘었는데 이로써 이 땅에 천태종이 자리를 잡았으며 하나의 종파로서 국가의 공인을 받았다.

중국 천태종이 선과 교의 융합을 위해 개창된 것처럼 의천 또한 당시 대립하던 선과 교뿐만 아니라 여러 종파를 천태종 중심으로 융합하기 위해 노력했다. 이에 따라 덕린, 경란, 익종, 연묘 등 선종과 교종을 비롯한 여러 종파의 고승들이 제자들과 더불어 천태종으로 흡수되면서 고려의 불교는 하나로 통합되어갔다. 이는 의천의 천태종 개창이 종교적인 차원을 넘어 역사적인 의의를 가지게 된 이유가 되었다.

천태종은 성문, 연각, 보살의 삼승三乘이 궁극적으로 일승으로 돌아간다는 법화경의 회삼귀일會三歸一 사상에 근본을 두고 있다. 이를 당시 고려의 현실에 비추어 보면 종파와 사상, 신분 갈등을 풀고 하나로 뭉칠 수 있는 배경이 된다. 더구나 의천은 평소에 존경했던 원효대사의 화쟁和諍 사상을 재해석하고, 이론과 실천을 모두 중시하는 교관겸수敎觀兼修를 제창했다. 이와 더불어 부왕 문종 때처럼 불교계의 병폐를 개혁하는 데 온 힘을 기울였다.

의천은 천태종을 연 지 5년 만인 1101년(숙종 6) 47세를 일기로 열반했다. 그는 숨을 거두기 전에 문병하러 왔던 형 숙종에게 "소승이 원한 바는 정도正道를 중흥하려 함인데 병마가 그 뜻을 빼앗았나이다. 바라옵건대 '국왕, 대신들이 불법을 외호하게 하라'는 여래의 유훈을 폐하께서 봉행하시면 죽어도 유감이 없겠나이다"라고 유언을 남겼다.

의천이 열반하기 하루 전, 숙종은 대각국사大覺國師라는 시호를 내려 그의 업적을 높이 기렸다. 숙종은 그 후 김부식에게는 오관산 영통사에 화엄종 중흥조의 비문을 세우도록 하고, 임존에게는 남숭산 선봉사에 천태종 시조비를 세우도록 했다. 즉 대각국사가 화엄종을 중흥했을 뿐 아니라 천태종을 개창한 업적을 기리도록 한 것이다.

대각국사 의천이 선교 양종을 융합하고 불교 개혁과 승단 화합에 노력한 공로는 지금껏 역사적인 평가를 받고 있다. 그러나 그는 아버지와 형들을 왕으로 둔 당대 최고의 지배 계층 출신이었다. 이런 점에서 그의 원융 사상과 불교 개혁에는 근본적인 한계가 있었다. 의천의 불교 개혁은 서민을 위한다기보다 왕권을 강화하며 귀족들의 문벌 체제를 타파하는 데 좀 더 큰 목적이 있었다. 따라서 귀족 불교를 대중 불교로 확산시키는 데까지는 큰 힘이 미치지 못했으며 원효가 무애가無碍歌를 지어 부르며 불교를 민중에게 널리 전하려 했던 시도와는 비교될 부분이 많았다.

그런 이유로 의천이 열반한 뒤로는 살아 있을 때 추구했던 원융 사상이 퇴색했으며 결국 선종과 교종의 갈등이 다시 시작되었다. 물론 일부 승려들은 고삐가 풀린 듯 이전의 악습을 되풀이하며 승가 전체를 오염시켰다.

대각국사 사후 57년 만에 태어난 지눌은 관음사 객실에 누워 그가 추구하려던 불교 개혁과 원융 사상을 곰곰이 생각해보았다. 그리고 대각국사 이후 다시 원점으로 돌아간 승단 개혁과 선교 양종 융합의 과제를 자신의 힘으로 완수하겠다는 이전의 발원을 떠올렸다. 그러기 위해서는 많은 조건이 충족되어야 했다. 승단 내의 권위를 갖춰야 했으며 그 뜻에 동참하는 이들을 하나로 묶을 만한 힘도 필요했다. 종단을 정화하기 위해서는 무엇보다 부처님 당시의 수행 정신을 되살려야 했다.

과연 어떻게 실마리를 풀어나가야 할까? 지눌은 수많은 물음표를 던져보았으나 뾰족한 수를 찾지 못했다. 다만 종휘선사의 가르침대로 호시우행의 길을 뚜벅뚜벅 걸어가는 수밖에 없었다.

지눌이 이런 고민에 잠긴 동안 밤은 더욱 깊어졌고 귀뚜라미와 풀벌레 소리만 정적을 깨뜨렸다. 때때로 요사채 처마에 매달린 풍경도 그 밤을 노래하고 있었다. 풍경에 매달린 물고기는 늘 깨어 있어야 할 수행자를 상징한다. 하지만 고된 여행으로 시달린 지눌은 더 이상 밤을 지새울 수가 없었다. 지눌은 자신도 모르게 눈을 감았고 곧이어 깊이 잠들었다.

불교의 근본으로 돌아가라

원컨대 모든 수도하는 사람들은 방일하지 말고 탐욕과 음욕에 집착하지 말며,
머리에 붙은 불을 급히 끄듯 살피고 돌아보기를 잊지 말아야 한다.
무상無常은 빠른 것이라, 몸은 아침 이슬과 같고 목숨은 지는 해와 같다.
오늘은 살아 있다 하나 내일을 보장하기 어려운 것이니 부디 마음에 새겨라.
부디 마음에 새겨라.

《수심결》

아무리 깊이 잠들었어도 사문의 습이 온몸에 밴 지눌은 이튿날 인시가 되기도 전에 눈을 떴다. 사방은 캄캄했지만 그렇다고 시간의 흐름이 멈춘 것은 아니었다. 곧 새벽이 밝을 것이고 아침 공양 무렵엔 새날의 해가 떠오를 터였다.

지눌은 어둠 속을 더듬어 이부자리를 갠 후 한쪽 구석에 밀쳐놓았다. 도량이 작은 탓인지, 머물고 있는 대중이 적은 탓인지 도량석은 없었다. 대신 새벽 별빛과 그치지 않는 풀벌레 소리가 날이 밝고 있음을 알렸다.

대웅전 어간으로 오른 지눌은 경건한 마음으로 법당에 들어섰

다. 안에서 법당 문을 닫으려 하자 밤새 불전을 밝혔음직한 등불이 크게 흔들렸다. 가까이 다가가 보니 심지를 태우는 기름은 아직 넉넉했다.

"지심귀명례 삼계도사 사생자부 시아본사 석가모니불……"

지눌은 굴산사에서 매일 새벽에 그랬던 것처럼 순서에 맞춰 예불을 올렸다. 새벽 예불이 끝날 무렵에야 이안 노장이 슬며시 법당 안으로 들어섰다.

"오늘 새벽엔 관음사 부처님이 흐뭇해하시겠네."

지눌은 한참 만에야 좌선을 풀고 자리에서 일어서며 노장에게 합장했다.

"그래, 어디로 떠날 셈인가?"

이안이 물었다.

"바람 따라 남녘으로나 가볼 작정입니다."

지눌이 답했다.

"마땅히 정한 곳이 없다면 여기서 북풍한설을 피하는 건 어떤가? 손바닥만 한 절에 중이라곤 나밖에 없으니 한적하게 지낼 수 있을 터."

지눌은 노장의 말이 고맙고 솔깃했지만 그곳이 교종 사찰이라는 게 마음에 걸렸다.

"말씀은 감사하오나 소승이 어려서부터 선문에 머물렀기에……"

"아직도 선과 교를 분별하는가? 오히려 분별심을 버리는 게 선승의 길이 아닐까?"

지눌은 그 말에 더 이상의 토를 달 수 없었다. 노장이 그런 정도의 마음을 가지고 있다면 굳이 한 철 머물라는 제의를 거절할 것까지야.

"그리 말씀해주시니 뜻을 따르겠습니다. 아직 어리석은 중이니 많이 일깨워주십시오."

노장의 말처럼 관음사에서의 생활은 한적하기 이를 데 없었다. 더욱이 기나긴 겨울밤은 이안 노장의 방에 켜켜이 쌓인 경전과 교학 서적을 탐독하기에 안성맞춤이었다.

대각국사 의천은 선교 융합을 주창하면서 "교종은 마음의 실체를 탐구하기보다 마음 바깥의 진리를 찾으려 허망한 시간을 보내며, 선종은 마음 안의 진리 탐구에만 열중한 나머지 현실을 소홀하게 본다"고 분석한 바 있었다. 이처럼 양쪽을 모두 비판했으나 그의 선교 융합은 어디까지나 선보다는 교를 우위에 둔 교주선종教主禪從의 입장이었다. 이는 의천이 "못물이나 강물을 마실 힘이 없으면 어찌 큰 바다를 삼키겠는가. 소승의 법도 익히지 못하면서 어떻게 대승을 배울 수 있으랴. 요사이 부처를 배우는 학자들이 스스로 대번에 깨달았다 하여 권교權敎와 소승, 성상을 말하는 이를 업신여기다가 왕왕 남에게 웃음거리가 되는 것은 다 겸하여 배우지 못한 잘못이다"라고 하

성상性相 : 만물의 본성과 현상을 통틀어 가리키는 말로, 성은 타고난 본연의 성품, 상은 외계로 나타나 마음의 상상이 되는 사물의 모양이다.

여 선과 교를 함께 닦기를 강조하면서도 선에 대해선 "옛날의 선은 교에 의거하여 선을 익히는 습선習禪이었는데, 오늘날의 선은 교를 여읜 설선說禪이 되어서 명목에 집착할 뿐 알맹이를 잃고 있으며 교선矯禪의 폐를 일으키고 있다"며 비판한 데서도 다시 확인된다. 선 수행을 부정하지 않았지만 어디까지나 교를 바탕으로 삼아 선을 수행하는 게 옳다는 생각이었다. 의천이 방대한 경전 연구서를 편찬한 데에도 이런 이유가 있었던 것은 아닐까?

이안 노장이 소장한 책들도 바로 의천이 편찬해 사찰마다 보급한 것이었다. 불립문자의 굴산사에서는 쉽사리 접하거나 읽을 수 없었기에 지눌은 겨우내 그 책들을 탐독하는 즐거움을 누렸다. 다만 워낙 방대한 나머지 이듬해 가을로 접어들 때까지도 모두 읽지 못했다. 그 일로 겨울 한 철만 머물려던 지눌의 관음사 객승 생활은 1년 가까이 이어졌다. 그러는 동안 지눌은 스승과 이안 노장의 젊은 시절 이야기를 간간이 들을 수 있었다.

수십 년 전, 종휘선사가 사굴산문에 주석하기 전이었다. 본시 선종에 뜻을 두었던 종휘는 굴산사로 출가해 줄곧 참선 수행에만 전념했다. 고요한 침묵 속에서 뚜렷이 밝고 신령스러운 마음의 본바탕을 찾으려 혼신의 힘을 다했다. 하지만 번뇌는 쉼 없이 일어났고 결국 몸과 마음 모두 정상을 벗어나고 말았다. 종휘는 참선에 들 때마다 온몸의 기氣가 정수리로 몰리는 것을 느꼈다. 단풍처럼 물든 얼굴, 삭발한 머리에 피어오른 열꽃이 그를 줄곧 괴롭혔다. 그럴 때는 사나흘씩 잠을 이루지 못했으며 몸이 허공으로 둥둥 떠다녔고 정신 또한 몽롱한 상태가 이어졌다. 그 상기병을 치료할 방법도 없었다. 결국 종휘는 자의 반 타의 반으로 굴산사를 떠나야 했다.

정처 없는 만행에 나섰던 종휘는 지리산의 한 교종 사찰로 찾아갔다가 법랍이 비슷한 이안을 만났다. 마침 그 무렵 의천이 천태종을 개창했고 선종과 교종의 통합이 이뤄진 직후여서 종휘가 교종 사찰에 머물며 이안과 도반으로 지내는 게 어색하지 않았다. 더구나 구름처럼 떠돌며 산천에 의존한 덕택인지 상기병도 씻은 듯 가라앉았다.

종휘는 그곳에 머무는 동안 수많은 경전과 조사어록을 읽으며 학승의 길로 접어드는 듯했다. 하지만 출가했을 때부터 단도직입의 깨달음에 뜻을 두었던 근기가 남아 있었다. 문자는 접하면 접할수록 군더더기로 여겨졌다. 그런 과정에서 이안과 많은 논쟁을 벌이기도 했다. 이안은 교종 승려답게 당송 시대에 이루어진 조사들의 선문답을 뜬구름 잡는 이야기로 여길 뿐이었다.

"수행자의 궁극은 중생 구제에 있는데 그들의 선문답은 중생을 제도하는 것과는 거리가 멀어요."

"중생을 제도하려면 보리菩提를 얻는 게 순서 아니겠소? 석가모니의 설법을 그대로 외워 중생에게 알리는 건 수행자의 본분이 아닙니다."

"난 애초에 중국 선사들이 불현듯 깨달음을 얻고 그것을 스승에게 인가받는 전통을 이해할 수 없소. 깨달음 자체가 완벽하다면 대체 무슨 인가가 필요하다는 것인지. 더구나 중생이 알아듣지 못할 선문답이라니……"

"영웅만이 영웅을 알아보는 법. 선문답 또한 그 뜻풀이가 아니라 본질을 일거에 꿰뚫어야 이해할 수 있다오. 그래서 석존 당시에도 가섭존자와 얽힌 삼처전심三處傳心의 일화가 남지 않았소? 당시 석존의 제자 수천 명 중 가섭 외에 누가 이심전심의 묘리를 이해할 수 있었겠소? 그러니 선 수행은 석존과 가섭 이래 보리를 얻는 비전秘傳이며 지름길로 자리 잡은 셈이오."

"그러니까 종휘 비구는 여전히 선이 우위에 있다는 말을 하고 싶은 게요? 그 이심전심의 묘리가 그다지도 깊다면 석존의 제자들이 수천만 가지의 문자로 경전을 결집한 이유는 뭐겠소? 아니, 경전이 결집되지 않았던들 석존과 가섭의 삼처전심 이야기가 전해지기나 했겠소? 언어가 마음에서 비롯된 것은 옳지만 마음 또한 언어라는 도구를 거쳐야 하니 선과 교에 무슨 우열이 있겠소?"

"일리가 있는 주장이오만 내겐 불립문자에다 직지인심의 수행법이 맞는 듯하오."

"그건 내가 말릴 수 없으나 부디 건강도 생각하며 성불하길 바랄 뿐이오."

이런 식의 논쟁은 그 후에도 계속 이어졌다.

그러다 대각국사 의천이 열반하고 선종과 교종의 틈이 다시 벌어질 무렵, 종휘는 다시 굴산사로 돌아갔다. 그 때문에 이안과는 더 이상 교류하지 못했다. 이심전심의 묘리를 참구하다가 병까지 얻었던 종휘는 그 후 크게 깨닫고 사굴산문에서 선종의 맥을 이었다. 그러나 지눌로서는 스승이 어떤 계기로 깨달음을 얻었으며 그것을 누구에게, 어떻게 인가받았는지에 대해서는 알 수 없었다. 그런 걸 지눌에게 알려준 사형이 없었기 때문이다.

지눌은 이안 노장에게서 스승과 얽힌 옛이야기를 듣고 나서 다시금 선교 양종의 같음과 다름을 생각해보았다. 결국 선종과 교종은 수행법의 차이일 뿐 궁극은 같을 것이다. 그렇다면 양종을 하나로 묶는 것은 그리 어려운 일이 아닐지 모른다. 정작 지눌이 심각하게 받아들인 것은 권력과 재물에 의존한 승단의 병폐를 근본부터 뜯어고치고 수행에 몰두할 수 있는 풍토를 만드는 일이었다. 아니, 선교의 회통과 승단 개혁 모두가 시급히 해결해야 할 과제였다.

그해 삼복더위가 지나고 초가을 바람이 불던 어느 날이었다. 지눌은 이안 노장을 모시고 관음사 부근의 개울로 바람을 쐬러 나갔다. 골이 제법 깊고 수림이 울창해 한여름에도 냉기가 도는 곳이었다.

개울 주변의 너럭바위 그늘에 앉은 지눌은 나뭇잎들 위로 흘러가는 구름을 물끄러미 올려보고 있었다. 구름은 아무 곳에도 얽매이지 않고 부지불식간에 모양을 바꿔나갔다. 저건 영락없이 목어처럼 생겼구나 했더니 어느새 운판이나 풍경 모양으로, 때로는 죽비를 휘두르는 입승立繩 모양으로 바뀌곤 했다. 하나의 구름 조각이 여럿으로 나뉘는가 싶더니 잠깐 사이에 다시 하나로 뭉치기도 했다.

그때 옆에 앉은 이안 노장이 입을 열었다.

"언젠가 내가 평생 동안 읽은 수천 권의 불서를 단 한 글자로 줄인다면 그게 무엇일까 하고 자문한 적이 있다네."

지눌이 물었다.

"스님께선 뭐라고 자답하셨습니까?"

"그야 마음 심心 자가 아니겠는가?"

지눌은 말없이 고개를 끄덕였다. 평생 교종에 의존했던 이안 노장도 선의 본질을 알고 계셨던 것일까. 지눌이 그런 생각에 잠겼을 때 이안의 말이 다시 이어졌다.

"지금 시절이 어떤가? 숨어 있는 도인들도 없지는 않겠지만 선종이든 교종이든 승가가 잔뜩 곪았어. 툭 건드리면 고름이 터질 판이야. 그러나 터진 고름을 짜낸다고 종기가 아예 없어지는 건 아니지. 종기의 근원을 없애지 않는다면 말일세."

"그렇습니다."

"난 자네가 그 일을 맡아주길 바라네. 대각국사가 고름을 짜는 데 힘썼다면 자넨 그 고름의 뿌리를 뽑아야 하네."

이안 노장이 정색하자 지눌은 버거워졌다.

"하오나 소승은 왕자 출신도 아니고 아직 승과에도 나서지 못한 보잘것없는 중입니다. 어찌 저 같은 중이……"

"원효성사를 생각해보게."

갈수록 태산이었다. 지눌은 원효는커녕 의천이라는 봉우리를 넘는 일조차 힘에 겨울 터였다. 그러면서도 한편으론 이안 노장의 격려에 큰 힘이 나는 듯했다. 1년 전, 관음사를 찾았을 때도 스스로 그런 결심을 하지 않았던가. 비록 그 뜻을 입 밖으로 꺼낸 적은 없으나 노장은 이미 지눌 자신의 마음을 읽고 있었다. 이심전심이었다.

지눌은 저도 모르게 주먹을 불끈 쥐었다. 혼탁한 승가의 풍토를 바로잡고 중국이나 서역이 아닌 고려만의 불법을 일으켜야겠다는 다짐이 다시 고개를 들었다. 그렇다고 당장 이룰 수 있는 일은 아니었다. 스승의 유훈처럼 호시우행의 길을 걷다 보면 실마리가 풀릴 것이다.

지눌은 다시 하늘을 올려다보았다. 천변만화의 재주를 부리던 구름 조각들은 저 멀리 사라졌고 어느새 새로운 구름이 시야에 들어왔다. 그가 종휘선사 49재 후 사굴산을 떠날 무렵엔 선재동자처럼 53 선지식을 찾아 떠나려는 마음을 낸 적이 있었다. 그리고 그 마음의 고향을 떠난 지 어느새 1년이 훌쩍 지났다. 그러는 동안 구도를 위해 세상을 떠돌기로 했던 마음도 구름처럼 흩어지고 있었다. 이안 노장이라면 그런 선지식 중 한 분이 틀림없을 터였다.

이제 53 선지식을 모두 만나려 관음사에 마냥 머무는 게 아니라 다시 호시우행의 길을 떠날 때였다.

승과 급제

다만 살생하고 도적질하며 음행하고 거짓말하는 것이
성품으로부터 일어나는 것을 확실히 보면 일어나도 일어남이 없는 것이니,
그 바탕이 고요한데 무엇을 다시 끊을 것인가.
그러므로 '생각이 일어남을 두려워하지 말고 다만 깨달음이 늦을까 두려워하라' 하셨으며,
또 '생각이 일어나면 곧 깨달아라. 깨달으면 곧 없다'고 하셨다.

《수심결》

관음사 이안 노장에게 하직 인사를 올린 지눌은 곧바로 남쪽으로 내려가 여러 사찰에서 머물렀다.

양광주도의 충주목을 지나 예천 하가산 보문사에서 한 달, 경상도 상주목에서 두어 달 머물렀고 이번에는 동쪽으로 걸음을 옮겨 원효의 큰 그림자가 드리운 동경(경주) 일대의 여러 사찰에서도 1년 이상 머물렀다.

서른네 살 때 후배 의상義湘과 함께 당으로 유학하려던 원효는 그 뜻을 이루지 못한 채 고향으로 돌아가야 했다. 그로부터 11년이 지난 후 다시 유학의 꿈을 안고 의상과 동행하여 서해안 당주

당주계唐州界 : 지금의 경기도 화성시 남양반도와 그 서쪽의 도서군, 남쪽의 충청남도 당진시 사이의 수역.

계[※]에 도착했다. 그러나 날은 이미 저물었고 거친 비바람이 몰아쳤다. 원효와 의상은 비바람을 피하기 위해 동굴로 들어가 하룻밤을 지냈으나 아침에 일어나보니 그곳은 동굴이 아니라 옛 무덤을 파헤친 곳이었다. 이튿날에도 비바람은 그치지 않았다. 당나라로 떠날 배도 며칠 더 기다려야만 했다. 원효 일행은 하는 수 없이 무덤으로 이루어진 동굴에서 다시 하룻밤을 지내기로 했다. 그러나 둘째 날 밤의 잠자리는 전날과 같지 않았다. 전날 밤에는 동굴로만 알았던 곳이 무덤 속임을 알게 된 후엔 몹시 심란해 좀체 잠을 이룰 수 없었기 때문이다.

결국 그런 마음의 작용을 직접 체험한 원효는 '마음이 일어나면 갖가지 법이 일어나고, 마음이 사라지면 동굴과 무덤이 둘이 아니다' 라는 사실을 깨달았다. 뜬눈으로 밤을 지새운 원효가 후배인 의상에게 말했다.

"삼계三界가 오직 마음이요, 만법萬法은 오직 인식일 뿐이네. 마음밖에 법이 없는데 어찌 따로 구할 것이 있겠나? 당나라는 자네 혼자 다녀오게."

"그래도 예까지 와서 어찌 발길을 돌린단 말입니까? 지난번엔 순라꾼에게 붙잡혀 뜻을 이루지 못했으나 지금은 사정이 다르지 않습니까?"

"예나 지금이나, 신라나 당나라에서나 마음의 뿌리는 똑같다는 걸 알았으니 굳이 갈 필요가 없어졌네."

그 뒤로 완성된 《대승기신론소》와 《금강삼매경론》을 비롯한 100여 종 240여 권에 이르는 원효의 방대한 저술은 신라는 물론 중국의 석학들까지 머리를 숙이게 하는 경이로운 법보로 남게 되었다. 특히 현존하는 저술 중 《십문화쟁론》은 화해和解와 회통會通이라는 원효 사상을 잘 드러내며 한국 불교의 전통으로 자리 잡았다.

지눌은 원효의 깊고 명석한 저술, 불법을 왕과 귀족만의 전유물이 아닌 이름 없는 대중의 정신적 귀의처로 삼게 한 노력에 주목했다. 그것은 20대인 지눌로서는 엄두도 낼 수 없는 보살행이었으며 그렇기에 원효성사라는 뫼는 더욱 까마득했다. 하지만 자신이 그 뫼를 넘지 못하면 잔뜩 타락하고 쇠잔해진 고려의 승가를 더 이상 바로 세울 수 없다는 위기의식도 더욱 깊어졌다.

지눌이 찾은 경주는 날이 갈수록 천년 도읍의 위엄이 퇴락하고 있었다. 그건 가슴 아픈 일이었지만 남산에 발 디딜 틈 없이 들어선 불탑과 마애불, 사찰은 그야말로 불국정토를 이룬 모습이었다. 그래서였는지 원효와 함께 남산은 오래도록 지눌의 발목을 붙들었다.

지눌이 구도의 순례를 마치고 다시 길을 떠난 것은 1182년(명종 12) 늦은 봄이었다. 그해 늦가을에 승과를 치를 예정이라 경상도 진주목과 전라도 승주목, 전주목을 지나 다시 양광주도의 공주목을 거쳐 개경으로 갈 작정이었다. 관음사를 떠난 지도 어느덧 2년 가까이 지난 때였다.

이 과정에서 지눌은 수많은 승려와 상인, 노예, 걸인을 만났다. 때로는 산적에게 잡혀 그들의 본거지로 끌려갔다가 일당 모두를 설복시킨 일도 있었다. 주막 여인의 은밀한 유혹을 물리치고 결국 참회의 눈물을 쏟게 한 것도 하나의 추억으로 남았다. 번화한 장터에서 패악을 부리던 승려들을 따끔하게 혼낸 일은 열 손가락으로 꼽기에도 모자랐다. 하지만 지눌은 노예며 걸인, 산적, 술집 여인, 패악질의 승려 모두를 깨달음에 이르는 스승으로 섬기려는 마음이었다.

그가 개경에 이른 것은 종휘선사가 열반에 든 후 3년이 지난 때였다. 도성 남쪽 회빈문會賓門을 지나 궁성과 가까운 십자十字 거리에 이르렀을 땐 어느덧 해그림자가 길어졌다.

지눌은 어려서 부모님을 따라 여러 번 가보았던 그 거리의 모습을 떠올려보았다. 점포마다 진열된 신기한 물건들이며 분주히 오가던 사람들, 그들의 왁자지껄한 웃음소리, 그 많은 인파를 헤쳐 가며 마음껏 뛰놀던 아이들…… 지눌은 조금만 움직여도 숨이 가쁘고 식은땀이 흘러 천천히 걷는 것도 버거워하던 아이였다. 그래서 어디든지 내달릴 수 있는 아이들이 가장 부러웠다. 언젠가는 그 아이들의 꽁무니를 따라 개경에서 가장 크고 화려했던 선의문宣義門 밖으로 나가 벽란정에 가본 일도 있었다.

"여기는 벽란도란 곳이다. 저 배들 좀 보아라. 저걸 타고 먼 나라 사람들이 이곳까지 와서 서역의 신기한 물건을 팔고 고려의 특산품을 사 가는 게다."

아버지의 설명을 듣는 동안 지눌은 하마터면 기절할 만큼 놀란 적이 있었다. 바로 코앞으로 낯선 이국인들이 지나갔기 때문이다. 키가 훤칠한 데다 피부가 까무잡잡한 그들은 도무지 알아듣지 못할 말을 나누며 벽란도 일대를 활보했다. 그때 지눌은 그들이 사는 나라는 대체 이 세상의 어느 곳에 있는지, 그들이 먹는 음식과 사는 집은 어떤 모습인지 궁금했다. 하지만 아버지가 국학의 학정이라 해도 그런 것까지 훤히 알 수는 없어서 막연한 궁금증으로 남았을 뿐이다.

문득 어렸을 때 지금처럼만 활력이 넘쳤다면 다른 인생을 살았겠지 싶었다. 혹시 이국인에 대한 호기심을 풀기 위해 배를 타고 말로만 듣던 서역의 여러 나라를 순례하는 사람이 되었을지도……

지눌은 국학 주변에 있던 속가로 가볼까 싶었지만 이내 광명사 쪽으로 발길을 돌렸다. 출가자가 속가의 집으로 가서 부모 형제를 만나는 것을 허물이라 할 수는 없었지만 이젠 그 부모 형제조차 제도할 대상이 아닌가. 더구나 승과도 몇 달 남지 않았으니 준비를 소홀히 할 수는 없었다.

결국 지눌은 개경을 남에서 북으로 종단해 송악산 자락에 자리 잡은 광명사에 누더기 걸망을 내려놓았다. 초가을의 해가 제법 길어 그가 광명사에 도착한 뒤에야 땅거미가 내리고 있었다.

선종 도회소인 광명사는 태조 왕건이 조상 대대로 살던 집터를 922년(태조 5)에 개조한 도량으로 터가 넓은 데다 전각도 여럿이

어서 선종 수사찰로 손색이 없는 곳이었다. 광명사 객실에 임시 거처를 마련한 지눌은 그해 늦가을에 치를 승과 공부를 시작했다. 승과는 먼저 예비시험에 통과한 비구들만 응시할 수 있으며 예비시험은 각 선문의 근본도량에서 치르도록 되어 있었다. 굴산사를 떠난 지 오래인 지눌은 광명사에서 곧바로 예비시험을 치렀다.

지눌이 받아 든 문제지는 '과거칠불의 이름과 그 내력을 순서대로 적고 삼처전심에 대해 논하라'라는 것이었다. 지눌은 망설이지 않고 답을 적어나갔다.

> 과거 91겁에 반수성 왕족으로 태어난 비바시불은 성이 콘단나이고 부친은 반두마, 모친은 반두마티이다. 이때 인간의 수명은 8만 4,000세였다. 비바시불은 파탈리 나무 아래에서 성불하여 세 번 설법하였는데, 첫 번째 설법에서 16만 8,000명, 두 번째 설법에서 10만 명, 세 번째 설법에서 8만 명을 교화하였다. 그 가운데 칸다와 티싸를 상제자로 삼고, 아소카를 집사제자로 두었다. …… 제7불인 석가모니불은 정반왕의 아들로 태어나 아들 라훌라를 낳고 29세에 출가해 보리수 아래서 아뇩다라삼막삼보리를 얻고 45년 동안 설법하였다…….

이렇게 과거칠불의 내력을 적고 난 지눌은 곧이어 부처가 가섭에게 법을 전한 내력인 삼처전심에 대해 적었다.

삼처전심은 석가모니가 마하가섭에게 세 군데에서 마음으로 법을 전한 것을 일컬으며 영산회상 염화미소, 다자탑전 반분좌, 사라쌍수하 곽시쌍부를 가리킨다. 부처님은 마하가섭의 염화미소를 보고 당신의 정법안장 열반묘심을 마하가섭에게 전한다 하셨다. 이후 부처님이 중인도 다자탑 앞에서 설법하실 때 수많은 대중 때문에 빈자리가 나지 않았다. 그때 이루 말할 수 없이 초췌한 모습에 더럽고 추한 옷을 입은 마하가섭이 뒤늦게 나타나자 부처님은 그를 당신의 옆자리에 앉히셨으니 이는 대중들에게 의정을 일으키게 하는 두 번째 전법이었다. 부처님이 열반하시자 제자들은 사라쌍수 앞에 입관하고 다비를 하기 전 마하가섭을 기다렸다. 뒤늦게 소식을 듣고 달려온 마하가섭이 부처님을 모신 관 앞에 엎드려 통곡하자 부처님이 관 밖으로 두 다리를 뻗치니 이를 곽시쌍부라 한다. 이는 육신은 무상하여 세상을 떠났지만 법신은 상주불멸한다는 가르침이다.

지눌은 예비시험을 가볍게 통과하고 한 달 후에는 본시험을 치렀다. 선종 승과를 앞두고 전국 각 선문에서 수백 명의 응시생이 광명사로 찾아와 절 안팎은 북새통을 이루었다. 그중에는 굴산사 시절 지눌과 함께 지냈던 도반도 있었으며 지눌이 떠난 뒤 굴산사 대중이 된 생면부지의 승려들도 여럿 있었다. 지눌은 그들과 반갑게 인사하면서도 한편으로는 득재 사형이 끝내 시험장에 나타나지 않은 것을 아쉬워했다.

마침내 시험 날 아침이 밝자 승려들은 대웅전으로 들어가 질서 정연하게 좌정했다. 곧이어 승과를 치르기 전에 간단한 의식을 마친 후 시험 감독관이 입을 열었다.

"모두 지필묵을 꺼내 준비를 갖추시오."

지눌은 붓과 벼루 그리고 규격에 맞춰 준비한 백지를 펼쳐 앞에 놓았다. 그가 가져온 붓은 스승 종휘선사가 열반하기 전 유품으로 내려준 것이며 벼루는 지눌을 이끌어준 굴산사 만학 사형이 오래 전에 선물한 것이었다.

본시험 문제는 남돈북점南頓北漸의 특성, 돈오와 점수의 뜻을 논하고 그것을 주제로 각자 게송을 쓰라는 것이었다. 이미 《조당집》은 물론 《경덕전등록》 등 무수한 선서禪書와 조사들의 어록을 독파한 지눌에겐 비교적 쉬운 문제였다. 다만 게송이 걸림돌이었다.

지눌은 선사 수백 명이 남긴 게송을 낱낱이 기억했지만 그건 결코 자신의 깨달음의 노래가 아니었다. 이번 승과를 앞두고 그 점을 염두에 두었지만 막상 시험장에 앉고 보니 눈앞이 캄캄했다.

'이렇게 어두운 사람이 무슨 게송을 쓴단 말인가?'

한동안 삼매에 잠겼던 지눌은 이윽고 편한 자세로 고쳐 앉고는 붓을 들었다. 조용히 눈을 떠 주변을 둘러보니 많은 응시자들이 분주하게 흰 종이를 채워나가고 있었다. 아무리 둘러보아도 자기 답안지만 백지로 있는 듯했다.

남돈북점의 특성을 가장 분명히 드러내는 것은 혜능과 신수神秀의 게송이었다. 먼저 신수가 '몸은 곧 보리수요, 마음은 거울과 같으니 때때로 부지런히 털고 닦아서 티끌이 없게 하라'고 점수漸修를 강조한 데 비해 혜능은 '보리는 본래 나무가 없고 거울 또한 그 받침이 아니네. 본래 아무것도 없거늘 어느 곳에 티끌이 있으리'라고 돈오頓悟를 말해서 5조 홍인弘忍의 인가를 받았다. 이 일로 혜능은 6조 선사가 되어 중국 선종의 정통을 계승했다.

그럼에도 혜능에게 고배를 마신 신수는 장안과 낙양을 중심으로 왕실과 귀족들에게 널리 법을 전했고 나중에는 중국의 국사 대우를 받았다. 열반한 후 선사로서는 중국 최초로 시호를 받았으니 그 이름이 대통大通이었다. 이후 대통선사 덕에 뿌리를 내린 선종은 북종선이라 하며 《화엄경》 또는 《능가경》을, 6조 혜능의 계통을 남종선이라 하며 《금강경》을 각각 소의경전으로 삼았다.

남종선은 혜능에서 비롯되었다는 뜻에서 남능南能, 북종선은 신수에서 비롯되었다는 뜻에서 북수北秀라고도 부르며 그 특성상 남능돈종과 북수점종으로 분류하기도 하는데 이를 줄여서 남돈북점이라 한다.

지눌은 먼저 남돈북점의 특성을 간략히 적은 뒤 돈오와 점수의 뜻을 적어나갔다.

> ……단박 깨달음[頓悟]이란, 범부가 미혹했을 때 사대를 몸이라 하고 망상을 마음이라 하여, 제 성이 참 법신法身임을 알지 못하고, 자기의 신령한 앎[知]이 참 부처임을 알지 못하여, 마음 밖에서 부처를 찾아 허덕이며 헤매다가, 갑자기 선지식의 지시를 받고 바른

길에 들어가 한 생각에 빛을 돌이켜 제 본성을 보면, 번뇌 없는 지혜의 성이 본래부터 스스로 갖추어져 있어, 모든 부처님과 털끝만큼도 다르지 않음을 아나니, 그 때문에 단박의 깨달음이라 한다. 또 차츰 닦음[漸修]이란, 비록 본래의 성이 부처와 다르지 않음을 깨달았으나, 오랫동안의 습기習氣는 갑자기 버리기 어려우므로 깨달음에 의해 닦아 차츰 익혀 공이 이루어져서 성인의 태胎를 길러 오랜 동안을 지나 성인이 되는 것이므로, 차츰 닦음이라 한다. 마치 어린애가 처음 났을 때 갖추어진 모든 기관器官이 남과 다를 것이 없지만 그 힘이 아직 충실하지 못하기 때문에 제법 세월이 지난 뒤에야 비로소 사람이 되는 것과 같다.

지눌은 곧이어 게송을 지었다.

육조의 돈오는 태양 빛 같고
신수의 점오는 거울 속의 빛이로다
모양 없는 본심은 돈점이 아니나
아이가 커서 어른이 된 것 같도다.
六祖頓悟日月出 神秀漸悟鏡上明
本心無相非頓漸 兒孩漸成成長人

지눌은 승과에서 당당히 장원으로 급제해 대선大選이라는 법계에 올라갔다. 이는 지눌이 오늘날 한국 불교의 사상적인 기둥으로 추앙받게 된 출발점이라 할 수 있다. 그가 승과에 급제한 후 여느 비구들처럼 명리를 따른 게 아니라 정혜결사를 주창했으며 열반할 때까지 끝없이 수행하고 학문에 몰두해 신라의 원효대사와 더불어 한국 불교 사상의 큰 봉우리를 이루었기 때문이다.

땅에서 넘어진 자, 땅을 짚고 일어나라

염불과 경 읽기와 온갖 행실을 닦는 것 등은
다 사문沙門의 가질 바 떳떳한 법이라 무엇인들 해로움이 있겠는가.
그러나 그 근본을 깊이 찾지 않고 상相에 집착하여 밖에서 찾으면
지혜 있는 사람의 비웃음을 살 것이다.

《권수정혜결사문》

지눌은 승과에 급제하고도 담담했다. 그가 장원급제했다는 소식은 사굴산문을 비롯해 각지로 전해져 그 일을 축하하는 도반들의 편지가 속속 도착했다. 그때 지눌은 스승 종휘선사가 유훈으로 남긴 호시우행의 경책을 떠올리며 당시의 승단을 천천히, 그러면서도 날카롭게 살펴보고 있었다.

급제한 지 며칠이 지나, 같은 개경 땅에서 살고 있던 부모님과 형제, 누이가 달려왔다. 그의 속가 가족들은 편지를 보내거나 몇 년에 한 번씩 굴산사를 방문해 안부 겸 이런저런 소식을 전하곤 했다. 그럼에도 지눌이 출가한 후 처음으로 개경을 찾은 데다 보란

듯이 승과에 급제했으니 그때의 만남은 좀 더 반갑고 만감이 교차하는 순간이기도 했다.

광명사 요사채에서 가족을 맞은 지눌은 먼저 부모님께 큰절을 올렸다. 부모님 또한 재가자로서 예의를 갖춰 아들 지눌에게 삼배를 했다.

"장하시오, 지눌 비구."

정광우가 절을 마치고 난 뒤 아들의 손을 잡으며 축하 인사를 전했다.

"고맙습니다. 모두 두 분의 은혜 덕분입니다. 소자를 애지중지 보살펴주신 은혜만도 막중한데 더구나 부처님께 귀의토록 해주셨으니 몇 생을 다해도 보답하지 못할 것입니다."

"스님, 이젠 어디로 가시려오? 부디 개경이나 서흥 주변에 머무른다면 어미로서 더 이상 바랄 게 없겠소."

어머니가 물었다.

지눌이 출가할 무렵만 해도 고왔던 모습은 오간 데 없이 어느덧 이마와 눈가에 굵은 주름이 맺혀 있었다. 오랜 풍상을 겪으면서도 오직 아들의 건강과 성불만을 염원했을 어머니의 간절한 눈길을 지눌은 애써 외면하려 했다. 비구의 참된 효도는 중생제도에 있음을 잘 알기 때문이었다.

"저희 같은 비구들을 운수납자라 했으니 언제, 어디로 떠날지는 기약이 없습니다. 부디 모두 성불하십시오."

"승과에 급제했으니 개경 근처에 머물며 벼슬을 해야지, 어디로 가겠단 말이신가?"

아버지 정광우가 물었다.

"하오나 소승은 명리를 구하려고 과거를 본 게 아닙니다."

"그럼 무엇을 하려는가?"

"우선 득도한 후 이 땅의 승가를 나락에서 구하려 합니다. 그게 소승의 발원이니 두 분께선 널리 헤아려주십시오."

"거 참, 딱한 일일세."

정광우는 혀를 차고는 더 이상 입을 열지 않았다. 한동안 어색한 침묵이 이어지자 지눌의 누이 서희가 입을 열었다. 누이 또한 어려서 지눌과 함께 뛰놀 때의 모습은 간데없이 어느덧 결혼하여 두 아이의 어머니가 되었다.

"난 이 다음에 동생을 그림자처럼 따라다니며 살 거야."

"제가 정처 없이 떠돌 텐데 어떻게 따라다닌단 말이우? 매형과 조카들은 어쩌고?"

"그래도 동생이 높은 벼슬을 얻게 되었으니 그 덕을 보아야지."

누이의 속없는 말에 지눌은 그만 웃고 말았다.

"누님은 중 벼슬이 닭 벼슬만도 못하다는 말을 듣지 못하셨소?"

"그래도 승과에 장원급제하는 게 아무나 할 수 있는 일인가?"

"아무리 그렇더라도 소승은 중 벼슬은 생각지 않고 멀리멀리 떠다닐 것이니 행여 따라다니려는 생각은 마시우."

그때 지눌의 아우 서전도 입을 열었다. 지눌이 출가할 때 겨우 두 살이었던 서전도 어느덧 열아홉 살, 늠름한 청년이 되었다.

"저는 스님께서 속히 성불하시길 바랍니다. 이 아우가 듣기로는 출가를 하려면 삼생에 걸쳐 대왕의 복덕을 쌓아야 한다 했으니, 형님께선 속가의 일일랑 제게 맡겨두시고 널리 중생을 제도하는 일에 전념하시기 바랍니다."

지눌은 그 말을 듣자 자신도 모르게 빙그레 웃었다.

"서전아, 참으로 기특하구나. 편지로도 여러 차례 말했듯이 네가 부모님을 잘 모시고 있다니 마음 든든해. 고맙고 기쁘다."

"그런데 스님, 요즘엔 승속이 모두 뒤숭숭하니 수행하는 데 장애가 되지는 않는지요."

속가 가족에게도 승가의 혼탁함이 남의 일 같지는 않았을 터였다. 한동안 지그시 눈을 감고 생각에 잠겼던 지눌이 얼마 후 입을 열었다.

"연꽃이 진흙탕에 물들지 않는 것처럼 수행자도 그와 같지 않겠느냐? 세상의 혼탁함이 장애가 되겠지만 한 마음 바꾸면 오히려 약으로 삼을 수도 있단다."

그날 지눌은 식구들이 준비해온 떡과 과일을 광명사 불전과 사부대중에게 공양한 뒤 작별을 고했다. 새로운 만남을 기약할 수 없는 또 다른 이별이었다.

광명사에서 승과를 치른 지 보름이 지났을 때였다. 승과에 급제한 이들을 비롯해 출신 산문을 불문하고 고려 선종을 이끌어나갈 젊은 승려들이 개경 보제사에 모여들었다. 이른바 담선談禪법회가 열린 것이다.

지금의 개성시 한천동에 터를 잡았던 보제사는 고려 왕실과 밀접한 관련이 있는 사찰로, 규모가 방대한 것으로 유명했다. 일례로 보제사 정전正殿인 나한보전은 왕궁보다 더 웅장한 규모였다고 한다. 역대 왕들은 한 번에 최소한 수만 명의 승려를 불러 발우공양을 베풀었는데 그들이 한자리에 모여 밥을 먹은 곳이 바로 보제사였다.

이 시기의 담선법회는 선풍禪風을 진작시키기 위해 2년에 한 번씩 열렸다. 따라서 선에 대한 이론을 치열하게 토론하며 선종을 널리 전할 수 있는 방법을 논의하는 게 법회의 주요 목적이라 할 수 있었다.

그럼에도 고려 중기 이후로는 무신 정권이 선종 승려를 회유하거나 포섭하려 하면서 법회의 성격이 변질되었다. 선종에서도 의천이 열반한 이후 선교 융합 정신이 사라지고 교종과 심하게 차별하던 때여서 권력에 줄을 대려는 풍토가 만연해졌다. 따라서 처음엔 그런대로 담선법회의 목적에 걸맞는 이야기들이 나왔지만 회를 거듭할수록 본질에서 벗어난 화제가 주를 이루었다. 특히 지눌이 참석했을 때는 그 정도가 매우 심했다.

그 무렵 조정의 실권은 젊은 무장 경대승이 장악하고 있었다.

1170년 무신정변이 일어난 후 이의방·이고, 정중부 등이 차례대로 정권을 차지했다. 그러다가 자신도 무신이지만 무신정변 주역들의 횡포와 독재에 분개한 경대승이 1179년 9월, 정중부 등의 집권 세력을 모조리 없애고 권좌에 올랐다. 경대승은 문신에 대한 예우를 차릴 줄 알았기에 당시 겨우 명맥을 유지하던 문신에겐 환영받았지만 무신에게는 외면당했다. 따라서 경대승은 독자적인 권력 기반을 구축하려고 이전 정권들의 권력 기구였던 중방重房을 무력화하는 대신 도방都房을 설치해 무신의 동태를 철저히 감시했다.

이런 때여서 1182년의 보제사 담선법회를 앞둔 무렵에도 개경 거리는 살벌했다. 경대승의 부하들이 두 명씩 짝을 이뤄 순찰을 도는가 하면 반대파 무인들이 평민으로 위장한 채 망을 보는 일이 자주 목격되었다. 그런 가운데서도 상인들은 물건을 파는 데 여념이 없었고, 그중에는 승려도 적잖게 섞여 있었다.

지눌은 그런 혼탁한 거리를 지나 보제사 일주문 앞에 이르렀다. 보제사의 위용은 듣던 대로 대단했다. 휘황찬란한 단청과 거대한 규모의 당우들, 흰 눈이 소복이 쌓인 연못까지 눈부셨다. 지눌이 일주문으로 들어가 연못가에서 두리번거리자 제법 체구가 당당한 승려가 물었다.

"담선법회에 오셨소?"

"그렇습니다만…… 지객知客이십니까?"

지눌의 물음에 지객은 귀찮다는 표정부터 지었다.

"객실은 저 뒤편에 있으니 아무 곳이나 빈방을 골라잡으시오."

지눌은 지객이 가리킨 대로 웅장한 나한보전을 오른쪽으로 끼고 돌아 객실 건물 앞에 이르렀다.

그때였다.

"이게 누구신가?"

마침 방 밖으로 나오던 한 비구가 지눌을 보며 소리쳤다.

"득재 사형 아니십니까? 이게 대체 얼마 만이오?"

"3년 만일세그려."

"소승에겐 30년은 지난 듯하외다."

두 사람은 맞잡았던 손을 한동안 놓지 못한 채 회상에 젖었다.

"이럴 게 아니라 방으로 들어가세. 아직 거처를 정하지 않았을 테니 내 방에서 지내는 건 어떻겠나?"

"여부가 있겠습니까?"

곧 득재의 방에 걸망을 내려놓은 지눌이 자리에 앉았다. 군불을 많이 지폈는지 방바닥 전체가 따끈했다. 지눌이 앉아 잠시 방 안을 둘러보는 동안 득재는 화로 위에 주전자를 올려놓았다.

"그나저나 장원으로 급제를 했다니 내 어깨가 다 들썩이네. 진심으로 고맙고 기쁘네."

"쑥스럽게 무슨 말입니까? 중 벼슬이 군더더기라고 할 때는 언제고……"

"허허, 아직 그 말에 얽매여 있었던가?"

득재가 속없이 웃어 보였다.

"그래, 사형은 그동안 어찌 지내셨소?"

지눌이 물었다.

"자네가 떠난 지 얼마 지나지 않아 나 또한 굴산사를 나와 산천을 떠돌아다녔다네. 자세한 얘기는 저녁 공양 후에 나누기로 하세. 마침 공양 때가 되어 후원으로 가려던 참이었어."

득재가 밖으로 나가려고 몸을 일으키자 지눌도 따라 일어섰다.

두 사람이 저녁 공양을 마치고 다시 방으로 들어섰을 때는 미리 화로에 올려놓았던 주전자의 물이 펄펄 끓고 있었다. 마른 수건으로 주전자 손잡이를 감싸 쥔 득재는 능숙한 솜씨로 다관에 차를 우려냈다.

지눌처럼 득재 또한 전국을 떠돌며 승가의 폐부를 지겹도록 들여다보았다. 때론 그런 모습에 신물이 나 깊은 토굴에서 참선 수행에 전념했으나 깨달음은 좀체 이루어지지 않았다.

"지난 세월을 돌아보니 이도 저도 아니었네."

득재가 우려낸 차를 잔에 따르며 말했다.

"피장파장입니다. 아무튼 이제는 우리 승가의 환부를 도려낼 때가 아닌가 싶군요."

"이를 말인가? 하지만 뭐 뾰족한 방법이 좀체 생각나지 않는군."

"먼저 득도를 하는 게 순서 아닐까요?"

두 사람은 그날, 굴산사에서 지낼 때의 일이며 수행의 자세, 고려 불교의 암울한 현실 등을 논하느라 날이 밝은 걸 모를 정도였다. 그 가운데에는 수행 공동체인 결사結社에 대한 이야기도 있었다. 승가를 정화하기 위해 이런저런 방법을 생각하던 지눌이 문득 결사를 추진하는 게 어떤지 물었다.

"결사라 했나?"

"그렇습니다."

지눌은 오래전에 읽었던 백장회해의 생애와 그가 결기 있게 내세운 청규를 떠올렸다. 그 백장청규 때문에 중국에서는 비로소 선종이 뿌리 내릴 수 있었다.

백장이 중국 선종의 기틀을 닦은 데 비해 지눌 당시의 고려 선종은 꽃을 피우지도 못한 채 시들어갈 판이었다. 그래서 오래전부터 막연히 결사를 생각했지만 아직은 구체적인 계획이나 방법을 찾지 못했다.

"결국 그 길을 가야 옳지만 지금은 시기상조 아닐까?"

지눌의 말을 무겁게 받아들인 득재가 다시 물었다.

"그렇습니다. 백장노사는 이미 큰 깨달음을 얻고 많은 후학을 지도하던 중에 청규를 제정했지만……"

지눌은 미처 말을 맺지 못했다. 치열하고도 당당했던 중국 선사들처럼 불립문자의 심인心印을 터득하지 못하고서야 어찌 결사를 이끌 수 있단 말인가. 결국 이렇다 할 결론도 없이 결사 이야기는 흐지부지되고 말았다.

이튿날 아침 공양을 마친 뒤부터 나한보전에서는 담선법회가 열렸다. 그 법회를 앞두고 보제사 안팎에서는 '보제국담선재普濟國談禪齋'라고 적힌 깃발이 펄럭였다. 담선법회가 선종의 단합 차원이 아니라 국가 행사임을 단박에 알리는 글귀였다. 이에 부합하듯 그해의 담선법회는 처음엔 선풍을 진작시키며 교종과 마찰을 해소하는 방안이 거론되었으나 곧 시들해졌고 결국엔 권력자들의 이야기가 최대 화제로 떠올랐다.

"새로 집권한 경 장군은 문신과 무신을 두루 등용한다니 이제 우리도 숨 좀 쉴 만한 세월이 오지 않았소?"

"그렇고말고요. 경 장군은 명문 출신의 무신인 데다 선종 승려를 핍박하지 않는다 합디다."

"그나저나 이번에 승과도 끝났으니 머잖아 폐하께서 대중공양을 내려주지 않을까요?"

"당연한 일입니다. 하지만 대중공양보다 우리 산문에 왕실 원찰이나 지어주신다면 소원이 없겠소이다."

"왕실 원찰이라…… 염불보다 잿밥이라더니 그쪽 산문에선 그런 데만 재미를 붙인 모양이구려."

"허허! 말씀이 지나치시오. 요즘 폐하나 왕실의 외호를 받지 않는 사찰이 어디 있다고…… 더구나 교종 사찰에서 받는 무진장한 혜택에 비하면 우리 선종 사찰이야 조족지혈이 아니겠소?"

국가 차원의 법회에 걸맞게 권력승의 입맛에 맞는 이야기가 중구난방으로 터져나왔다.

장원급제하여 상석 쪽에 앉은 지눌은 눈을 지그시 감고 있었다. 대체 저들이 출가 사문이 맞으며 그중에서도 직지인심 교외별전을 종지로 삼는 선종 수좌들이 맞나 싶었다. 날마다 검소하고 담백하게 백장청규를 지키며 하늘이 두 쪽 나더라도 깨달음을 얻기 전까지는 결가부좌를 풀지 않겠다는 비구가 맞는가 싶었다. 지눌은 두 눈뿐만 아니라 귀마저 막고 싶었다.

옆에 앉았던 득재 사형도 언제 폭발할지 모를 분노를 가라앉히느라 좌불안석인 듯했다. 지눌은 짧은 순간에 만감이 교차했다. 득재 사형은 승과 준비를 포기하면서 비구라는 신분 이상의 군더더기 벼슬은 필요 없노라 단언했다. 그 말을 옳게 여기면서도 지눌 자신은 승과를 준비했다. 아니, 반드시 승과 준비라 할 것도 없이 수많은 문자를 탐독하고 각지의 사찰을 순례하며 지내온 3년이었다. 그 결과 지눌의 학식은 당대 최고 수준까지 올라갔다 할 수 있지만 아직은 교외별전의 핵심에 이르지 못했다. 차라리 문자를 집어던지고 면벽 수행으로 큰 깨달음을 얻는 일이 고려 불교를 개혁하는 지름길은 아닐까 싶기도 했다.

신라에 이어 고려 때도 내로라하는 학승은 여건만 되면 중국으로 유학해 짧게는 3~4년, 길게는 수십 년씩 불학을 공부했다. 선종 승려들 또한 중국으로 건너가 참선 수행으로 득도했고, 그것을 역대 조사에게 인가받는 게 일반적이었다. 지눌도 불타는 학구열과 학식이라면 마음먹기에 따라 얼마든지 유학을 다녀올 수도 있었다. 왕실이나 귀족, 하다못해 앞으로 불은佛恩에 기대려는 부자 등에게 그런 뜻만 밝히면 몇 년씩 중국에 머물 학비와 여비를 넉넉하게 시주받을 수 있을 터였다. 하지만 지눌은 그런 길이 내키지 않았다. 중국 선사들의 게송이나 선문답을 앵무새처럼 읊조리는 건 체질에 맞지 않았으며 더구나 그들의 인가를 받아야 고려에서 행세할 수 있다는 대다수 승려들의 인식도 비위에 거슬렸다.

결국 지눌은 독자적인 길을 추구하려 했으며 그 결과 승과에서 장원급제했고, 그것은 앞으로 지눌이 왕사나 국사로 추앙받을 수 있는 출세의 지름길이기도 했다. 그러나 지눌이 승과에 미련을 둔 것은 국가에서 인정하는 공식적인 지위를 통해 승단을 개혁해보려는 의지 때문이지 출세에 뜻을 두었기 때문은 아니었다. 그런 점은 이미 득재 사형과 깊이 교감했으며 지난밤 이야기를 나누면서도 거듭 확인한 부분이었다.

지눌은 지그시 감았던 눈을 뜨고 대중들을 천천히 둘러보았다. 이심전심이었을까. 지눌이 미처 입을 열기도 전에 옆자리에 앉았던 득재가 소리를 질렀다.

"지금 뭣들 하는 것이오!"

귀청을 찢을 듯한 고함에 대중들의 시선은 일제히 득재와 지눌이 나란히 앉은 곳으로 쏠렸다.

"그래 명색이 선승이라는 자들이 모처럼 만나 그따위 망발이나 지껄인단 말이오? 그것도 2년에 한 번 열리는 담선법회 자리에서?"

대중들은 순간 찬물을 끼얹은 것처럼 조용해졌다. 누구라서 그런 말에 토를 달 것인가?

잠시 후 지눌이 입을 열었다.

"소승도 한 말씀 드리겠습니다."

대중들은 미동도 하지 않은 채 이번 승과에서 장원급제했다는 지눌에게 이목을 집중했다. 미간이 넓고 눈매가 길고 날카로우며, 귀가 큰 지눌의 얼굴에서는 광채가 나는 듯했다. 잠시 숨 막힐 듯한 침묵이 좌중을 사로잡은 뒤 지눌의 사자후가 이어졌다.

"소승이 들으니 '땅으로 인하여 넘어진 사람은 땅으로 인하여 일어난다'고 했습니다. 그러므로 땅을 떠나 일어날 수는 없습니다. 한 마음이 미혹하여 가없는 번뇌를 일으킨다면 그 사람은 중생이요, 마음을 깨달아 가없는 묘한 작용을 일으킨다면 그 사람이 바로 부처입니다. 미혹함과 깨달음은 다르지만 요는 모두 한 마음으로 말미암은 것입니다. 따라서 마음을 떠나 부처가 될 수는 없습니다.

오래전부터 우리 사문들이 선을 진작시키려고 담선법회를 열어온 것으로 알고 있습니다. 그러나 오늘 이 자리에서 확인된 것처럼 본래 취지와 달리 세속적인 이익을 탐하고 정치권력의 향배를 저울질하며, 왕실이나 귀족들과 결탁할 기회나 노리게 되었습니다. 말하자면 불법에 핑계하여 '나'다 '남'이다를 구별하여 이양利養의 길에서 허덕이고 풍진風塵 가운데에 골몰하여 도덕은 닦지 않고 의식衣食만 허비하니 비록 출가하였다 하나 무슨 덕이 있겠습니까? 상구보리 하화중생만이 승려의 본분이거늘 어찌 우리가 이렇게 오탁악세五濁惡世의 낭떠러지로 추락했는지 다 함께 생각하고 뼈를 깎는 반성과 노력이 따라야 할 것입니다.

그런 뜻에서 소승은 이번 법회를 계기로 일체의 명예와 승려로서 누리는 특권을 버리고 숲 속에 은둔하며 선정과 지혜를 갈고닦기를 바랍니다. 예불과 경 읽기, 나아가서는 노동하고 울력하는 데까지 스스로 맡은 일을 다하며 인연 따라 성품을 길러 평생을 걸림 없이 지내 진인달사眞人達士의 높은 행을 따르면 어찌 즐겁지 않겠습니까? 비록 소수만이라도 그런 결사가 이뤄진다면 고려의 승가가 개혁되고 정화되는 불씨가 될 것입니다."

대중들은 지눌의 몸에서뿐만 아니라 그의 결연한 의지와 담대한 포부에서도 빛이 나는 것을 느꼈다. 그 빛은 캄캄한 굴속을 벗어나게 하는 한 줄기 서광과 같았다. 많은 대중이 지눌의 말에 고개를 끄덕였으며 사형 득재는 바로 그 자리에서 지눌의 제안에 동참할 뜻을 밝혔다.

"방금 지눌 비구는 수행 공동체인 결사를 제안했습니다. 바로 오늘과 같은 담선법회 자리에 꼭 필요한 화제가 아닐까요? 난 지눌 비구의 말을 어젯밤에 듣고 결사가 아직 시기상조라고 생각했다오. 하지만 더 이상 결사를 늦출 수 없다는 사실을 오늘 이 자리에서 확인했습니다. 그런 뜻에서 선정을 익히고 지혜를 닦아나가기 위한 결사에 동참할 작정이오."

득재의 말이 끝나기도 전에 여기저기에서 한마디씩 입을 열었다.

"백번 옳은 지적이오. 하지만 지금처럼 법이 쇠퇴한 시대에 선정과 지혜를 닦는 일이 쉽겠습니까? 오히려 염불 수행을 통해 정토에 닿느니만 못할 것이외다."

"나 또한 그리 생각하오."

이에 대해 지눌이 대꾸했다.

"아무리 시대가 변하더라도 마음의 성품은 변하지 않습니다. 법이 흥하고 쇠한다고 말하는 이는 바로 삼승권학[33]과 같으니 지혜

삼승권학三乘權學 : 삼승의 수행과 깨달음은 모두 다르다는 방편의 가르침.

있는 사람은 그렇게 생각해서는 안 됩니다."

이때 한 비구가 물었다.

"스님께서 이번 승과에서 장원급제를 하셨으니 한 가지 물어봅시다. 스님은 먼저 자기 성품의 맑고 묘한 마음을 믿고 알아야 비로소 선을 닦을 수 있으며 그것이 불도를 이루는 요긴한 방법이라고 했습니다. 그런데 왜 선을 닦는 사람을 보면 신통한 지혜를 내지 못하는 겁니까? 만일 신통을 나타낼 수 없다면 어찌 수행한 사람이라 하겠습니까?"

지눌이 웃으며 대답했다.

"그 질문은 수행 결사를 논하는 이 자리의 화제와 관계가 없습니다만 기왕 말이 나왔으니 소승의 견해를 말씀드리겠습니다. 신통의 지혜는 불심을 바로 믿는 법의 힘을 따라 더욱 수행하여 공을 쌓음으로써 얻어집니다. 거울을 닦는 것을 예로 들면, 거울의 때가 없어지면 차츰 밝아지고 밝아질수록 거기 비치는 영상은 천만 가지나 되는 것과 같습니다. 만일 믿음과 앎이 바르지 못하고 공을 쌓은 행이 깊지 못하며 혼미하게 앉아 졸거나 침묵하는 것만을 선이라 한다면 거기서 어떻게 신통이 나타나겠습니까?"

지눌은 곧이어 여러 경전과 선어록을 열거하며 고려 불교를 정화하기 위한 결사의 필요성을 설득했다.

그러자 방금 전까지 소극적이던 비구들이 고개를 끄덕이며 대답했다.

"듣고 보니 스님의 말씀이 옳구려. 언제부터 우리가 출가자의 본분을 잊은 채 부귀와 특권에 목을 맸는지 나 또한 답답하게 여겼소."

"눈앞의 이익보다는 널리 중생을 제도하며 성불하여 세상을 구원합시다."

"석가모니께서는 국왕의 자리와 처자식마저 놓아두고 월장해 6년 고행 끝에 성불하셨습니다. 한데 그분의 제자를 자처하는 우리가 이래서야 되겠소? 소승도 결사에 동참하겠소."

그날 지눌의 제안에 동참한 비구는 10여 명 정도였다. 담선법회에 참여한 대중들에 비하면 결코 많은 숫자는 아니었다. 지눌은 돌발적으로 결사를 제안했는데도 그만한 사람들이 공감해준 데서 희망을 느꼈다.

《육조단경》에서 찾아온 첫 깨달음

불법은 일상생활 안에 있다.
걸어 다니고 머물고 앉고 누우며, 차를 마시고 밥을 먹으며
서로 문답하고 일하는 곳에 있다.
그렇지만 마음을 일으키고 생각을 움직이면 또 그렇지 않다.

《진심직설》

지눌은 그날, 결사에 동참하기로 한 비구들과 따로 자리를 마련했다. 그리고 다시 힘주어 말했다.

"우리는 오늘 아름다운 기약을 맺고 깨끗한 행을 닦게 되었습니다. 그러므로 참되고 바른 유풍遺風을 우러러 사모하여 스스로 비겁하지 말고, 계율과 선정과 지혜로써 몸과 마음을 닦아서 번뇌를 덜고 또 덜어서 물가와 숲 속에서 성인 될 태를 길러야 합니다. 달빛을 보면서 거닐고 시냇물 소리를 들으면서 마음대로 놀아 거리낌이 없어 시간과 장소를 따라 마치 물결에 띄운 빈 배와 같고 허공을 나는 새와 같아야 합니다. 그리하여 몸은 이 우주에 나타

내었으되 그윽한 마음은 법계에 둬서 인연을 따라 감응하여 일정한 한정이 없으리니, 소승이 사모하는 것도 바로 여기에 있습니다. 만일 수도하는 사람으로서 이름을 버리고 산에 들어갔더라도 이 행을 닦지 않고 거짓으로 위의를 나타내 신심이 있는 시주들을 속이면 그것은 차라리 명예와 부귀를 구하고 주색에 빠져 거칠고 어지러운 정신으로 일생을 허비하는 일만도 못할 것입니다."

비구들은 저마다 지눌의 뜻에 동감하며 두 손을 모아 반배했다.

그때 득재가 입을 열었다.

"참으로 오늘의 일은 먼 후세에까지 전해질 것이라 믿습니다. 방금 지눌 비구의 말처럼 선정과 계율, 지혜를 함께 닦는다는 뜻에서 우리가 맺을 동사同社의 이름을 정혜定慧라 정하는 게 어떻겠습니까?"

"이론이 있겠습니까? 정혜결사라! 그 말만 들어도 억눌렸던 가슴이 개운해지는구려."

그때 한 비구가 조심스레 물었다.

"소승 또한 그런 생각에서 이 모임에 동참하려고 하나 정과 혜를 함께 닦아야 한다는 말씀의 뜻을 좀 더 명확히 설명해주시기 바랍니다."

지눌은 당시에 만연했던 선교 양종의 폐단을 지적했다. 즉 지눌 당시의 선승들에 대해선 헛되게 침묵만 지키는 수묵지치선守默之痴禪, 학승들에 대해선 글만 찾아 헤매는 미친 지혜에 비유해 심문지광혜자尋文之狂慧者라고 지적했다. 그러고는 덧붙여 말했다.

"따라서 악을 끊되 끊으면서도 끊는 것이 없고, 선을 닦되 닦으면서도 닦는 것이 없어야 진정한 닦고 끊음이 된다고 할 수 있습니다. 만일 이와 같이 선정과 지혜를 아울러서 온갖 행을 함께 닦으면 어찌 이것을 헛되게 침묵만 지키는 어리석은 선이나 문자만 찾는 미친 지혜에 견주겠습니까?"

이처럼 지눌은 교敎와 관觀을 함께 닦자며 정혜쌍수定慧雙修를 제안했다. 훗날 지눌은 이때의 일을 적은 《권수정혜결사문勸修定慧結社文》에서 정과 혜의 의미를 다음과 같이 설명한다.

> 선정과 지혜라는 두 말은 바로 삼학三學의 준말로서 갖추어 말하면 계율과 선정과 지혜다. 계율이란 잘못을 막고 악을 고친다는 뜻으로 삼악도※에 떨어짐을 면하게 하는 것이요, 선정이란 이치에 맞추어 산란한 마음을 거두어 잡는다는 뜻으로 여섯 욕심을 뛰어넘게 하는 것이며, 지혜란 법을 가지고 공을 관한다는 뜻으로 묘하게 생사를 벗어나게 하는 것이다. 그러므로 번뇌가 없는 성인이 처음에 수행할 때에는 이것을 다 배웠기 때문에 삼학이라 하는 것이다. 또 삼학에는 상을 따르는 것과 성에 맞추는 것의 구별이 있다. 상을 따르는 것은 위에 말한 바와 같고, 성에 맞춤이란 이른바 이치에 본래 '나'가 없는 것은 계율이요, 이치에

삼악도三惡道 : 악인이 죽어서 간다는 세 가지 괴로운 세상으로 지옥도地獄道, 축생도畜生道, 아귀도餓鬼道를 말함. 이처럼 악인은 지옥으로 가거나 동물로 환생하거나 늘 굶주림과 목마름으로 괴로움을 겪는다는 게 불교의 관점이다.

본래 어지러움이 없는 것이 자성의 선정이며, 이치에 본래 헷갈림이 없는 것은 지혜다. 이 이치만 깨달으면 그것이 곧 진정한 삼학이다.

이때 또 다른 비구가 지눌에게 물었다.

"요즘 수행하는 사람으로서 널리 배우고 많이 들어 법을 설해 사람들을 제도하면, 곧 안으로 비추어 마음을 닦음에는 손실이 될 것이요, 만일 남을 이롭게 하는 이런 행이 없다면 고요함으로만 들어가는 무리들과 무엇이 다르겠습니까?"

지눌은 잠시 생각에 잠겼다가 말했다.

"아난존자는 한결같이 많이 듣기만 일삼으면 도력道力에는 오로지 마음을 쓰지 못한다고 했습니다. 이런 가르침과 같이 옛날 성인들의 교훈이 해나 달보다 더 분명하거늘 어찌 한갓 여러 가지 뜻만 찾으면서 제 몸에서 구하지 않고 영원히 생사에 빠져 있어서야 되겠습니까? 다만 항상 관행觀行하는 여가에 성인의 가르침과 옛 스님의 도에 들어간 인연을 자세히 파헤쳐 삿됨과 바름을 가려 남과 자기를 이롭게 할 뿐입니다. 그런데 한결같이 밖에서 찾아 이름과 모양을 분별하기를 바닷가에서 모래를 세는 것과 같이 하여 부질없이 세월만 보내서야 되겠습니까?"

지눌이 덧붙여 말했다.

"옛 스님의 말씀에 '보살은 본래 남을 제도하려 하기 때문에 먼저 선정과 지혜를 닦는다. 그러므로 한가하고 고요한 곳이라야 선

두타頭陀 : 번뇌와 의식주에 대한 탐욕을 버리고 청정하게 불도를 닦는 수행을 말한다. 여기에선 그러한 수행자를 가리킴.

정과 관행을 이루기 쉽고 욕심이 작은 두타라야 성인의 도에 들어갈 수 있다'고 했습니다. 그러니 남을 구제할 서원을 세웠으면 먼저 선정과 지혜를 닦아야 합니다. 그리하여 도의 힘이 있으면 자비를 구름처럼 펴고, 행의 바다에 물결이 출렁거려 영원토록 고뇌하는 일체 중생을 구제하고 삼보에 공양하여 불가의 업을 이을 것이니, 어찌 고요함에만 들어가는 무리와 같겠습니까?"

오늘날 결사란 '여러 사람이 공동의 목적을 이루기 위해 사회적인 결합 관계를 맺거나 그러한 단체'를 뜻한다. 더불어 동아시아에서 불교계의 자정 운동을 위한 신앙 공동체가 결성되면서 결사라는 용어가 비로소 사용된 것으로 알려진다. 동아시아의 불교 역사상 형태와 성격이 다양한 결사가 있었는데 그중 중국의 백련白蓮결사가 대표적이다.

중국 최초의 결사로 알려진 백련결사는 동진東晋의 승려 혜원慧遠이 402년에 주도한 것으로, 123명의 승속이 여산 동림사의 아미타불상 앞에 모여 서방정토 왕생을 기원하는 염불 결사를 추진하며 시작되었다. 혜원은 열반할 때까지 언행과 예의범절이 철저했으며 선 수행과 경전 연구에도 탁월한 업적을 남긴 것으로 널리 알려졌다.

당시 중국은 남북조시대로 일컬어지는 혼란기였다. 전란이 끊이지 않았으며 이 와중에 승가도 부패하고 나태해졌다. 더구나 동진의 새 권력자가 된 환현桓玄이 수행 비구를 대대적으로 탄압하자 혜원은 전국 각지를 전전하다가 여산 동림사에 이르러 비로소 안정을 찾았다. 그는 많은 무리를 이끌며 새벽부터 밤늦도록 수행에 힘썼고 철저하게 계율을 지켜나갔다. 그 결과 중국 각지에서 소문을 듣고 찾아오는 사람들이 꼬리를 물었으며 이때 혜원은 백련결사라는 수행 공동체를 이루었다.

한반도에서도 삼국시대부터 불상 조성이나 특정 교리와 사상을 배경으로 한 결사가 있었다. 그중 705년, 통일신라의 성덕왕이 직접 주도하고 국가에서 재정을 후원했던 화엄결사가 대표적이다. 화엄결사는 당시 선종이 도입된 데 따른 화엄 종단의 위기를 타개하기 위해 결성되었으며 승단보다 국가가 주도했다는 점에서 혜원의 백련결사와는 성격이 다르다.

고려 시대에도 여러 차례의 결사가 추진되었는데 그중 지리산 수정사水精寺를 근본도량으로 삼은 수정결사가 대표적이다. 수정결사는 지눌이 태어나기 30여 년 전에 추진되었으므로 지눌의 정혜결사에 직접적인 영향을 미쳤을 것으로 추측된다. 당시의 문신 권적權適은 〈지리산 수정사기水精社記〉를 통해 진억津億대사가 추진한 수정결사의 과정을 자세히 소개하고 있다.

열한 살에 출가한 진억은 스물여섯 살에 승과에 합격했다. 이후 그는 승려로서 깨달음을 얻는 것을 목표로 삼아 수행에 몰두했다. 그러다가 뜻을 함께하는 도반들과 지리산 수정사 자리에 터를 닦았다. 진억이 결사를 추진한다는 소식이 알려지자 해인사, 공배사功倍寺 등 사찰 주지들이 큰 보시를 했다.

얼마 후 수정사 터가 완성되자 왕실과 귀족, 고관을 비롯해 선원과 강원의 승려, 일반 신도 등 3,000여 명이 그 결사에 참여하기를 희망했는데 당시 수정사에는 생활필수품과 공부하는 데 필요한 기구가 작은 것까지 모두 준비되었다고 한다.

〈지리산 수정사기〉 기록에는 다음 내용도 전하고 있다.

> ……늙은이는 편히 거처할 곳이 있고 병자는 요양할 곳이 있게 되었다. 사社에 모인 모든 사람은 온화하고 엄숙해 잘못이 있으면 충고하고 잘한 일은 칭찬하여, 서로 자극을 받아 밤낮으로 노력하며 함께 서방정토에 이르기를 목표로 했다. 우수한 사람이나 덕망이 높은 이로서 사원社院에 거처하는 이에게는, 일정한 법규에 구애되지 않고 경을 읽든가 염불을 하든가 공부를 하든가 간에 마음대로 자유롭게 지내도록 했다. 모든 사에 참가한 사람에게는 그가 생존했거나 사망했거나 불문하고 나무 쪽에 이름을 새겨두었다…… 이로부터 먼 곳과 가까운 곳에서 마음을 돌려 승려와 속인이 몰려 들어와서 교화가 성대히 실시되었는데 그 업적은 근세 이래로 드문 일이었다.

이 기록에서 알 수 있듯 수정결사는 진억대사가 고려 승가의 병폐를 타개하기 위해 추진했던 것이다.

지눌이 수정결사의 존재를 알았는지, 알고 있었다면 정혜결사를 추진하는 데 얼마나 큰 영향을 받았는지 알 수 있는 분명한 기록이 없다. 더구나 보제사 담선법회 때 지눌이 제안한 정혜결사는 즉시 이루어질 수 없었다. 뜻은 있었지만 여건이 갖춰지지 않았던 탓이다. 그것이 진억의 수정결사 등 선대의 결사와 다른 점이었다. 이를테면 수정결사만 해도 국가나 불교계 기득권층의 적극적인 후원을 받아 추진할 수 있었지만 겨우 20대 중반에 접어든 지눌로서는 그런 후원을 기대할 수 없는 형편이었다.

우선 결사를 추진하는 데 필요한 비용과 공간을 마련하는 일부터 아득했다. 또 지눌의 제안을 받아들인 승려 중 대부분은 다음 승과를 준비하거나 수행에 전념해 성불하겠다는 각오를 다진 터라 당장 그들과 결사를 이루기가 쉽지 않았다. 이런 점으로 본다면 지눌은 태어나기 30년 전에 추진되었던 수정결사를 몰랐거나 설사 알고 있었더라도 큰 영향을 받지 않은 것으로 여겨진다.

"그렇다면 오늘 우리가 맺게 된 동사는 어떻게 이끌어가실 작정입니까? 당장 한곳에 모여 정과 혜를 닦으며 몸을 움직여 울력할 곳이 필요합니다만……"

"소승도 아까부터 그게 궁금했소."

담선법회 후 한자리에 모인 비구들은 저마다 현실적인 문제에 대해 궁금증을 드러냈다. 그러자 득재가 솔직하게 털어놓았다.

"사실 지눌 비구가 작금의 승가를 뜯어고쳐야 한다는 생각은 오래전부터 했지만 그 방법을 자세히 마련한 건 아니었습니다. 그러니 시간을 두고 각자 생각해본 뒤 인연이 무르익을 때 다시 만나 이야기를 나눠보는 게 어떻습니까?"

이때 지눌도 덧붙여 말했다.

"제 스승께서는 호시우행하라는 유훈을 남기셨는데 지금에 와서 그 말씀이 더욱 절실하군요. 안타깝지만 지금으로선 득재 스님의 말처럼 시절 인연을 기다릴 수밖에 없겠습니다."

지눌은 결사 제의를 기꺼이 받아들인 동지들에게 면목이 없었다. 오래전부터 결사를 생각했지만 구체적인 방법을 찾지 못한 게 화근이었다. 여럿이 함께 움직이려면 그만한 준비가 필요했는데 답답한 마음에 불쑥 결사를 운운한 게 성급한 제안이 되고 말았다. 현실을 날카롭게 꿰뚫어 본 것은 옳았으나 급히 서두를 일도 아닌 데다 아직 여건도 갖춰지지 않았다.

다행히 지눌의 말에 여러 사람이 동의해주었다.

"그렇습니다. 우리 모두 지눌 비구의 뜻을 깊이 간직해 수행에 전념하고 깨달음을 얻읍시다. 그때 가서 오늘의 언약을 이루어 숲속에서 살며 이 땅의 승가를 바로 일으켜 세우면 됩니다."

"나 또한 그렇게 생각하오. 그러고 보니 호시우행이란 말씀은 우리 모두가 실천할 가르침이 아닐까 하오."

결국 그 자리에 모인 승려들은 각자 인연 있는 사찰로 돌아가 수행에 전념하고 훗날 다시 만나기로 했다.

자리를 파하고 난 지눌은 득재와 함께 방으로 들어가 걸망을 챙겨 들었다.

"이번엔 어디로 가시려오?"

지눌이 물었다.

"만학 사형께서 창평昌平 청원사清源寺에 계시네. 전부터 함께 살자고 하셨으니 거기서 밥이나 축낼까 한다네."

지눌은 만학이라는 이름을 듣자 무척 반가웠다. 굴산사 시절, 지눌을 누구보다 아껴주었고 열심히 갈고닦아 도를 이루라는 뜻으로 벼루까지 선물했던 사형 아닌가.

"그 사형이 청원사에 주석한단 말이오? 그럼 이 아우도 함께 가게 해주시오."

"참말인가? 자네와 동행할 수 있다면 내가 더 기쁜 일이거늘, 가게 해달라는 게 무슨 말인가?"

득재가 눈을 크게 뜨며 반색했다.

"하지만 자네는 이미 국선이란 벼슬을 얻었으니 개경의 큰 절에서 편히 지낼 만도 한데 어찌 그런 시골로 내려가 고생을 자처하는가?"

"참, 사형도…… 결사를 추진해야 할 마당에 벼슬이 다 뭐란 말이오?"

득재가 말한 창평은 지금의 전라남도 담양군에 속한 고을로 백제 때는 굴지屈支, 통일신라 때는 기양祈陽으로 불렸다가 고려 초기에 창평으로 지명이 바뀌었다. 개경에서는 꽤 먼 거리였다. 다만 육로보다는 해로를 이용하면 시간을 좀 더 단축할 수 있었다.

어려서 아버지를 따라 여러 차례 예성항(벽란도)을 구경했던 지눌은 문득 그 시절의 꿈을 떠올려보았다. 처음엔 서역의 이국인들을 보며 놀라기도 했지만 한편으로는 배를 타고 망망대해를 내달아 낯선 나라에 발을 딛고자 하는 꿈이 있었다. 어려서는 물론이고 청년이 된 그 시기에도 이루기 어려운 꿈! 그래서 득재 사형과 동행하여 청원사로 가기로 했을 때는 육로보다 해로를 택하려고 했다.

"사형은 큰 배를 타본 일이 있수?"

보제사 사천왕문을 나서며 지눌이 물었다.

"나룻배를 타고 강을 건너본 적은 몇 번 있지만 큰 배를 타고 여러 날을 물 위에서 떠돈 적은 없다네."

"그렇다면 이번엔 큰 배를 타고 창평으로 갑시다."

지눌의 제안에 득재는 선선히 대답했다.

"그것도 좋겠군. 세곡선을 얻어 탄다면 며칠 안에 법성창까지 도착할 게야."

"난 때때로 서역에 가보고 싶었다우. 육로로는 어려운 길이지만 무역선을 탄다면 쉽사리 갈 수 있다죠?"

"우리 같은 산승에겐 고역이 심하겠지. 하지만 나도 그런 고행을 통해 깨달음을 얻고자 한 적이 많다네."

"신라 때 혜초 스승은 구법을 위해 다섯 천축국을 다녀왔다지요? 그분처럼 목숨을 걸고 법을 구할 수만 있다면 더 이상 무슨 욕심을 내겠소."

지눌은 풍문으로만 전해지는 혜초의 이야기를 꺼냈다.

"중국에서 서역으로 가려면 까마득한 설산雪山을 넘어야 한다더군. 어디 설산뿐인가? 삼장법사나 혜초 스님이 수십 일을 건너갔다는 사막지대도 있다지. 난 그런 곳을 건너가는 꿈을 이따금 꾸었다네. 지독한 악몽이었지만 왠지 현실에서도 그런 곳이 끌릴 때가 있어."

득재의 말에 지눌은 쓰게 웃었다.

"수행 중에 가끔 보이는 마군魔軍과 같은 현상이 아닐까요?"

그러자 득재는 정색을 하고 다시 말했다.

"하지만 그런 고행이야말로 구도의 길이 아닐까?"

사뭇 진지해진 득재의 표정을 본 지눌이 되물었다.

"대체 왜 그런 고행을 자처하겠다는 겁니까? 꼭 그리 해야 도를 얻을 수 있는 건 아닐 텐데……"

"자넨 고구려 유민 고선지 장군 이야기를 듣지 못했나?"

"한 번 들어보았소. 당나라 장군이 되어 천신만고 끝에 천산산맥을 넘고 토번(티베트)을 지나 서역 72개국을 정복했다죠? 하지만 고선지는 무장이라 그런 고행을 감수했겠지만 그게 구도와 무슨 연관이 있겠습니까? 혜초 스승이라면 몰라도……"

"극한의 설산이나 황량한 사막지대에 몸을 던지는 것도 수행 방법 중 하나가 아니겠느냐는 뜻이지. 고선지 장군이 몇십 일에 걸쳐 까마득한 설산을 넘어간 힘은 어디에서 나왔겠나? 비록 수행자는 아니었으나 반드시 목적을 이루고자 하는 일념 때문이었겠지. 그렇다면 수행자라 한들 다르지 않을 게야."

"참 사형도…… 그런 고행도 좋겠지만 불법이 어디 설산이나 사막에만 있겠습니까? 밖에서 찾을 게 아니지요."

"옳은 말이야. 그래서 나도 그런 철없는 생각은 접었네. 어서 예성항으로나 가보세."

지눌과 득재는 개경 선의문으로 향했다. 개경의 국제 관문이라 할 수 있는 선의문의 중문은 왕이나 사신만 드나들 수 있었기에 평소에는 굳게 잠겼고 대신 일반인이 드나드는 편문만 열려 있었다. 선의문을 지나 서쪽으로 30리를 더 가면 벽란도에 이른다.

두 사람은 앞서거니 뒤서거니 하며 한나절 만에 벽란도에 이르렀다. 벽란도는 국제무역항이자 국내 교통의 요지답게 많은 사람들로 북적였다. 피부색이 다른 서역인도 간간이 눈에 띄었다.

두 사람은 벽란도 주변에 빼곡히 들어선 점포와 주막을 지나 수많은 배가 정박한 항구에 이르렀다. 한나절 내내 걷느라 둘 다 시장했으나 먼저 남쪽으로 떠날 세곡선을 알아보는 게 순서였다. 두 승려가 나루에 묶인 배들을 두리번거리며 살피자 한 사내가 말을 걸었다.

"거기, 어디까지 가려는 중들이신가?"

지눌이 고개를 돌려 사내를 훑어보았다. 체격이 우람한 데다 눈매 또한 날카로운 사내였다. 아직 겨울바람이 차가운데도 소매를 반쯤 걷었는데 그 사이로 드러난 팔뚝이 갓 잡아 올린 생선처럼 펄펄 뛰는 듯했다.

"초면에 입이 거치시구려. 중들이라니?"

사내의 버릇없는 언행에 심사가 뒤틀린 득재가 따지고 들었다.

"허허! 이 중 좀 보게. 중을 중이라 부른 게 잘못인가? 내가 그동안 중들에게 당한 걸 생각하면 한주먹에 눕히고 싶구먼."

사내가 득재 쪽으로 바짝 다가서며 시비를 걸었다. 자칫하면 무쇠 같은 주먹을 휘두를 기세였다. 득재 사형이 움찔하며 한 발 물러서자 이번에는 지눌이 나섰다. 지눌 또한 굴산사를 나온 이후 건달패나 그들을 하수인처럼 부리며 이권을 탐하던 승려들과 맞닥뜨린 일이 한두 번이 아니었다. 그리고 그런 사람들을 만날 때마다 어떻게든 법을 설해 마음가짐을 뜯어고치려 했다. 따라서 예성항에서 만난 뱃사람에게도 기가 꺾일 일은 없었다.

"우리 같은 중들에게 당했다니 험한 말을 들어도 억울할 게 없소. 그나저나 법성창으로 가는 배가 있다면 얻어 타고 싶소만……"

"법성창이라면 임자를 제대로 만난 게요. 그러나 이 사람을 보니 태워줄 마음이 없구먼."

사내가 한결 누그러진 목소리로 대답했다.

"그건 무슨 말이오?"

"중들이 무슨 상을 그리 낸단 말이오. 부처께서는 아상, 인상, 중생상, 수자상을 버리라 하셨다는데……"

지눌과 득재는 사내의 말에 긴장했다. 풍파에 시달리며 닳고 닳은 여느 뱃사람인 줄로만 알았는데 적절한 문자를 써서 출가승을 꾸짖는 게 아닌가.

"허허! 처사가 《금강경》을 아시오?"

득재가 물었다.

"알긴 개뿔이나 뭘 알겠소. 오다가다 주워들은 풍월이지. 그나저나 법성창으로 가려면 한 사람에 해동중보 열 냥씩은 받아야겠지만 이 스님을 봐서 그냥 태워드리리다."

사내가 지눌을 가리키며 선심을 썼다. 그는 이튿날 새벽에 출항할 터이니 늦지 않게 승선하라고 이른 다음 인파가 북적이는 거리로 갔다.

"괜히 배를 타자고 보채는 바람에 사형께서 욕보셨구려. 덕분에 노자는 크게 덜었수."

지눌이 득재를 위로했다.

"처음엔 화가 났네만 이 또한 우리 승가의 자업자득 아니겠나? 정말이지 내 공부는 아직 멀었어."

"별말씀을 다 하십니다."

"아닐세. 저들의 진심 어린 존경을 받기 위해서라도 하루빨리 정혜결사가 이뤄지고 승가의 위의를 다져야 할 게야."

"그러고 보니 할 일이 태산입니다."

두 사람은 다시 번잡한 거리로 서둘러 나가 늦은 점심을 먹었다.

이튿날 새벽, 세곡선을 처음 타본 지눌과 득재는 예상보다 훨씬 심하게 멀미를 했다. 항해를 하는 사흘 내내 두 비구는 식음을 전폐해야만 했다. 늦겨울 바람이 심한 탓에 세곡선은 수시로 요동쳤고 그럴 때마다 지눌은 배 속에 남은 음식물은 물론 한 방울의 물마저 게워내는 형편이었다. 그처럼 거친 항해를 마치고 법성창에 내렸을 땐 온몸이 허공에 둥실둥실 떠다니는 듯했다.

두 사람은 법성포에 즐비한 굴비 냄새를 뒤로한 채 길을 물어 이튿날 오후 늦게야 청원사에 도착했다. 지눌은 그 작은 도량이 왠지 눈에 익었다. 양광주도의 관음사를 처음 찾아갔을 때와 비슷한 느낌이 들었기 때문이다. 도량의 규모며 방향, 건축물 배치 등이 관음사와 비슷했는데 다만 관음사가 교종 사찰인 데 비해 청원사는 만학 사형이 꾸려나가는 선종 사찰이라는 점이 달랐다.

"어서들 오시게. 이번 담선법회 때는 두 사람이 큰일을 했다더군."

만학은 지눌이 제안한 정혜결사 이야기부터 꺼냈다.

"아니, 그 소식을 벌써 들으셨습니까?"

득재가 놀랍다는 표정으로 물었다.

"발 없는 말이 천 리를 간다는데 정혜결사가 어디 예삿일이던가? 지금 온 나라 승려들이 찬물을 뒤집어쓴 기분일 게야."

"하지만 공연히 말만 앞세운 꼴이 되어 사형께 송구스럽습니다."

지눌이 겸연쩍게 대꾸했다.

"송구스럽다니 무슨 당치 않은 말인가. 시작이 반이라 했으니 이젠 결실을 맺도록 힘쓰면 될 테지. 자, 어서들 공양부터 하세."

그날 밤, 만학은 두 사제에게 차를 대접하며 말했다.

"여긴 작은 도량이라 자네들이 특별히 힘쓸 일은 없네. 사전寺田이 조금 있으니 하루 두 끼니는 넉넉하고 그저 한겨울에 쓸 땔감이나 마련하면 될 게야. 그러니 모두 참선 수행에만 전념해 부처를 이루는 게 어떤가? 난 벌써 1,000일을 기한으로 정진을 시작했다네."

"네에?"

만학의 말을 듣고 난 득재와 지눌은 크게 놀랐다. 1,000일 동안의 용맹정진은 굴산사에서도 감히 엄두를 내지 못한 일이었다. 지눌은 온몸에 소름이 돋는 듯했다. 역시 말보다는 실천이 중요했다. 만학 사형은 아무도 알아주지 않는 작은 절에서 벌써 천일정진을 시작했으나 자신은 당장 실천할 수도 없는 정혜결사 이야기를 꺼냈을 뿐이었다. 지눌은 혹시 승과에 장원급제한 우쭐함을 떨쳐내지 못한 것은 아닌지 스스로 돌아보았다. 그러고는 어금니를 지그시 물었다.

"사형의 뜻에 따라 용맹정진을 시작하겠습니다."

지눌이 먼저 다짐하자 득재도 선뜻 동의했다.

"저 또한 여부가 없는 일입니다. 하오니 사형께선 부족한 아우들을 잘 이끌어주십시오."

"공자께서는 '삼인행이면 필유아사'라 했으니 서로 격려하고 이끌어줄 뿐이지. 내가 나이를 좀 더 먹었을 뿐 자네들보다 나을 게 뭐 있겠나?"

결국 세 사람은 이튿날부터 청원사 선방에서 본격적으로 정진에 들어갔다. 새벽 예불 후 사시까지 좌선 정진을 한 뒤 점심 공양 후에는 한 식경 정도 도량 안팎을 정리하거나 땔감을 마련하는 등의 울력을 했다. 그리고 날이 어두워질 때까지 정진을 하는 일과가 반복되었다. 그 와중에 부처님 재세시 일종식一種食의 전통과 백장청규에 따라 저녁 공양은 하지 않는, 오후불식이 날마다 이어졌다.

이렇게 짜인 하루 일과 중 지눌은 좌선뿐만 아니라 저녁마다 이어지는 독서 시간을 즐겼다. 그는 굴산사 시절부터 많은 책을 읽어 사형들의 질타를 받아왔지만 그런 습관은 청원사의 용맹정진 시기에도 계속 이어져 손에서 책을 놓지 않았다. 책뿐만 아니라 전국 각지에서 날아드는 편지에 답장을 쓰는 일도 지눌의 중요한 일과가 되었다.

선종 사찰인 데다 규모가 작은 청원사에는 불서가 별로 없었으며 그나마 지눌이 지난 시절 모두 닳도록 읽은 책들뿐이었다. 그 중에서도 지눌의 마음을 잡아당긴 책은《육조단경》이었다.

지눌이《육조단경》을 처음 읽은 것은 10여 년 전, 굴산사에서 지낼 때였다. 그 시절 스승 종휘선사가 그 책을 읽도록 내어주었다.

"중국 선종의 제6대 조사 혜능의 행장과 법어를 제자들이 정리해 묶은 책이 바로《육조단경》이다."

그때 지눌은 궁금한 게 있었다.

"경이란 부처님의 언행을 기록한 책으로 알고 있습니다. 그런데 어찌 혜능선사의 어록을 경이라 부르는지요?"

"그만큼 우리 선가에서 소중하게 여기기 때문이다. 따라서 이 책은 법보法寶나 마찬가지라 해서《법보단경》으로도 불린다."

당시 지눌은 초조 달마대사로부터 중국에서 선 수행이 시작되었으며 2조 혜가, 3조 승찬, 4조 도신, 5조 홍인에 이어 6조 혜능으로 선법이 이어졌다는 것, 혜능이 중국 남종선의 창시자라는 사실 정도는 알고 있었다. 따라서 혜능의 생애와 법어가 담긴《육조단경》을 얻자 어느 때보다 기쁨이 컸다.

"이 책에도 적혀 있지만 선승이 선을 논할 때는《육조단경》을 전수하여 이를 기준으로 삼으라고 했다. 또 이 책이 아니고는 법을 계승할 수가 없으며, 이 책의 가르침을 주고받지 않으면 남종선의 제자가 아니라 했다."

이처럼 중국 선종의 창립 선언서라고 할 수 있는《육조단경》을 지눌은 꼼꼼히 읽어나갔다. 여느 선어록보다 내용이 어렵다고 할 수 없지만 때때로 지눌을 당혹하게 하는 난해한 글귀도 눈에 띄었다.

무엇보다 당시 지눌이 흥미를 느낀 것은 혜능의 행장 내지 일대기였다. 남방의 소수민족으로 태어난 데다 일자무식이었던 혜능이《금강경》의 한 대목을 듣고 크게 깨달아 5조 홍인의 문하로 들어간 이야기며, 대선배인 신수를 제치고 스승에게 의발을 전수받고 결국 중국 선종의 실질적인 시조로 추앙받기까지의 과정은 지눌의 가슴을 뛰게 만들었다.

대체 혜능선사는 전생에 무슨 선업을 닦았기에《금강경》의 한 구절만 듣고도 불법의 핵심을 알 수 있었을까? 신수의 게송이 참으로 혜능의 게송만 못했을까? 문자를 몰랐던 혜능이 어떻게 제자들을 설복시키고 선을 활짝 꽃피웠을까? 지눌은 수많은 궁금증과 호기심을 억누르며 《육조단경》을 거듭 읽어나갔다. 그럼에도 혜능의 일대기처럼 선의 세계란 문자라는 범주를 초월한 것이었다.

신수가 "몸은 깨달음의 나무요/마음은 밝은 거울 바탕일세/때때로 털고 부지런히 닦아서/먼지 앉거나 때 묻지 않도록 하자"며 참선 수행법과 자세를 강조했다면, 혜능은 "깨달음에 본래 나무가 없고/밝은 거울 또한 틀이 아닐세/본래 한 물건도 없는데/어느 곳에서 먼지 앉고 때가 일까?"라고 반박하며 선의 본질을 말했다.

그런가 하면 신수의 게송은 점수를, 혜능의 게송은 돈오를 강조하기도 했다. 당시 지눌에겐 혜능보다 신수의 게송이 성정에 맞는 듯했다. 그럼에도 언어의 한계를 단숨에 초월해 선의 본질을 일갈한 혜능의 게송에 마음이 오래도록 끌렸다.

《육조단경》을 처음 읽은 지 10여 년 만에 다시 청원사에서 읽게 된 것이었다. 역시 전에 일어났던 여러 가지 의문은 쉽게 사라지지 않았다. 그러나 어느 정도 나이를 먹었고 그동안 수많은 불전을 탐독한 데다 승과에 급제한 뒤여서 굴산사에서 읽을 때와는 확연히 달랐다.

지눌은 한 구절, 한 구절씩 뜻을 해석하고 음미하며 《육조단경》을 차분히 읽어나갔다.

그러던 어느 날이었다. 그는 '진여자성이 생각을 일으키면 비록 육근으로 보고 듣고 분별해 알더라도 대상에 물들지 않고 참 본성이 항상 자유롭다'는 대목을 읽는 순간 이루 말할 수 없는 희열을 느꼈다.

"바로 이것이로구나!"

지눌은 벌떡 일어나 법당 마당으로 뛰쳐나갔다. 마침 보름달이 휘영청 밝게 뜬 데다 별이 쏟아질 것처럼 총총했다. 지눌은 달빛에 의지해 수도 없이 도량을 돌며 자신이 방금 전에 읽은 대목을 외우고 또 외웠다.

잠자리에 눕기 전 선정에 들었던 만학과 득재 사형이 그 소리에 놀라 뛰쳐나왔다.

"자네, 갑자기 왜 그러나?"

두 사형은 얼굴이 보름달처럼 밝은 지눌을 멍하니 바라보았다.

"진여자성眞如自性이 기념起念하면, 육근六根이 수견문각지雖見聞覺知라도……"

지눌은 대답 대신 자신의 첫 깨달음을 가능케 해준 《육조단경》의 구절을 거듭 되뇌었다.

"허허허! 이 사람, 드디어 성불을 했구먼."

만학 사형이 기뻐하며 소리쳤다.

"그러게 말입니다. 이보게, 한 소식을 얻은 게지?"

곁에 있던 득재도 마치 자기 일처럼 반가워했다.

그렇다면 지눌의 생애 중 첫 번째 깨달음이 되는 그 대목은 대체 무슨 가르침을 담고 있을까?

'진여자성'이란 본래의 마음을 가리킨다. 이 본래의 마음, 부처인 마음에 눈을 뜨면 무엇을 보고 듣고 알더라도 대상에 물들지 않고 자재하다. 그럴 때 우리는 마음이 부처라는 진리를 깨닫는다. 지눌은《육조단경》을 통해 본래의 마음, 부처인 마음을 확연히 깨달았다.

지눌의 눈앞은 보름달보다 밝아졌다. 아니, 깊은 동굴에서 나와 정오의 태양이 비추는 산하를 보았을 때처럼 눈부셨다. 가슴 깊은 곳에서 희열 같은 게 용솟음쳤다. 그럴 때 역대 선사들 같으면 스승과 제자 사이의 검증 과정을 거치게 마련이었다. 스승에게 인가를 받는 게 절실했다. 하지만 지눌 주변에는 깨달음을 인가해줄 스승이 없었다. 만학과 득재는 아직 그런 경지에 오르지 못한 사형이자 도반일 뿐이었다. 지눌의 깨달음을 인가해줄 스승이라면 우선 종휘선사를 꼽을 수 있겠지만 이미 열반한 지 오래였다.

"자네가 장하고 자랑스럽네."

두 사형이 지눌에게 합장을 하며 경의를 표했다. 그때 지눌은 바닥에 엎드려 사형들에게 오체투지를 했다.

두 사형이 다시 놀라며 물었다.

"아니, 왜 이러는가. 난 그저 자네의 깨달음이……"

"지눌 사제, 나와 득재보다 먼저 득도를 했으니 자넨 우리의 스승이나 마찬가질세. 그런데 큰절의 뜻은 뭔가?"

"제가 어찌 사형들의 스승이랄 수 있겠습니까? 저는 그저 두 분을 만난 인연이 고맙고 지금 이런 자리에 있게 해주신 게 감사할 따름입니다."

지눌이 젖은 목소리로 대답했다. 두 사형에게 잘 보이지는 않았지만 그때 지눌의 두 눈에서는 눈물이 흘러내렸다. 그야말로 환희와 격정의 눈물이었다. 그렇게 학수고대하던 깨달음의 순간이 찾아오자 억눌렸던 기쁨이 눈물이 되어 흐른 것이었다.

지눌은 다시 엎드렸고 사형들은 몸 둘 바를 모른 채 한동안 침묵이 이어졌다.

얼마 후 지눌이 격정을 가라앉힌 듯 차분하게 입을 열었다.

"저는 오늘 다른 세상을 보았습니다."

"득도를 하면 신묘하고 막힘없는 육신통六神通을 얻는다더니 천안통天眼通이 열린 모양일세."

만학 사형이 말하자 지눌은 다소 침통한 목소리로 대꾸했다.

"과연 그럴까요? 아직 제겐 천안통뿐만 아니라 천이통天耳通, 타심통他心通, 숙명통宿命通, 신족통神足通, 누진통漏盡通이 열린 것 같지 않습니다. 그저 눈이 시릴 정도로 주변이 환해졌고 여러 기이한 현상이 보였을 뿐입니다. 하지만 그것을 언설로 표현할 방법이 없으니 답답합니다."

"그게 바로 육신통이 아닌가. 참으로 장한 일일세."

득재가 지눌을 일으켜 세우며 말했다.

"하지만 당장 떠오르는 오도송도 없으니 이건 뭐란 말입니까."

지눌은 역대 조사들의 어록을 떠올려보았다. 거기엔 깨달음을 얻은 제자를 향한 스승의 할과 방이 난무했고, 제자의 선답禪答이나 뜻 모를 게송이 허공을 수놓지 않았던가. 그런데 스승이 없으니 할이나 방이 없는 것은 그렇다 치고 오도의 순간 세상을 놀라게 할 게송은 한마디도 떠오르지 않았다. 그저 《육조단경》의 구절만 거듭 외웠을 뿐이다.

"아무튼 자넨 깨달은 게 분명해. 그동안 공부하느라 애썼으니 이젠 앞장서서 나와 득재를 이끌어주게."

만학 사형이 지눌에게 다시 합장했다.

"아닙니다. 이 아우는 아직 멀었습니다. 사형과 다짐한 천일정진을 모두 마친 후 다시 오늘의 일을 점검해보렵니다."

결국 지눌이 《육조단경》을 읽다가 깨달음을 얻은 그날의 일은 우연히 일어난 일로 끝나는가 싶었다. 하지만 지눌은 평생 동안 세 차례의 대오大悟를 했으며 그날 청원사에서 일어난 사건은 그중 첫 번째 오도로 기록되었다. 그런데 세 차례 모두 책을 통해 깨달음에 이른 것은 지눌만의 특이한 체험이기도 했다.

지눌은 첫 깨달음을 얻게 해준 《육조단경》을 평생 수행의 거울로 삼았고 그 책과 책 속의 주인공인 혜능을 먼 스승[遠師]으로 삼았다. 지눌은 육조혜능을 '내가 평생 받들어 공부하는 귀감'이라고 했으며 《육조단경》에 대해서 '법을 세워 그 뜻을 펼 때는 반드시 《단경》으로 한다'고 서술했다. 뿐만 아니라 먼 스승을 마음 깊이 흠모하는 뜻으로 지금의 송광사가 소재한 산 이름을 혜능이 주석하던 산의 이름을 따 조계산으로 바꿀 정도였다.

지눌이 스승이자 귀감으로 받들었던 《육조단경》은 현재 한국불교에서도 절대적인 영향력을 행사한다. 이 또한 지눌이 청원사에서 견성한 이후 법보의 하나로 각별히 여겼기 때문이다.

하가산 보문사, 선교 통합의 첫걸음

모든 법은 오직 망념에 의하여 차별이 있는 것이다.
만일 망념만 떠나면 곧 일체의 경계가 없어진다.
그러므로 모든 법은 본래부터 말을 떠나고 이름을 떠나고 마음의 반연을 떠나,
끝까지 평등하여 변하지 않고 부술 수도 없는 것이다.
오직 한마음뿐이기 때문에 진여라 한다.

《간화결의론》

지눌이 창평 청원사에 머문 지 어언 3년. 약 34개월 동안의 천일정진을 원만히 회향했다. 만학과 득재, 지눌은 1,000일 동안 단 하루도 빠짐없이 선 수행에 전념했고 오후불식의 원칙을 지켜나갔다. 그러는 사이 지눌의 생애에서 처음으로 견성을 하게 된 것은 지눌 자신뿐만 아니라 사형들에게도 매우 큰 성과였다. 비록 사형들에겐 이렇다 할 진전이 없었으나 천일정진을 성공적으로 마친 것만으로도 그들 생애의 전환점이 된 것은 분명했다.

그런 시점에서는 으레 작별이라는 절차가 따르기 마련이다.

먼저 득재가 말했다.

“3년 가까이 절밥을 축내고도 도를 얻지 못했으니 그저 부끄럽습니다. 전 지리산으로 떠날까 합니다.”

“지리산엔 왜?”

만학이 아쉬워하며 물었다.

“상무주암으로 가서 계속 정진하렵니다. 그래야 밥도둑 소리는 면할 게 아닙니까?”

득재가 절밥을 축낸 것이 부끄럽다고 하자 만학 사형이 물었다.

“그런 식이라면 자네보다 10년 이상 절밥을 축낸 나는 당장 밥숟가락을 놓아야 할까?”

“암, 그래야죠.”

득재가 농담을 하자 만학은 박장대소했다. 지눌 또한 실로 오랜만에 웃음을 터뜨렸다.

얼마 후 득재가 다시 입을 열었다.

“사형의 발원이 없었다면 저희가 어떻게 천일정진을 오늘과 같이 회향할 수 있었겠습니까? 사형께선 이 절의 기둥이시니 꿋꿋이 지켜주셔야죠. 자넨, 어쩔 셈인가?”

득재가 돌아보며 묻자 지눌은 잠시 틈을 두었다가 대답했다.

“저 또한 깨달음을 얻었다 하나 아직은 확연치가 않군요. 해서 하가산 보문사로 가볼 생각입니다.”

“보문사라면 의상대사가 세웠다는 화엄 사찰 아닌가?”

만학이 물었다.

“견성이 확연치 않다면서 수많은 선종 사찰을 놓아두고 하필 보문사로 간단 말이야?"

득재도 의아하게 여겼다.

지눌은 청원사에 머무는 동안 전국 각지의 도반들과 많은 서신을 주고받았다. 굴산사의 사형들뿐만 아니라 만행을 하던 시기에 만난 여러 승려와 유생 들, 담선법회 때 정혜결사에 동참하기로 했던 선승들이 어떻게 지눌의 행방을 알고는 편지를 보내왔던 것이다.

편지 중에는 지눌에게 선의 요체 또는 돈오돈수와 돈오점수의 차이를 묻는 글, 정혜결사를 위한 준비를 확인하는 내용도 많았지만 선과 교, 불교와 유학의 차이를 묻거나 논하는 내용도 있었다.

한 비구가 편지로 물었다.

"수행자가 깨달음을 얻으면 다시 계급이 없을진대, 무엇 때문에 깨친 뒤에 다시 닦아 차츰 익히고 차츰 이룰 것이 있단 말입니까?"

이에 대해 지눌이 자신의 생각을 자세히 밝혔다.

"범부는 비롯함이 없는 먼 과거부터 오늘에 이르기까지, 다섯 길에 헤매면서 나고 죽되 '나'라는 관념에 굳이 집착하여 오랫동안 망상과 뒤바뀜과 무명의 종자와 습기[※]가 한데 어울려 성품을 이뤘습니다. 따라서 금생에 이르러 비록 제 성정이 본래 비고 고요하여 부처와 다름없음을 단박 깨쳤더라도, 그 오랜 습

습기習氣 : 습관으로 형성된 기운이나 습성을 가리키는 불교 용어.

기를 갑자기 버리기 어려우므로 역경과 순경을 당하면 성내고 기뻐하며 옳다, 그르다 하는 생각이 불길처럼 일어났다 사라졌다 하여 바깥 대상에 대한 번뇌가 이전과 다름이 없습니다. 그래서 만일 지혜로써 공부를 더하고 힘을 쓰지 않으면 어떻게 무명無明을 다스려 아주 쉬는 경지에 이를 수 있겠습니까?

그것은 '단박 깨치면 부처와 같지만 많은 생의 습기가 깊구나. 바람은 멈췄으나 물결은 아직 출렁이고, 이치는 나타났으나 망념은 아직도 침노한다'고 한 말과 같습니다. 그러므로 돈오와 점수의 이치는 마치 수레의 두 바퀴와 같아서 하나라도 없으면 안 됩니다. 만약 이렇게 매 순간 닦아 익히되, 살피고 돌아보기를 잊지 않고 선정과 지혜를 고루 가지면, 사랑하거나 미워하는 마음이 저절로 없어지고 자비와 지혜가 저절로 밝아지며, 죄업이 저절로 끊어지고 공덕이 저절로 늘어나 번뇌가 다할 때 생사가 곧 끊어질 것입니다.

만약 미세한 습기의 흐름이 아주 끊어지고 원만히 깨달은 큰 지혜가 환하게 홀로 드러나면, 곧 천백억의 화신化身을 나타내어, 시방세계 중생들의 근기에 맞추어 감응하니 그것은 마치 달이 이 세상의 온갖 물에 두루 비치는 것과 같습니다."

어떤 비구는 선과 교의 수행과 각각의 장단점에 대해 다음처럼 물었다.

"요즘 수행하는 사람으로서 널리 배우고 많이 들어 법을 설해 사람들을 제도하면, 곧 안으로 비추어 마음을 닦음에는 손실이 될 것이요, 만일 남을 이롭게 하는 행이 없으면 고요함을 취하는 무리와 무엇이 다르겠습니까?"

지눌이 다음과 같은 답장을 보냈다.

"그것은 각기 그 당사자에게 있으므로 한결같이 말할 것이 아닙니다. 만일 말로써 도를 깨닫고 교敎로써 종지宗旨를 밝히며 법을 선택하는 눈을 가진 사람은, 비록 많이 들어도 명목과 상에 집착하는 생각을 일으키지 않으며, 비록 남을 이롭게 하더라도 자기다 남이다 하여 미워하거나 사랑하는 생각을 끊고, 자비와 지혜가 점점 원만해져 텅 빈 법계에 계합하면 그는 진실로 잘 실행하는 사람입니다.

그러나 만일 말을 따라 소견을 내고 글을 따라 앎을 지으며, 교를 좇고 마음이 미혹하여 손가락과 달을 구분하지 못하고 명예와 이양의 마음을 잊지 못하면서, 법을 설하여 중생을 제도하려는 이는 달팽이가 스스로도 더럽히고 남도 더럽히는 것과 같습니다. 따라서 그런 사람은 세간의 문자법사이니, 어찌 선정과 지혜를 오로지 닦고 명예를 구하지 않는 사람이라 할 수 있겠습니까?

이미 남을 구제할 서원을 세웠으면 먼저 선정과 지혜를 닦아야 합니다. 그리하여 도의 힘이 있으면 자비를 구름처럼 펴고, 행의 바다에 물결이 출렁이게 하여 영원토록 고뇌하는 일체 중생을 구제하고 삼보에 공양하여 불가의 업을 이으리니, 어찌 고요함만 취하는 무리와 같겠습니까?"

지눌은 이런 문답을 나눌 때마다 선교 양종에 근본적인 차이가 있는지 탐구하려 했던 오래전의 열망이 되살아났다. 그러기 위해서는 부처님이 법을 설할 때의 내용을 고스란히 수록한 대장경을 체계적으로 열람할 필요가 있었다.

지눌은 관음사에 1년 동안 머물며 이안 노장의 격려로 많은 불서를 읽은 적이 있었다. 당시에도 선교 융합의 실마리를 찾으려 노력했으나 결국 전국을 순회하는 만행과 승과 준비 때문에 이렇다 할 결론을 얻지 못했다.

청원사에서 천일정진을 하는 동안《육조단경》으로 큰 깨달음을 얻었지만 그럴수록 양종을 융합시켜야겠다는 열의는 더욱 커졌다. 그런 지눌의 학구열에 기름을 부은 것은 당시 하가산[※] 보문사에 머물던 도연 비구였다. 도연은 지눌이 관음사 이안 노장을 하직한 뒤 남쪽으로 내려가던 길에 만난 도반이었다. 선승이면서도 교종 사찰에 머물며 경전을 탐독했던 지눌과 교종에 몸담고 있으면서도 선에 대한 이해가 깊었던 도연은 금세 회통할 수 있었다.

"석가모니께서 보리수 아래에서 샛별을 보고 깨달음을 얻으셨는데 그게 선의 본질이 아닐까요?"

도연은 지눌과 다담을 나누다가 이렇게 물었다.

"그렇습니다만 그 언어도단言語道斷 심행처멸心行處滅의 경지를 언어와 문자로 표현하지 않으셨다면 말세 중생들이 깊은 뜻을 어찌 알겠습니까?"

하가산下柯山 : 경상북도 예천군 보문면과 안동시 북후면·서후면의 경계에 위치한 산으로 지금은 '학가산'으로 불린다.

지눌이 대답하며 교학의 필요성을 강조했다.

"결국 깨달음이 달이라면 교라는 것은 달을 가리키는 손가락인가요?"

"그렇게 생각할 수 있습니다."

당시 두 사람은 약 한 달 동안 함께 지내면서 언젠가 양종을 회통하는 일에 힘을 모으자며 다짐했고, 그 후에도 자주 소식을 주고받았다. 지눌이 청원사에서 수행하는 동안 도연은 대장경(초조대장경) 한 질을 구입해 보문사 법당에 소장해놓았다는 소식을 전해왔다.

1010년, 현종이 즉위하던 해에 거란족 중심의 요나라가 고려를 침략하자(거란의 제2차 침입), 현종은 부득이 남쪽으로 피난을 떠났다. 그럼에도 거란군이 좀체 개경에서 물러나지 않자 고려 군신君臣들은 불법의 힘으로 국난을 극복하자며 대장경을 판각하기 시작했고, 그 결과물이 오늘날 '초조대장경'으로 일컬어진다.

1011년부터 판각이 시작돼 76년 만인 1087년에 완성된 초조대장경판은 처음 개풍군 흥왕사에 보관되었다가 지눌 당시에는 대구 부인사符仁寺로 옮겨 소장하고 있었다. 이 초조대장경판은 훗날(1232년) 몽골의 침입으로 소실되었고, 고려 정부는 다시금 불법의 가피로 몽골의 침입을 막겠다며 대규모 판각 작업을 추진해 고려대장경(팔만대장경)을 완성하기에 이르렀다.

따라서 당시에는 부인사와 멀지 않은 예천 보문사에서 초조대장경 인쇄본 한 질을 갖추기란 그다지 어려운 일이 아니었을 것이다. 그럼에도 구산선문 출신의 선승인 지눌에게는 가뭄 끝에 만난 단비처럼 반가운 소식이었다.

"가서 대장경을 열람할 작정입니다."

지눌이 두 사형에게 말했다.

"이미 득도를 했으면서 아직도 문자가 필요하단 말인가?"

만학이 물었다. 득재도 똑같은 심정이었을 것이다.

"선과 교가 회통한다는 것을 경전으로 확인하고자 합니다. 그러기 위해선 그 방법밖에 없습니다."

지눌의 대답에 두 사람은 입을 다물었다.

얼마 후 득재가 침묵을 깨뜨렸다.

"거참! 모를 일이군. 대각국사도 그처럼 양종을 회통하겠다더니 결국 이 모양, 이 꼴이 되었는데 대체 무슨 이유로 자네가 나서는가?"

"선교 융합은 나락에 떨어진 승가를 바로잡는 것만큼이나 중요합니다. 서로 똑같은 불제자로 자처하면서 수행법을 두고 대립하니 답답합니다. 범부가 달을 볼 때 달을 가리키는 손가락을 아는 것도 필요하지 않겠습니까? 우리는 줄기차게 교외별전과 불립문자를 통한 견성성불을 내세웠지만 아직은 화엄 교학이 이 땅을 덮고 있습니다. 그렇다면 그들이 주장하는 화엄의 경지를 제대로 아는 게 양종을 회통하는 지름길이 아닐까 합니다."

"호랑이를 잡기 위해 호랑이 굴로 들어가자는 격이군."

"바로 그겁니다."

지눌이 답하자 어느덧 마흔 살이 넘은 만학 사형이 스물여덟 살의 지눌을 격려해주었다.

"그런 뜻이야 잘 알겠네만…… 아무튼 자네의 뜻이 정 그렇다면 그 길을 가야겠지."

결국 지눌은 정든 청원사를 추억으로 남긴 채 새로운 세상으로 발을 디뎠다.

하가산 보문사는 676년(문무왕 16)에 의상대사가 창건했으니 지눌이 그곳에 머물 때만 해도 역사가 500년이 넘는 고찰이었다. 의상은 태백산맥 줄기의 하가산에 이르렀을 때 주변의 수려한 풍경에 반하고 넉넉한 지세地勢에 감탄해 보문사를 창건했다고 한다. 그러나 보문사는 의상이 창건한 수십 개의 사찰 중 규모가 작은 편에 속했다. 지눌이 처음 찾았을 때도 작고 아담한 법당과 요사 그리고 서너 채의 당우가 고작이었다.

지눌은 보문사 입구의 알봉산을 지나며 몇 해 전 보문사를 찾았을 때의 일을 떠올렸다. 그때에도 좌우대칭이 완벽한 삼각 형태의 알봉산을 보며 강렬한 기운을 느낀 적이 있었다. 결국 그 기운에 이끌려 알봉산을 왼쪽으로 끼고 돌자 소나무가 우거진 평지 형태의 길이 보였고, 그 길을 따라가다 보니 아담한 법당이 지눌을 맞았다.

그때 만났던 도연이 다시 지눌에게 합장하며 반갑게 맞아주었다.

"아침부터 까치 소리가 요란하더니 대선사가 오셨구려. 어서 오십시오."

"대선사라니, 농이 과하십니다."

"승과에 장원급제하고도 명리를 버린 채 청원사에서 득도하셨다니 스님이야말로 대선사가 아니겠습니까?"

도연이 다시 말하자 지눌은 참으로 면목이 없어졌다.

"선문 출신의 비구일 뿐이니 선승이나 산승이라는 호칭만으로도 분에 넘칩니다. 자꾸 그리 치켜세우시면 바로 떠나렵니다."

"그건 안 될 말씀이오. 제가 스님이 오시길 얼마나 학수고대했는데……"

"네에?"

"지난날 스님과 불법을 논하다가 한 가지 발원한 게 있습니다."

"……?"

"스님께서 이 도량을 맡아주셔야겠습니다. 그래서 소승은 오늘이 오길 기다리며 벌써부터 떠날 준비를 마쳤습니다."

"거참, 구름처럼 정처 없이 떠도는 중더러 산이 되라 하니 이런 억지가 어디 있단 말이오?"

그날 지눌과 도연은 그 문제를 두고 한동안 옥신각신 입씨름을 벌였다. 그러나 도연의 고집도 만만치 않았다.

"스님이 주변의 반대를 무릅쓰고 교종 사찰에 오셨으니 소승 또한 선 수행에 몸을 던져볼까 합니다. 그게 우리가 전에 말했던 선교회통의 길이 아니겠습니까? 그러니 소승의 뜻을 막지 마십시오."

결국 지눌은 도연이 희양산문의 봉암사로 가서 선 수행에 매진

●●● 하가산(학가산) 보문사 극락보전

보문사는 신라시대 의상대사가 창건한 절이다. 1185년 지눌이 이곳에 주석하며 두 번째 깨달음을 얻었으며, 극락전을 비롯하여 7동의 건물을 중건하였다.

하겠다는 말을 듣고서야 보문사에 주석하기로 마음을 정했다. 도연의 말처럼 선교를 회통하는 데 그것보다 좋은 실천은 없다는 생각에서였다. 그러고 보니 도연은 처음 만났을 때와는 확연히 달라진 모습이었다. 자질구레한 일상에 얽매이지 않는 선승의 체취가 물씬 풍겼다.

"아까 말했다시피 난 언제 이 도량을 떠날지 모릅니다. 어딜 가시든 소식을 알려주시고 내가 뵙기를 청하면 바로 오셔야 합니다. 그렇지 않으면 여기 머물지 않겠습니다."

지눌이 도연에게 다짐을 받아두려 했다.

"그렇게 하십시다. 그땐 제가 스님께 자유를 드리지요."

도연이 약속했다.

바로 그날부터 보문사 주지로 임무 교대를 한 지눌은 먼저 사노들과 함께 도량 주변을 정리했다. 도연이 오래전부터 떠날 준비를 마친 상태였기에 도량 안팎은 잘 정돈되어 있었다. 그럼에도 새로 만난 대중들과 새로운 생활을 시작한다는 뜻에서 그 일은 경건하게 이루어졌다.

그렇게 시작된 지눌의 보문사 생활에서도 참선 수행은 결코 빼놓을 수 없는 일과로 자리 잡았다. 다만 청원사 때보다는 시간이 줄었다는 차이가 있었다. 참선을 줄이는 대신 대장경을 탐독하는 시간을 늘렸다.

지눌이 읽었던 초조대장경은 고려 최초의 목판 대장경이며 고려의 불교적인 역량을 반영한 국가적 사업에 따라 완성되었다는 점에서 역사적인 의의가 있다. 초조대장경은 송의 개보판開寶版 대장경을 비롯해 국내에 전래되어온 불서뿐만 아니라 문종 재위 시 전래된 거란의 대장경까지 기본 자료로 참조해 6,000권 정도의 분량으로 구성되었다. 따라서 당시의 한역漢譯 대장경으로서는 동양 최대 규모를 갖춘 것으로 평가되었다.

지눌은 보문사에 머무는 3년 동안 《화엄경》을 비롯해 《반야경》《원각경》《능엄경》《기신론起信論》 등의 경론을 많이 읽었으며 그 중에서도 '마음이 부처'라는 선의 근본 요지와 계합하는 경전 말씀을 찾는 일에 집중했다.

그러던 어느 날이었다.

지눌은 《화엄경》 여래출현품을 읽다가 깜빡 잠이 들었다. 잠깐 동안이었지만 꿈속에서 석가모니가 수천 대중 앞에서 법을 설하시는 모습을 보았다. 대중들 속에는 지눌 자신도 섞여 있었다. 그가 동진출가 전 병석에 누웠을 때 꾼 것과 비슷한 꿈이었다. 부처님은 낭랑하면서도 부드럽게 말씀하셨지만 그 회상에서는 부처님의 숨소리마저 느껴질 정도의 고요함이 지배했다. 어느 순간, 좌중을 둘러보던 부처님이 지눌에게 시선을 고정시켰다. 지눌은 자신을 물끄러미 바라보는 부처님과 시선이 마주치는 순간 온몸이 굳는 듯했다. 번쩍 정신을 차리고 난 그는 잠깐 사이의 낮잠에서 깨어나 상반신을 뒤로 젖히며 굳었던 몸을 풀었다.

그가 다시 여래출현품에 시선을 고정시켰을 때였다. 순간 '한 티끌이 대천세계를 머금었다[一塵含大千經卷]. 여래의 지혜도 그와 같아서 중생들 마음에 갖추어져 있지만 어리석은 범부들은 그런 줄을 깨닫지 못한다'는 대목이 들어왔다. 그 대목이라면 지눌이 전에도 몇 차례 읽은 적이 있었다. 그런데 그땐 대수롭지 않게 넘겼던 대목이 갑자기 지눌의 눈앞에서 불꽃이 튀게 했다.

지눌은 방금 전 꿈속에서 부처님과 시선을 마주쳤을 때보다 훨씬 민망해졌다. 내가 왜 이걸 몰랐을까? 이것은 내가 그토록 새기고자 했던 경전 구절이 아니었던가.

"바로 이것이로다!"

그 목소리가 얼마나 컸던지 도량을 벗어나 하가산까지 쩌렁쩌렁 울려 퍼졌다. 밥을 짓던 공양주와 도량을 청소하던 사노들이 큰일이 난 줄 알고 지눌의 방 앞으로 뛰어왔다.

"스님, 무슨 일이세요? 괜찮으신가요?"

사노들의 물음에 지눌은 여래출현품을 집어 들며 대답했다.

"괜찮네. 괜찮고말고."

곧이어 방문을 벌컥 열어젖힌 지눌은 경전을 머리에 얹고 밖으로 나가 도량을 쉼 없이 돌았다. 연이어 큰 소리로 웃음을 터뜨리면서도 쉬지 않고 눈물을 흘렸다. 연로한 사노가 조심스럽게 다가서며 물었다.

"저…… 스님. 어디 편찮으신 데라도…… 요즘 공양도 제때 안 드시고 책만 읽으시더니……"

지눌은 웃음으로 대답할 뿐이었다.

"허허허허허! 아닙니다. 내가 너무 기뻐서 이럽니다."

마침내 선과 교가 근본에서 다르지 않다는 것을 발견한 지눌은 한동안 책에서 손을 놓아야만 했다. 오늘날 선과 교의 근본이 같다는 것은 당연한 말처럼 들리지만 당시만 해도 선종과 교종은 '서로 원수처럼 여겼던 시절'이었으니 가히 경천동지할 일이었다.

선종과 교종이 충돌한 것은 이 땅에 선을 도입한 선승들이 중국 남종선의 영향에 따라 불립문자나 교외별전에 큰 의의를 두었기 때문이다. 따라서 선종은 전통적으로 한국 불교의 맥을 이어왔으며 교종을 이끌던 화엄학과 충돌했다. 대한불교 조계종의 창시자인 도의선사만 해도 화엄 철학의 핵심인 법계연기※를 무시하고 대신 공空사상을 강조했다. 그는 화엄의 점차적인 수증론※※을 부정하면서 즉각적인 깨달음을 주장함에 따라 화엄학자들의 반발과 분노를 자초했다. 그리고 이렇게 시작된 선종과 교종의 갈등은 의천이 선교 양종을 통합하려고 노력하면서 잠시 봉합되는 듯했으나 그 뒤 다시 갈등이 불거져 당시까지도 하나의 전통처럼 이어졌다.

그런 가운데 지눌은 여래출현품에서 '여래의 지혜가 중생의 몸 가운데 있건만 어리석은 범부는 스스로 알지 못하는구나'라는 대목을 통해 선과 교의 근본이 같음을 확신했다.

그럼에도 지눌에게는 아직 풀리지 않는 의문이 있었다. 대체 교에서는

법계연기法界緣起 : 우주의 모든 현상은 함께 의존하여 일어나, 걸림 없이 서로가 서로를 받아들이고 서로가 서로를 비추면서 끊임없이 흘러가는 장엄한 세계라는 화엄학의 관점.

수증론修證論 : 닦음과 깨달음에 대한 이론.

어떻게 여래의 지혜를 깨닫는 것인가? 지눌은 이런 의문에 대해 당대의 선지식들에게 서신을 보내 회답을 청했건만 핵심을 짚어주는 답변은 없었다. 오히려 선사들은 교종 승려를, 강사들은 선승을 비난하는 답변만 난무했다. 지눌을 찾아온 소장파 승려들도 수백 년 동안 켜켜이 쌓였던 반목과 질시의 묵은 때를 하루아침에 닦아낼 수는 없었다.

이통현李通玄(635?~730?년) : 중국 당나라의 유명한 불교 학자로 《신화엄경론新華嚴經論》을 지었다. 그의 생몰 연대는 정확하지 않다.

이 의문을 풀기 위해 지눌은 독서를 계속했다. 그러던 어느 날, 지눌은 이통현※의 《신화엄경론(이하 화엄론)》을 읽다가 무릎을 쳤다.

당나라 때 인물인 이통현 장자長者는 왕족 출신이며 본향은 창주滄州라 전해진다. 일부 기록에 따르면 그는 키가 7척 2촌으로 매우 큰 편이었으며 눈은 샛별처럼 밝았고 긴 수염이 아름답게 늘어진 도인의 풍모였다. 머리에 관을 쓰고 삼베옷을 즐겨 입었으며 풍채가 특이해 수묘한 상호를 갖추었다고 한다. 아울러 고금의 학문에 정통했던 그는 특히 《주역》과 《화엄경》에 조예가 깊었다.

719년에 책 상자를 짊어지고 지팡이를 이끌면서 태원太原의 고산노高山奴라는 사람의 집에 머물게 된 이통현은 약 3년 동안 두문불출하며 매일 대추 열 개와 잣잎으로 만든 떡 하나만으로 연명하면서 《화엄론》을 완성했다. 그래서 세간에서는 그를 두고 조백대사棗柏大士라 불렀다고 한다.

이와 관련해 이통현 장자에 얽힌 재미있는 설화도 전한다.

하루는 이 장자가 마씨馬氏의 고불당古佛堂에 직접 토굴을 짓고 고요히 정좌한 채 10년 동안 화엄을 연구한 뒤 다시 길을 나섰다. 그때 호랑이 한 마리가 홀연히 나타나 공손히 엎드렸다. 이에 이 장자가 명했다.

"내가 《화엄경》을 해석해 논장을 지을 것이니 나를 위해 머무를 만한 곳으로 안내해라."

호랑이는 이 장자를 태우고 약 30리를 가다가 한 토굴 앞에 내려놓았다. 토굴은 공부하기에 적합한 듯 보였으나 마실 물이 없는 게 걱정이었다. 그런데 갑자기 하늘이 어두워지면서 천둥 벼락이 치더니 토굴 옆에 있는 소나무를 쓰러뜨렸다. 곧이어 뿌리 부분에서 감로수와 같은 샘물이 솟아나기 시작했다.

이 장자는 그 토굴에 자리 잡고 글을 쓰기 시작했는데 저녁에는 치아 사이에서 밝은 빛이 나와 책상을 밝혔으며 절세의 가인 두 명이 아침마다 나타나 향과 지필묵 그리고 향기로운 정찬을 대령하고는 사라졌다. 5년 동안 화엄삼매에 잠겼던 이 장자는 글을 쓰면서도 그들의 시봉을 받은 것을 전혀 알아채지 못했다고 한다.

이통현이 96세로 입적하자 당시 송나라 휘종徽宗은 현교묘엄장자顯敎妙嚴長者라는 시호를 내려 그의 업적을 추모했다. 훗날 보조국사 지눌은 이통현 장자를 가리켜 보현보살의 후신으로 추앙한다.

당시 지눌은 이통현의 《화엄론》을 읽으면서 중생의 마음이 곧 부동지불不動地佛임을 깨닫는 일이 믿음으로 들어가는 첫걸음임을 발견했다. 지눌은 '만약 마음이 개명되고 지혜가 순수해지면 한 오라기의 머리털과 온 우주가 융화될 것이다. 왜냐하면 마음 밖에는 아무것도 존재하지 않기 때문이다. 진여眞如의 지혜는 이것이다. 진여는 모든 생명체의 몸속에 구비되어 있다. 단지 일반인과 어리석은 사람들이 알지 못할 뿐이다'라는 구절에서 큰 감명을 받았다.

인타라망因陀羅網 : 불교의 우주관에 등장하는 제석천 궁전에 드리운 그물을 뜻한다. 인타라망 그물코의 구슬들이 서로를 비추는 것처럼 인타라망은 연기법의 세계관을 비유한다.

지눌은 《화엄론》 중 '몸은 지혜의 그림자요, 국토 또한 그러하다. 지혜가 깨끗하면 그림자도 맑아 크고 작은 것이 서로 용납됨이 인타라망※과 같다'는 대목을 읽다가 그만 책을 덮고 탄식했다.

"부처의 말씀이 교가 되고 조사祖師께서 마음으로 전한 것이 선이 되었으니, 부처나 조사의 마음과 말씀이 서로 어긋나지 않거늘 어찌 근원을 추구하지 않고 각기 익힌 것에 집착해 부질없이 쟁론을 일으키며 헛되이 세월만 소비할 것인가!"

지눌은 곧 각지에서 찾아온 후학들에게 일렀다.

"결국 교란 부처님의 말씀이며 선이란 조사의 마음일세. 부처와 조사가 말씀으로 전한 것이나 마음으로 전한 것은 근본이 똑같은데 어찌 근원을 탐구하지 않고 각기 저마다 익힌 것에만 안주하여 망령된 논쟁으로 헛되이 세월을 보내겠는가."

이 말에 지눌의 명성을 듣고 보문사에 모였던 후학들이 깜짝 놀라며 물었다.

"스님 말씀은 선과 교의 근본이 같다는 것입니까?"

선과 교의 근본이 같다는 논리는 당시 불자들에게는 경천동지할 만한 주장이었던 만큼 지눌의 후학들은 큰 충격에 휩싸였다. 지눌은 그들을 납득시킬 요량으로 당시 승가의 상황을 빗대어 말했다.

"바로 그렇다네. 오늘날 선사들은 학승들이 경전 문구에만 매달리는 것을 손가락질하는 반면, 학승들은 선승들을 적멸寂滅한 암흑의 늪에 빠져드는 무리라며 조롱하지 않는가? 그런데 내가 《화엄경》과 《화엄론》에서 확인한 바에 따르면 그런 반목과 질시는 다 부질없다는 것일세."

"그래도 쉽게 이해할 수가 없습니다."

지눌의 후학들은 고개를 갸우뚱했다.

"이통현 장자는 '만약 십신의 단계에 있는 어떤 사람이 자기 몸이 부처와 다를 바 없으며 원인이 결과와 다를 바 없다는 것을 믿지 못한다면 그는 지혜를 바탕으로 한 온전한 믿음을 가진 게 아니다' 라고 하셨네. 말하자면 범부들은 본래 성불의 씨앗을 가지고 있는데 그것을 믿지 못하면 부동지[※]에 들어갈 수 없다는 것일세. 그래서 이 장자는 '믿음이 완전해지면 부처가 된다'고 했네. 곧 그대들의 마음이 부처라는 말일세."

비로소 지눌의 법문을 알아들은 후

부동지不動地 : 십지十地의 여덟 번째 단계로 모든 것에 집착하지 않는 지혜가 끊임없이 일어나 결코 번뇌에 동요하지 않는 단계를 가리킨다.

학들은 저마다 환희에 휩싸였다. 내 마음이 부처라는 걸 왜 여태 깨닫지 못했단 말인가? 먼저 내 마음이 부처라는 확신을 가져야 한다.

지눌은 이미 수많은 경전과 조사어록에서 이런 근거를 발견했으며 특히 이통현 장자의 《화엄론》에 이르러 그 결론을 찾은 것이다. 이와 같이 지눌은 《화엄경》 여래출현품과 더불어 《화엄경》을 각주한 《화엄론》에 의해 두 번째로 깨달음을 얻었다.

지눌의 학문과 사상을 추앙했던 조선 중기의 고승 서산대사는 《선가귀감》을 통해 역대 조사들의 선과 교에 대한 인식을 "세존께서 세 곳에서 마음을 전하신 것[三處傳心]은 선지禪旨가 되고, 한평생 말씀하신 것은 교문敎門이 되었다. 그러므로 선은 부처님의 마음이고 교는 부처님의 말씀이다"라고 소개했다. 그러면서 주해하기를 "선과 교의 근원은 부처님이시고 선과 교의 갈래는 가섭존자와 아난존자이다. 말 없음으로써 말 없는 데에 이르는 것은 선이고, 말로써 말 없는 데에 이르는 것은 교다. 또 마음은 선법이고 말은 교법이다"라고 했다. 지눌이 제자들을 일깨웠던 이론과 전혀 다르지 않다. 지눌 이전만 해도 이처럼 명확한 논리는 성립되지 않았으니 그 체계를 세운 지눌의 역할은 매우 컸다.

때는 1187년(명종 17) 봄이었다. 지눌이 《화엄경》과 《화엄론》을 읽다가 두 번째 깨달음을 얻었다는 소식을 듣고 더욱 많은 비구들이 보문사로 모여들었다. 그들은 지눌 덕분에 고려 불교가 혁신될 것이라는 희망을 보았다. 다만 선교 양종이 회통해야 한다는 지눌의 주장에 대해서는 선뜻 동의하지 못했다.

작은 도량에 각지의 비구들이 모여들자 당장 숙식 문제가 현안이 되었다. 지눌은 그들을 모두 받아들이지 못하는 현실적인 문제에 부딪혔다. 매일 찾아오는 도반들을 맞아 가까스로 설득해 돌려보내는 일과 때문에 지눌의 독서는 한동안 중단되었다.

보문사를 찾아온 비구 중에는 아예 눌러살며 지눌의 실천행을 견습하려는 사람도 적지 않았고, 지눌 또한 그들의 열의를 더 이상 꺾지 못했다. 아니 꺾어선 안 될 일이었다. 결국 그런 비구들이 많이 모이자 보문사 대중들은 법랍대로 서열이 정해졌다. 그러다 보니 지눌을 사형으로 섬기는 비구도 생겨났고 때로는 제자를 자처하는 10대 후반의 청년까지 줄을 이었다.

20여 명 넘는 대중들이 작은 고찰에서 생활하다 보니 불편한 점이 여간 많지 않았다. 처음에는 그런 어려움을 감수하고라도 보문사에 남겠다는 비구들이 하나둘씩 떠나갔다. 그럼에도 아직 남아 있던 10여 명의 대중들은 지눌에게 도량 증축을 건의했다.

하긴 500여 년 전, 의상대사가 창건한 이래 한 번도 중건된 일이 없었으니 불사가 필요한 시점이기도 했다. 하지만 지눌은 선뜻 마음을 정하지 못했다. 도량 증건에 따른 비용과 인력, 번거로운 절차도 문제였지만 겉만 번드르르한 당시 사찰들의 모습에 실망했기 때문이다.

"산승이라면 공부하는 데 전념해야지 무슨 도량을 증축한단 말인가?"

"하오나 비구들이 마땅히 머물며 수행할 곳마저 없다면 어떻게 득도를 하고 중생을 제도하겠습니까?"

이런 물음에 대해서는 지눌 또한 적합한 답변을 찾지 못했다. 그리하여 지눌의 묵인 아래 보문사 중건 불사가 시작되었다. 승려들은 저마다 인연 있는 불자나 관료를 찾아가 십시일반으로 시주를 얻었다. 그러자 소문을 듣고 목재며 기와 시주는 물론 손수 노동력까지 제공하겠다는 장인들이 찾아와 보문사는 다시 북새통을 이루었다.

이때 극락전을 비롯해 7동의 건물과 불탑이 건립되었다. 이 건물들은 모두 주변 풍경과 잘 어울려 소박한 지눌의 면모를 잘 보여주었다. 이후 지눌이 중창한 보문사 당우들은 임진왜란 때 소실되었으며 그 뒤에 재건되어 지금에 이르는 것으로 전해진다.

보문사 중건으로 한동안 바쁜 나날을 보내던 지눌은 건물이 완공된 후 후학들과 더불어 다시 독서와 수행에 몰두했다.

이 무렵, 한 후학이 지눌에게 조심스럽게 물었다.

"스님, 선가에선 사자전승師資傳承의 법맥을 절대적인 것으로 여긴다고 들었습니다."

후학의 말인즉 누가 지눌의 깨달음을 인가했느냐는 도전적인 질문이었다.

그러자 지눌이 빙긋 웃으며 물었다.

"그대는 석가모니께서 열반하실 때 남긴 유훈을 아는가?"

지눌에게 질문했던 비구가 대답했다.

"자등명自燈明, 법등명法燈明, 자귀의自歸依, 법귀의法歸依하라 이르셨습니다."

"바로 그렇다네. 그 말씀대로 스승의 법맥을 잇는 것은 하나의 방편일 뿐 결국 스스로 진리를 밝히는 게 중요하지 않겠는가? 나는 오래전부터 진리와 계합하는 이라면 시공을 떠나 스승으로 섬겼으나 아쉽게도 길게는 수백 년 전, 짧게는 수십 년 전에 열반하셨으니 그분들의 인가를 받지 못했네. 하지만 사자상승의 법맥보다는 진리 자체가 귀중한 게 아닌가?"

이러한 질문에 후학은 당장 고개를 숙였다.

"스님, 어리석은 소승이 큰 결례를 했습니다."

이때 지눌은 후학을 일으켜 세우며 다독여주었다.

"어서 일어나게. 그런 의심은 당연히 가질 법하며 나 또한《육조단경》을 읽다가 첫 견성을 한 뒤 그 점을 아쉬워한 바 있었네. 하지만 오늘 고려 승가의 현실이 이러하니 우리 실정에 맞는 수행 체계를 세워나가는 게 중요한 것일세. 오직 철저히 계율을 지키고 진리만을 추구하려는 마음가짐이 필요하단 말이네."

이와 같이 지눌은 보문사 시기에《화엄경》과《화엄론》을 통해 다시금 큰 깨달음을 얻었으며 '보조선'의 체계를 정립하게 되었다. 몇 년 뒤 지눌이 지은《권수정혜결사문》에도 이때 얻은 깨달음과 각오를 담고 있다. 그런가 하면 지눌의 저술 중《원돈성불론圓頓成佛論》과《화엄론절요華嚴論節要》는 이 시기의 체험과 깨달음을 바탕으로 삼고 있다.

지눌은 이통현 장자의《화엄론》을 매우 좋아한 나머지 시간이 날 때마다 학인들에게 강설했다. 그런데《화엄론》은 40권이나 되는 방대한 저술이고 문장도 투박하여 강설하기가 쉽지 않았다. 이에 따라 지눌이《화엄론》중 중요한 부분만 뽑아 3권으로 편찬했는데 이 책이 바로《화엄론절요》다. 지눌은 이 책을 쓰는 동안 늘 마음을 맑게 다듬고 향을 피워 부처님께 도움을 청하며 한 자, 한 자 정성껏 문장을 완성해나갔다고 한다.《화엄론절요》에서 지눌은 다음처럼 자신의 견해를 밝히고 있다.

> 나는 (이통현 장자의)《화엄론》에서 밝혀낸 것을 면밀히 검토했다. 삼승三乘을 따르자면 십지十地를 다 거친 뒤에야 깨달음을 얻을 수 있을 것이고, 일승一乘을 따르자면 십신十信의 첫 단계에서 이미 깨달음을 얻는 것이다. 단계를 말하자면 깨달음은 초발심에 존재한다. 만약 십신의 초심에만 들어갈 수 있다면 자연스럽게 십주十住의 초심에도 이를 수 있다. 만약 십주의 초심에 들어갈 수 있다면 다시 자연스럽게 구경究竟의 단계에도 이를 수 있다. 이렇기 때문에 구박[※]의 범부에게 가장 긴요한 것은 바르게 믿음을 내는 것이다.

지눌의《화엄론절요》는 우리나라뿐만 아니라 일찍이 일본에도 전해져 화엄의 대가들이 즐겨 읽었고, 유일한

구박具縛 : 번뇌로 말미암아 생사에 얽매임.

필사본도 지금까지 일본에 남아 있다고 한다. 구체적으로 말해 《화엄론절요》는 1207년(희종 3), 지눌이 수선사(지금의 송광사)에 주석할 때 간행되었는데 그로부터 불과 5년 후인 1212년 일본 승려 명혜明惠가 저술한 《최사론》에도 《화엄론절요》를 인용한 대목이 있다. 이는 지눌의 말년 무렵 이미 그 명성이 일본에까지 알려졌으며 그의 사상과 저술이 매우 큰 영향력을 미쳤음을 뜻한다. 그런가 하면 《화엄론절요》를 발간한 지 88년 뒤에는 일본 승려 원종圓種이 구두점을 찍어가면서 그 책을 여러 번 탐독했다고 한다. 원종은 《화엄론절요》 1권 끝에 붉은 글씨로 두 번째로 읽었음을 명기하면서 소감까지 밝히고 있다.

> 쳐다보면 태산처럼 높고 굽어보면 대해처럼 넓구나. 전생에 어떤 인연이 있었기에 이제 이 《절요》를 만났을까. 나의 기쁨 그리고 불법에 신순信順하는 마음 무엇에도 비교할 수가 없구나. 그저 유감스럽게도 종일 화엄 세계에 있으면서도 궁극을 타파하지 못한 일이 부끄럽구나. 어찌할꼬.
>
> _강건기, 《보조국사 지눌의 생애와 사상》(불일출판사, 2010)

지눌은 두 번째 깨달음을 얻게 해준 《화엄론》과 지리산 상무주암에서 만나 세 번째 깨달음을 준 《대혜어록》을, 법을 펼치는 두 날개로 삼았다고 한다.

공산 거조사에서 시작된 정혜결사

도인이 진심眞心을 얻은 뒤에는 먼저 공을 들여 보호하고 지켜,
큰 힘의 작용이 있어야 비로소 중생을 이롭게 할 수 있다.
그 진심을 징험하려면 평상시에 미워하거나 사랑하던 대상이 눈앞에 있다고 상상해
보아, 만약 전처럼 애증이 일어나면 도의 마음이 아직 성숙하지 못한 것이요,
만약 애증의 마음이 나지 않으면 도의 마음이 성숙한 것이다.

《진심직설》

지눌이 승과에 급제하고 보제사 담선법회에서 정혜결사를 제안한 지 어언 8년이 지나갔다. 그동안 지눌은 창평 청원사, 하가산 보문사에 머물며 한 차례씩 큰 깨달음을 얻었으며, 그 일은 당대의 고려 불교뿐만 아니라 역사적으로도 한국 불교 전체에 하나의 획을 긋는 일대사인연으로 작용했다.

때는 1188년(명종 18), 지눌의 나이 서른한 살 때였다. 그동안 지리산 상무주암에 머물며 수행하던 득재 사형이 공산(지금의 팔공산) 거조사居祖寺로 옮겼다는 소식을 알려왔다. 거조사는 738년(신라 효성왕 2)에 원참元昆 스님이 창건했다 하니 당시만 해도 450년

역사를 간직한 유서 깊은 도량이었다. 지금은 영천 은해사의 산내 암자인 거조암으로 되어 있으나, 실상은 은해사보다 먼저 건립되어 근대까지 독립 사찰로서 유구한 역사를 이어왔다.

상무주암에서 수행하던 득재는 끝내 깨달음을 얻지 못했다. 하지만 상무주암에서 수행했다는 것 자체로 그의 절차탁마는 완벽한 경지에 이르렀다. 이제 어떤 스승의 할이나 방, 어떤 우연한 상황에 맞닥뜨린다면 한순간에 깨달음의 꽃이 활짝 피어날 참이었다. 득재는 그런 상황이 아쉽긴 했으나 지난날 지눌과 맹세했던 정혜결사의 시기가 무르익었음을 느꼈다. 따라서 이제야말로 결사를 추진해야겠다며 곳곳을 누비며 장소를 물색하다가 우연히 발견한 사찰이 거조사였다.

당시 거조사는 주인 없는 절처럼 방치되어 있었다. 본래 주석하던 노승이 열반한 뒤로 후임 주지도 임명되지 않았으며 누군가 나서서 돌보는 사람도 없었기 때문이다. 정혜결사를 염두에 두었던 득재로서는 그런 도량이 꿈에 본 듯했다. 전날 지눌이 보제사 담선법회 때 결사를 제의하고도 여건이 마련되지 않아 8년이라는 세월이 강물처럼 흘러간 것을 생각하면 더욱 그랬다. 그래서 사람들을 불러 모아 깨진 기왓장과 풍상에 삭은 기둥을 갈아 끼우며 도량 정비를 마쳤다. 그리고 지눌에게 서둘러 편지를 보냈다. 그해 이른 봄, 득재의 편지를 받은 지눌은 가슴이 뭉클해졌다. 지눌 또한 정혜결사를 추진하는 일은 하루도 잊을 수 없는 서원誓願이었다. 그런데도 마음만 앞설 뿐 현실적인 여건이 허락하지 않았는데 이젠 오히려 득재 사형이 준비를 마치고 와달라는 청을 하는 게 아닌가. 지눌은 득재 사형에 대한 고마움과 미안함을 동시에 느끼며 붓을 들었다.

막상 백지를 앞에 놓고 보니 머릿속마저 하얘지는 느낌이었다. 마음 같아서는 당장 거조사로 달려가고 싶지만 자신이 이끌던 보문사 일을 하루아침에 정리할 수 없는 형편이기도 했다. 제2차 득도 후, 가르침을 받겠다며 찾아온 후학들은 어찌할 것이며 교종 승려이면서도 선 수행을 하겠다며 절을 비운 전임 주지에게는 어떤 말을 해야 할까? 더구나 지눌 자신도 보문사에 계속 머물며 더욱 치열하게 수행해야겠다는 다짐을 한 터였다.

그 무렵, 지눌은 돈오돈수가 아닌 돈오점수에 깊은 관심이 있었다. 돈오돈수인가 돈오점수인가 하는 문제는 승과에 급제하기 전부터 지눌을 크게 사로잡은 의문 중 하나였다. 깨달음은 한순간에 이룰 수 있으나 깨닫기 이전의 습기마저 완벽히 버리지 못하는 게 인간의 본성이다. 그렇기에 깨달음 이후에도 계속 수행해 완전한 경지에 올라야 한다는 것이 지눌의 견해였다.

오늘날 성철 스님이 돈오점수를 맹렬히 비난함에 따라 돈점 논쟁이 한동안 불교계와 철학자들 사이의 이슈가 된 일이 있지만 당시에도 돈오돈수와 돈오점수에 대한 견해 차이가 컸다고 한다. 훗날 지눌이 지은 《법집별행록절요병입사기》는 돈오돈수와 돈오점수에 대한 그의 견해를 자세히 밝히고 있는데 그중 한 대목을 인용하면 이렇다.

●●● 지리산 상무주암
경남 함양군 마천면에 있는 해인사의 말사. 지눌의 사형인 득재 스님이 이곳에 머물며 수행을 이어갔다.

깨닫고 난 뒤 점수의 문은 다만 더러움을 닦는 것만이 아니요, 다시 만행을 겸해 닦아 자타를 아울러 구제하는 것인데, 지금의 참선하는 이들은 모두 '다만 불성만 밝게 보면 이타의 행원은 저절로 원만히 이루어진다'고 한다.

그러나 목우자(지눌)는 그렇지 않다고 여긴다. 불성을 밝게 본다는 것은 다만 중생과 부처가 평등하고 나와 남의 차별이 없음을 보는 것이니, 거기서 다시 자비와 서원의 마음을 내지 않으면 한갓 고요함에만 머물러 있지 않을까 걱정하기 때문이다. 《화엄론》에서도 '지혜의 성품은 다만 고요함이기 때문에 서원으로 그 지혜를 막는다'고 한 것이니, 깨닫기 전의 미혹한 자리에서는 비록 어떤 서원이 있어도 마음의 힘이 어둡고 약하기 때문에 그 서원을 성취시킬 수 없는 것이다. 그러나 한번 깨달은 뒤에는 차별지로 중생이 괴로워하는 것을 보고 자비와 서원의 마음을 내어, 제 힘과 분수를 따라 보살의 도를 행하면, 각행覺行이 점점 원만해지리니 어찌 기쁘고 유쾌하지 않겠는가?

이 깨달은 뒤의 변화 작용에는 평등과 차별의 두 가지 이치가 있으니 평등의 변화가 차츰 원만해지는 것을 확실히 알 수 있다. 그런데 요즘에 역사책의 사적을 읽는 사람으로서 법을 얻은 사람의 기이한 일을 보고는 견성만 하면 누구나 때를 따라 반드시 신통한 지혜와 걸림 없는 변재가 있을 것이라고 생각한다. 그러므로 변재의 지혜와 기묘한 작용이 없는 사람을 보면 아직 풋내기라 하고, 신심을 내어 따르려 하지 않는데, 그런 사람은 좋은 벗도 만나지 못할 것이요, 공부도 잘하지 못할 것이다. 그리하여 깨달은 뒤에도 다시 미혹을 분별하는 지혜와 보살의 만행은 차츰 이뤄진다는 것을 알지 못하는 것이다.

한마디로 누구든 몰록 깨달을 수 있으나 그 뒤에도 수행을 해야 자리이타自利利他의 보살행이 가능하다는 말이다. 이처럼 지눌은 돈오점수를 강조했고 그 자신도 세 차례의 깨달음을 얻고도 열반할 때까지 끊임없이 수행해 후학들에게 돈오점수의 모범을 보였다. 그럼에도 그는 위의 책에서 "그러나 만일 그 깨달음이 철저한 깨달음이라면 어찌 점수에 걸리겠으며, 또 그 닦음이 진실한 닦음이라면 어찌 돈오를 떠나겠는가? 그러므로 문자를 떠나고 이치를 잡아 이름과 말에 걸리지 않는 것이 중요하다"고 강조했다.

지눌은 이런 견해를 실천하기라도 하듯 보문사에서 득도한 뒤에도 '닦음'에 매진했고, 득재의 편지를 받았던 그해 벽두에도 그렇게 다짐했던 것이다.

지눌은 하는 수 없이 좀 더 기다려달라는 내용의 답장을 득재 사형에게 보냈다. 그러나 누구 못지않게 정혜결사에 깊은 열정을 가졌던 득재는 지눌에게 몇 차례 더 편지를 보내 하루빨리 와달라고 청했다. 지눌은 더 이상 머뭇거릴 수가 없었다.

"사형, 여기 보문 난야[※]의 어리석고 둔한 아우가 옛날의 맹세를 소홀히 여

난야蘭若 : 고요한 곳. 사찰을 가리키는 말.

긴 듯합니다. 이제 와 사형의 편지를 거듭 받고는 송구스러움과 간절한 정성에 감읍하지 않을 수 없었습니다. 조금 더 이곳에 남아 정진을 계속하고자 했으나 사형의 명을 더는 거역하지 않고 이곳 일을 정리하는 대로 거조사로 한걸음에 달려가겠습니다."

이런 내용의 답장을 거조사로 보낸 지눌은 곧 보문사 전임 주지 도연에게도 편지를 보냈다. 그 편지로 지눌의 사정을 알게 된 도연 비구도 전날의 약속을 잊지 않고 보문사로 와서 인수인계를 마쳤다. 그리고 그것으로 지눌의 두 번째 깨달음을 얻은 보문사 시절도 그의 행장行狀으로만 남게 되었다.

지눌이 아직 비구계를 받지 못한 사미 한 명을 데리고 거조사에 도착하자 마침 방선放禪 중이던 득재 사형이 미소로 맞아주었다. 법당 마당이며 주변 산자락에는 벌써 진달래가 지고 철쭉이 한창 봉오리를 터뜨릴 기세였다.

지눌이 보기에 득재는 창원사에서 지낼 때와는 확연히 달라진 모습이었다. 일념으로 선 수행에 몰두한 사람에게서만 풍기는 선향禪香이 느껴졌다.

득재는 다짜고짜 지눌을 방장실로 안내했다.

"앞으로 자네가 결사를 이끌려면 위의를 갖춰야 할 게야. 그래서 이 방장실을 비워두었네."

그 말에 지눌이 정색하며 물었다.

"저더러 거조사 방장을 하라는 말씀이오?"

"그렇다네."

지눌은 극구 사양했으나 득재의 계획과 고집을 꺾을 수는 없었다. 결국 지눌은 방장 자격으로 거조사에 머물며 지난날 결사에 동참하기로 했던 각지의 비구들에게 편지를 보냈다.

어느덧 정혜결사를 다짐한 지 8년이 지났다. 강산이 한 번 바뀔 정도의 세월이라 그들의 상황과 다짐은 전과 같지 않았다. 지눌은 이때의 상황을 "혹은 죽기도 하고 앓기도 하며, 혹은 명예와 이익을 위하여 다 모이지 못하였다. 그래서 나머지 승려 3~4명과 함께 비로소 법회를 열어 옛날의 소원을 이루려 하는 것이다"라고 《권수정혜결사문》에 밝혔다.

3~4명의 비구와 득재 그리고 소식을 듣고 거조사로 찾아온 몇몇 비구들과 더불어 지눌은 처음에 결의한 것처럼 항상 선정을 익히고 아울러 지혜를 닦기에 힘쓰며 예불하고 경 읽기, 나아가서는 울력하는 데까지 저마다의 소임을 실천해나갔다.

그렇게 작은 수행 공동체를 이루어 생활한 지 2년이 지난 1190년, 지눌의 나이 서른세 살 되던 해였다. 하루는 득재가 말했다.

"이젠 정혜결사를 본격적으로 할 때가 되지 않았는가?"

"저 또한 그리 여기고 있습니다."

"그렇다면 전국 각지의 대중들에게 정혜결사의 뜻을 어떻게 알린다?"

지눌은 전부터 결사 대중을 한자리에 모을 방법을 생각해두었다. 따지고 보면 보제사 담선법회 때의 결사 제의는 다소 충동적이었다. 그래서 그 뜻을 미루고 미뤄 거조사에 머물고서야 그때의

••• 영천 팔공산 거조암 영산전
경북 팔공산 은해사에 있는 절. 738년에 승려 영찬이 창건했고, 영산전은 국보 제14호로 지정되었다. 지눌과 득재는 이곳에서 최초의 정혜결사를 추진했다.

도반들에게 짧은 편지를 보냈고 이런저런 사정으로 이름뿐인 결사가 2년 동안 이어져왔다.

지눌이나 득재 모두 그런 상황이 계속되길 바라지는 않았다. 그렇다면 지난 2년의 시기는 결사의 시작을 알린 것에 불과했다. 이젠 어느 정도 여건이 무르익었으니 횃불을 들고 사람을 모을 때였다. 많은 대중이 결집하면 정혜결사의 힘이 축적될 것이고 결국 처음의 뜻대로 고려 승가의 수행 풍토를 근본적으로 다질 수 있을 터였다.

그때 지눌은 결사를 추진하게 된 배경과 승단의 문제 그리고 선교양종의 회통에 대한 자신의 견해를 세세하게 글에 담기로 했다. 그렇게 하려면 책자가 필요할 것이고 짧은 편지 대신 그 책자를 전국 각지에 배포하면 동참의 효과가 더욱 크리라고 생각했다.

한동안 침묵하던 지눌이 대답했다.

"며칠 말미를 주십시오."

그날 이후 지눌은 장문의 글을 쓰기 시작했다. 이름하여 《권수정혜결사문》. 1만여 자 이상으로 이루어진 이 글은 한국 불교 최초의 체계적인 결사를 알리는 선언서이자 지눌의 수행관과 불교관을 담아 마음 닦는 길을 제시한 지침서이기도 하다. 그리고 이른바 '한국선'의 주춧돌이 되는 글이기도 하다.

"내 들으니 '땅으로 인하여 넘어진 사람은 땅으로 인하여 일어난다' 하였다"라고 시작되는 《권수정혜결사문》은 먼저 불교의 기본부터 일깨워준다. 지눌이 생각하는 불법과 수행자의 자세는 무엇인가?

> 무릇 부처님의 가르침을 보고 듣고 외우고 익히는 사람은 마땅히 부처님 법을 만나기 어렵다는 마음을 일으켜 스스로 지혜를 써서 비추어보고 그 말씀대로 닦아야만 한다. 그렇게 하면 곧 스스로 부처의 마음을 닦고 스스로 부처의 도를 이루어 부처님의 은혜를 갚는 것이라 할 수 있다.

오늘날의 승가에서는 지극히 당연하고 기본적인 지침으로 여겨지는 말이지만 800여 년 전, 고려 중기의 상황에서는 매우 놀라운 선언이었다.

지눌은 이처럼 자기 본래의 마음을 또렷이 깨우치고 부처의 말씀대로 실천함으로써 스스로 깨달음을 얻는 자성불도自成佛道를 강조했다. 아울러 스스로 부처의 길을 닦는 것은 수행자의 본분이 자리이타에 있음을 일깨우기 위해 "보살은 본래 남을 제도하려 하기 때문에 먼저 선정과 지혜를 닦는다"고 했다.

지눌은 이 글을 쓰는 데 《반야경》《능엄경》 등의 경전을 비롯해 《육조단경》, 이통현 장자의 《화엄론》, 영명연수 선사의 《유심결》 등 고금의 경전과 고승들의 저술, 조사어록 등 수십 권을 인용해 불법의 근본 원리와 수행자 본연의 자세로 돌아가야 할 당위성을 조목조목 설명해나갔다. 실로 사통팔달의 독서 편력과 두 차례에 걸친 깨달음의 체험을 유감없이 보여주는 동시에 '이양의 길에서 허덕이며 풍진의 세상에 골몰하여 도덕은 닦지 않고 옷과 밥만 허비하는' 승가의 세태를 준열히 꾸짖는 글이다. 아울러 당시 종단에서 가장 큰 갈등의 원인이었던 선과 교의 병폐를 그야말로 호랑이의 눈으로 통찰해 '마음이 부처'라는 믿음을 가지고 선정과 지혜를 닦아 궁극적으로 보살행을 실천할 것을 주창하고 있다.

그러면서 "원하노니 유교, 도교에서 세상을 싫어하는 뜻이 높은 사람으로서 티끌세상을 벗어나 세상 밖에 높이 노닐면서 마음을 닦는 도를 오로지하여 이 뜻에 부합하는 이는, 비록 지난날 서로 모였던 인연이 없는 이라도 결사문 뒤에 그 이름 쓰기를 허락한다"며 신앙과 종파에 관계없이 결사에 동참할 것을 권했다.

1190년(명종 20) 늦봄에 완성된 이 글은 곧 목판으로 인쇄되어 전국 각지의 비구와 학자, 신심 깊은 재가자 들에게 배포되었다. 이렇게 추정하는 것은 당시에는 중앙정부와 각 사찰을 중심으로 목판인쇄가 활발했으며 결사문 자체가 장문이어서 필사본이라면 동시에 여러 곳에 배포할 수 없었으리라고 보기 때문이다.

한편 지금까지 전해지는 결사문의 내용은 10년 뒤인 1200년(신종 3)에 반포된 판본에 바탕을 두고 있다. 이 인쇄본 말미에는 '권수문이 이미 세상에 퍼졌기 때문에 옛 이름대로 판에 새겨 인쇄하여 반포한다'는 내용이 있다. 이런 내용으로 미뤄보건대 지눌의 거조사 시기에도 한 차례 판각되지 않았을까 여겨진다. 이후《권수정혜결사문》은 400여 년이 지난 1608년(선조 41), 송광사松廣寺에서 중간되어 오늘날까지 전해진다.

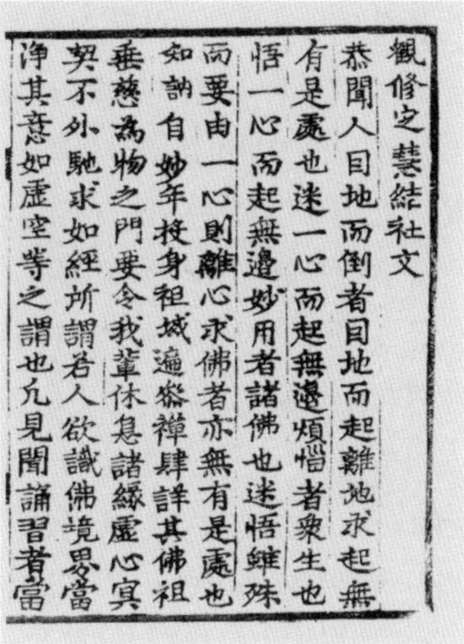
勸修定慧結社文
恭聞人因地而倒者因地而起離地求起無
有是處也迷一心而起無邊煩惱者衆生也
悟一心而起無邊妙用者諸佛也迷悟雖殊
而要由一心則離心求佛者亦無有是處也
知訥自妙年投身祖域遍參禪肆詳其佛祖
垂慈為物之門要令我輩休息諸緣虛心冥
契不外馳求如經所謂若人欲識佛境界當
淨其意如虛空等之謂也凡見聞誦習者當

••• 《권수정혜결사문》

지눌은 며칠 동안 두문불출하며 이 글을 완성한 뒤 먼저 득재 사형에게 보여주었다.

"과연 천하의 명문이로세. 이렇게 두루 막힘이 없는 글을 읽고도 발심하지 않는 자가 있다면 세상에 없는 머저리요, 식충이나 다름없을 터."

"허허, 사형도 참…… 그나저나 하루빨리 이걸 반포해야 할 텐데요."

"걱정 말게. 내가 벌써 판각에 쓸 목판이며 인쇄할 종이를 주문해두었고 개경에 연락해 솜씨 좋은 각수刻手들도 불렀네. 그들이 수일 내에 도착하면 곧바로 작업을 시작하세."

득재의 말처럼 그로부터 사흘 뒤 각수들이 거조사에 도착해 판각이 시작되었다. 원고를 썼던 지눌은 목판이 한 장씩 완성되는 대로 일일이 오탈자를 검사했고 득재는 인쇄와 제책, 배포 등의 전반적인 일을 맡았다. 이에 따라 《권수정혜결사문》은 전국 각지의 선종 사찰뿐만 아니라 교종 사찰, 왕실과 문벌 귀족, 유학자와 도교를 신앙하던 사람들에게까지 배포되었다.

그러자 득재의 말처럼 종단을 가리지 않고 수많은 비구와 재가불자들이 모여들었다. 왕실 가족과 귀족, 여러 종교의 신앙인들도 거조사로 찾아왔다. 거기엔 지난날 지눌의 가르침을 받기 위해 하가산 보문사를 찾았던 비구들도 포함되었다.

이 무렵 지눌은 훗날 백련결사白蓮結社를 주도할 원묘국사 요세了世를 만났다.

지눌보다 다섯 살 아래인 요세는 천태종 승려이며 대각국사가 개창한 천태종을 중흥시키는 데 노력했다. 열두 살 때 출가한 요세는 1198년(신종 1), 개경 고봉사에서 열린 법회에 참석했다가 크게 실망하고 뜻을 함께하는 승려 10여 명과 함께 새로운 불교 운동을 펼치고자 했다. 보제사 담선법회에 동참했던 지눌이 당시 고려 승가의 폐단에 환멸을 느끼고 결사를 주창한 것과 비슷한 상황이었다.

요세 일행은 각지의 명산을 순례하다가 거조사에서 정혜결사를 추진하던 지눌을 만났다. 선과 교의 뿌리가 같음을 탐구하던 지눌은 요세가 지향하는 바가 자신의 뜻과 비슷하다고 여겨 정혜결사에 동참하도록 권유했다. 당시 지눌이 요세에게 결사에 동참할 것을 권유한 내용은 원묘국사의 비문에서도 드러난다.

> ……보조국사가 대사(요세)에게 게송을 보내 선법을 닦으라고 권했다. 그 게송에 이르기를 "물결이 어지러우면 달이 드러나기 어렵고/밤이 깊으면 오히려 등불이 더욱 빛난다/권하노니 그대는 마음 그릇을 바로 하여/감로장이 쏟아지지 않도록 하라波亂月難顯 室深燈更光 勸君整心器 勿傾甘露漿" 하였다. 대사가 보고 마음에 맞아 빨리 가서 그에 따랐으며 법우法友가 되어 불도의 교화를 도왔다.

참고로 여기 인용한 게송은 훗날 고려 불교를 통합하려고 노력한 태고 보우의 전법게傳法偈로도 쓰였는데, 게송 중 감로장이란 달콤한 미음을 뜻하며, 착한 마음의 공덕을 비유하는 말이다.

이처럼 지눌이 선 수행을 권유함에 따라 요세는 약 3년 동안 정혜결사에 동참해 부지런히 수행했다. 하지만 그 뒤 뜻을 달리하게 되었다. 이는 요세가 천태종 출신이라는 점과 깊은 관계가 있다.

앞서 소개했듯이 대각국사는 선교를 통합하고자 했으나 그 방향은 교종을 위주로 한 것이었다. 그 후 대각국사가 열반하자 선종에서는 예전처럼 독자적인 길을 추구했으며 지눌의 천재적인 연구와 노력에 따라 이번에는 선종을 우위로 한 통합이 추진되었다. 그런 가운데 전라남도 영암의 약사사에 머물던 요세는 중국 영명연수永明延壽가 쓴 《선종유심결禪宗唯心訣》을 읽다가 천태의 가르침에 의존해야 수행에서 비롯되는 120가지 병(제약)을 극복할 수 있다고 확신하고 방향을 전환했다.

그 후 요세는 지눌 사후 26년 만에 백련결사를 주도함으로써 지눌의 정혜결사와 더불어 고려의 양대 결사를 이루게 되었다. 요컨대 지눌과 요세는 당시 고려의 승단을 일신해야 한다는 점에서 공통점을 찾을 수 있으나 사상과 방법, 영향력은 달랐다.

한편 《권수정혜결사문》을 읽고 갑자기 모여든 수많은 대중 때문에 거조사는 발 디딜 틈이 없을 정도로 붐볐다. 물론 득재도 그 일을 염두에 두고 몇 개월 치 식량과 땔감을 준비해두긴 했다. 하지만 그들이 잠을 자고 참선 수행하며 예불과 독경을 하기에는 거조사 도량이 협소한 게 지눌의 마음을 늘 무겁게 했다. 은둔 수행에 걸맞은 산사였으나 당시 거조사의 당우는 그리 많지 않았고 그나마 비좁았다.

그런 여건 속에서도 정과 혜를 닦는 수행을 더 이상 미룰 수는 없었다. 지눌은 이때 백장청규에 바탕을 둔 대중 규칙과 일과표를 만들어 도량 곳곳에 게시해놓았다. 그리고 새벽 예불에서부터 공양, 참선, 경전 읽기와 강의, 울력, 취침하기 전에 이루어지는 모든 일과에 이르기까지 손수 모범을 보임으로써 대중들이 자발적으로 수행의 근본정신을 익히며 실천하게 했다. 그 와중에 공동체 생활이 불편하고 이물스러워 슬며시 결사에서 이탈하는 사람도 있었고, 결사의 참뜻을 이해하고 그것을 실천하기 위해 본래 자리로 돌아가는 비구도 있었다. 그럼에도 적정 숫자 이상의 수행자들이 거조사로 모여들어 대중의 숫자는 해마다 늘어났다.

그렇게 지내길 어언 8년.

그동안 거조사 정혜결사 덕분에 고려의 승단은 탁류가 가시고 있었다. 사실 정혜결사에 동참한 비구들에게는 시간적인 제한이 없었다. 따라서 그 뜻에 동의하며 수행자로서의 마음가짐을 새롭게 다진 사람이라면 언제든지 돌아갈 수 있었다. 그들이 저마다 하나의 맑은 물줄기가 되어 승가 전체의 바다를 맑히는 것이 정혜결사의 목적이기도 했다. 그리고 이 결사는 한국 불교사에 한 획을 긋는 전환점이 되었다.

이처럼 지눌의 발원으로 고려 승가는 차츰 정화되어갔지만 속세는 점입가경의 혼란기를 맞았다.

1178년(명종 8)에 집권한 경대승은 권력 기반인 무신은 물론 문신에게도 반감을 샀다. 그 때문에 자신을 죽이려는 세력과 자주 충돌했는데 압박감에 시달린 나머지 차츰 성격이 포악해져 반대파에게 무자비한 형벌을 가했다. 그러던 경대승이 집권 5년여 만인 서른 살에 갑작스러운 병으로 숨지자 이번에는 경주에 기반을 둔 이의민이 집권했다. 무신정변 때 유배당한 의종을 직접 시해한 인물답게 이의민은 엄청난 권력을 등에 업고 백성의 재산을 수탈하는가 하면, 그의 두 아들은 항간에서 '쌍도자雙刀子'라 불릴 정도로 포악을 일삼았다. 그런 이의민 일당은 지눌이 거조사에서 한창 정혜결사를 이끌던 1196년(명종 26), 최충헌 일파에게 죽임을 당하면서 13년간의 독재가 막을 내렸다.

이의민을 죽이고 집권한 최충헌은 왕의 측근 50여 명을 몰아내는가 하면 나중엔 명종을 폐위하고 신종神宗을 옹립하면서 이후 60여 년에 이르는 최씨 정권의 기틀을 마련했다. 이때 한국 역사에서 대표적인 노비 해방 운동으로 평가되는 만적의 난이 일어나 고려 사회는 그야말로 혼돈의 극으로 치달았다.

최충헌의 사노인 만적은 신분이 낮았던 무신들이 저마다 고위직에 오르자 자신도 난을 일으킬 것을 모의했다. 이때 만적은 "왕후장상의 씨가 따로 있겠는가? 때가 오면 누구든 출세를 할 수 있으니 우리 모두 상전을 죽이고 노예의 문적文籍을 불 질러 없애면 공경대부 같은 높은 벼슬자리를 차지할 수 있다"고 선동했다. 결국 만적의 난은 실패했으나 당시의 신분 질서가 무너지는 등 혼탁한 고려 사회의 일면을 보여주는 상징적인 사건으로 역사에 기록되었다.

바로 이 무렵, 그러니까 지눌이 어느덧 마흔하나 장년의 나이로 접어든 1198년(신종 1), 이른 봄이었다.

"방장 스님!"

선정에 들었던 지눌은 제자 수우守愚의 목소리를 듣고 가부좌를 풀었다. 희양산문 출신의 수우 또한 거조사 정혜결사에 동참했다가 지눌의 제자가 된 비구 중 하나였다. 수우는 선의 요체를 꿰뚫는 데다 풍수風水에도 일가견이 있었다. 선승이면서 경전에도 정통했던 지눌은 그런 제자가 다소 염려스러웠다.

지눌은 평소에 도참사상이니 풍수지리설이니 하는 이론을 하나의 외도外道로 간주했다. 그러나 그런 학문을 경원시하지는 않았다. 수우가 처음 찾아와 지눌의 제자가 되길 청하면서 풍수지리를 운운하자 지눌이 그 원리를 물은 적이 있었다.

“동진 때의 곽박郭璞이 말하길 ‘죽은 사람은 생기에 의지해야 하는데 그 기는 바람을 타면 흩어져버리고 물에 닿으면 머문다. 그래서 바람과 물을 이용해 기를 얻는 법술을 풍수라 한다’고 했답니다. 이처럼 어떤 지세나 물의 흐르는 모양이 그곳에 사는 사람에게 영향을 준다는 것이 풍수의 근본이라 합니다. 하오나 지세 또한 생명체나 마찬가지여서 한번 정한 명당이 영원한 명당은 아닙니다. 따라서 지기가 다하면 새로운 명당으로 옮겨야 하는데 옛날 도선국사가 태조에게 개경천도설을 건의한 것도 그런 이유라 하옵니다. 더구나 태조께서는 훈요 10조를 통해 도선국사가 정해준 곳이 아니라면 절을 세우지 말라든지, 서경을 귀하게 여기라든지 하여 풍수 사상을 강조했으며 묘청은 서경천도론을 내세운 적도 있습죠.”

수우의 설명을 가만히 듣고 있던 지눌이 미소를 지으며 물었다.

“그렇다면 우리가 이 산속에 모여 정혜결사를 추진하는 것과 풍수는 어떤 관련이 있느냐?”

이런 물음에 수우는 답변을 제대로 하지 못했다.

“거기까지는 소승이 미처……”

“네 말대로 하자면 풍수란 결국 바람과 물의 흐름을 활용해 사람들에게 주어진 길흉화복을 인위적으로 바꾸자는 주장이 아니겠느냐?"

"그렇습니다, 스님."

"그렇다면 넌 어째 그런 외도를 따르지 않고 굳이 내 제자가 되려고 하느냐? 오늘은 늦었으니 내일 새벽에 하산하도록 해라."

"네에?"

수우는 지눌의 명에 어쩔 줄 몰라 했다.

"스님, 큰 잘못을 저질렀습니다. 앞으로는 절대 풍수를 입 밖에 꺼내지 않겠습니다."

수우가 엎드려 사죄하자 지눌이 다시 입을 열었다.

"이곳 대중들은 그런 길흉화복이나 따지려고 깊은 산속에 들어와 힘들여 수행하는 게 아니지 않느냐?"

"네에, 스님. 소승 또한 수행에 전념하고 더 나아가선 스님께 큰 가르침을 얻기 위해 달려온 것입니다."

"나 또한 그런 외도를 아예 무시하라는 뜻은 아니다. 하지만 이곳은 정과 혜를 닦아 깨달음을 얻겠다는 일념으로 수행하는 곳이지 산세와 지세, 수세를 따지며 삿된 지식을 퍼뜨리는 곳이 아니다."

"소승, 두 번 다시는 풍수에 대해서 생각조차 하지 않겠습니다."

수우가 재차 맹세한 뒤에야 지눌은 마침내 그를 제자로 받아들였다. 그 후 수우는 어떤 제자보다 열심히 지눌의 뜻을 받들어 수행했다. 그런 수우가 지눌의 방으로 찾아와 말했다.

"밖에 손님이 오셨습니다."

"이 절을 찾는 손님이야 늘 끊이지 않거늘……"

"추밀원부사樞密院副使가 오셨는데 스님을 꼭 뵙겠다고 합니다요."

"지금의 추밀원부사라면 교정별감의 자제분이 아니더냐?"

당시 최고 권력 기구인 교정도감의 우두머리, 즉 교정별감은 최충헌이 맡고 있었다. 최충헌은 이후 일인지하 만인지상의 권력자로서 교정별감직을 자손에게 승계하며 60년 동안 정권을 이어나갔다. 최충헌이 집권할 무렵 그의 아들 최우崔瑀는 왕명 출납과 궁중의 숙위, 군기를 담당하던 추밀원의 정3품 벼슬인 추밀원부사로 있었다. 아버지는 비공식적인 최고 권력 기구의 수장으로 권력을 장악하고, 그 아들은 국왕의 일거일동을 통제하고 있었던 것이다. 그런 권력자가 거조사를 찾은 이유는 무엇일까?

지눌은 다시 가부좌를 틀고 지그시 눈을 감았다. 한동안 숨 막히는 침묵이 이어졌다. 그 바람에 수우는 안절부절못한 채 문밖의 동태에 귀를 기울였다.

"저어, 스님! 어떻게 할까요?"

한참 뒤에 수우가 조심스럽게 물었다.

"먼 길을 찾아왔으니 들어오시라 해라."

"하오나 스님께서 직접 나가시는 게……"

수우의 말이 끝나기도 전에 지눌이 서릿발 같은 음성으로 물었다.

"그게 무슨 말이냐? 나더러 추밀원부사에게 아부라도 하란 말이냐?"

비로소 지눌의 의도를 알아차린 수우는 그만 가슴이 덜컥 내려앉는 느낌이었다.

사실 지눌은 일자무식의 촌부가 뵙기를 청해도 결코 사절한 일이 없을뿐더러 지위가 낮을수록 더욱 정성스럽게 접대를 해왔다. 그런 스승이었기에 수우는 잠시 헷갈렸다. 그러나 더는 머뭇거릴 수 없는 형편이었다.

"소승이 곧 모셔 오겠습니다."

수우가 방장실을 나가자 최우를 호위하던 군사들이 마당 곳곳에 버티고 서서 사방을 경계하고 있었다. 이미 스승에게 호된 꾸지람을 받은 수우는 그런 살벌한 풍경에 낯을 찌푸렸다.

"스님께선 방금 전 선정에서 깨어나셨습니다. 이제 들어가시지요."

수우가 최우에게 말했다.

아버지가 집권한 이후 승려들에게 한 번도 그런 대접을 받아본 적이 없던 최우 또한 언짢은 기색이었다. 그럼에도 최고 권력자의 아들답게 애써 위엄을 보였다.

"허허허! 역시 듣던 대로 고승이시구려."

지눌은 최우가 방장실로 들어선 뒤에야 자리에서 일어났다.

"어서 오십시오. 그쪽에 좌정하시지요."

지눌이 다탁을 사이에 두고 깔아놓은 방석을 가리키며 말했다.

"추밀원부사 최우올시다."

최우가 엉거주춤 합장 반배를 하며 답하자 지눌 또한 합장으로 답례했다. 방 안에는 지눌의 가사와 선반에 놓인 발우가 전부였고, 바닥에는 다탁과 화로 외의 살림살이는 보이지 않았다. 다탁 위에는 목탁과 죽비가 가지런히 놓여 있었으며 그 옆에 자리한 다관과 숙우, 찻잔 몇 개가 전부였다. 화로에 불기가 없는 탓에 방 안은 다소 썰렁했다.

"자, 앉으십시오. 늦봄이긴 하지만 여긴 산속인지라 아직까지 서늘합니다."

지눌은 최우에게 다시 자리를 권한 뒤 문 앞에서 대기하던 수우에게 명했다.

"여기 물 좀 끓여 오너라."

수우가 조심스럽게 다관을 들고 밖으로 나갔다.

"국정이 바쁘실 텐데 이 먼 곳까지 어인 일로……"

"스님의 선성先聲은 전부터 듣고 있었습니다. 해서 진작부터 모시려고 했는데 그동안 가친을 도와 어지러운 나라를 바로잡느라 이렇게 늦었습니다."

"그래, 어지러운 나라는 바로잡혔습니까?"

"네에?"

지눌의 도전적인 질문에 최우는 당황한 기색이 역력했다. 아직 만적의 난으로 흉흉해진 인심이 가라앉지 않을 때였다.

"나라가 어지럽다면 누군가가 바로잡아야겠지요. 다만 이 나라는 태조 이래 불법을 숭상하는 걸 으뜸으로 쳤으며 불법의 첫 번째 계율은 불살생에 있는데……"

지눌이 인간의 생명을 파리 목숨처럼 여기는 무신 정권의 무자비함을 나무라자 최우는 한참 뒤에 입을 열었다.

"위계질서를 무너뜨리고 반역을 도모하는 자들이라면 국법에 따라 마땅히 처벌해야겠지요. 대의를 지키기 위한 불가피한 선택이었습니다."

"그게 누구를 위한 대의였을까요? 화무십일홍이요 권불십년이라 했으니 집착을 버리셔야 합니다."

최우는 권불십년이라는 말에 일순 눈빛이 차가워졌다. 그러나 그는 나이에 어울리지 않는 노련함도 갖추고 있었다.

"그 말씀은 두고두고 가슴에 새겨두겠습니다."

이번에는 지눌이 아무런 대꾸도 하지 않은 채 깊은 생각에 잠겼다. 그 침묵을 깨고 최우가 다시 말했다.

"제가 이곳까지 온 것은 스님을 가까이에 모시고 국정을 운영하는 데 필요한 고견을 듣고자 해서……"

그 말을 들은 지눌이 파안대소했다.

"허허허! 보잘것없는 산승에게 무슨 고견이 있겠습니까? 부처님은 왕자의 지위마저 박차고 6년 고행 끝에 성도하셨으며 중생제도에 평생을 보내셨지요. 그분의 제자임을 자처하는 소승은 오직 계정혜 삼학에 힘쓸 뿐입니다."

"하지만 그동안 수많은 고승이 왕사나 국사로 추대되어 나라와 중생을 올바르게 제도하시지 않았습니까?"

"그런 분들을 비난하자는 게 아닙니다. 다만 소승은 어려서부터 우리 승가가 수행자로서의 근본을 찾아야 할 것으로 여겨왔고 그래서 지금도 이 산속에서 청빈한 구도의 길을 모색하는 중입니다."

"지금 스님이 이끌고 있는 정혜결사의 뜻은 저도 잘 압니다. 더구나 지난번 반포하셨던 《권수정혜결사문》을 여러 번 읽으며 그 뜻을 되새기고 있습니다. 그렇기에 스님을 국사로 모시고 이 나라를 청정불국토로 가꾸려는 것이니 사양치 마십시오."

"참으로 고마운 말씀입니다. 그러나 이 땅에는 왕사나 국사로 추대할 만한 고승이 꽤 많습니다. 괜히 소승의 허명에 현혹되지 마시고 다른 훌륭한 스님을 모시길 바랍니다."

지눌이 거듭 사양했음에도 최우의 권유는 계속되었다.

"저 또한 스님을 모시는 게 쉽지는 않으리라 각오했습니다. 하지만 이 도량이 비좁은 데다 식량이나 땔감도 부족해 정혜결사에 많은 애로가 따르는 것으로 알고 있습니다. 이런 때에 국사의 지위에 오르신다면 승가뿐 아니라 온 나라가 속히 청정도량으로 바뀌지 않겠습니까? 그게 스님이 정혜결사를 추진한 본래의 뜻은 아니신지요?"

"이 아둔한 산승은 오직 수행 정진만이 불법을 올바르게 세울 수 있는 길이라 믿습니다. 없으면 없는 대로, 좁으면 좁은 대로 수행자 본래의 길을 소걸음으로 갈 뿐이지요."

그때 수우가 다관에 물을 끓여 들여왔다. 지눌이 익숙한 솜씨로 팽다하는 모습을 물끄러미 지켜보던 최우가 다시 말했다.

"지금 당장 수락해달라는 게 아니올시다. 시간을 넉넉히 드릴 테니 부디 대승의 마음을 내셔서 나라의 기틀을 다지는 데 도움을 주셨으면 합니다. 그건 저뿐만 아니라 폐하와 교정별감의 한결같은 바람이기도 합니다."

지눌은 이윽고 최우의 산에 차를 따르면서 대꾸했다.

"비록 폐하의 명이라 해도 소승은 그런 자리에 오를 만한 그릇이 아닙니다. 이 찻잔만큼이나 작아서 금세 차고 넘칩니다. 다만 이곳 산속까지 힘든 걸음을 하셨으니 그 뜻만은 감사히 받아들이겠습니다."

지눌이 이처럼 최우의 부탁을 거듭 사양한 것은 그가 출가한 후 직간접적으로 보아온 왕실과 무신, 승려 들의 유착이나 대립 상황과 무관치 않았다. 특히 무신정변이라는 회오리에 휩쓸린 승려 수백 명이 추풍낙엽처럼 목숨을 잃었던 지난날의 일에 비춰보면 지눌은 당대의 권력자들과 될수록 거리를 두려고 했을 것이다.

지눌이 정혜결사를 주창한 가장 중요한 이유도 세속의 이익에 영합하고 승가의 본질을 벗어난 작태에 크게 실망했기 때문이다. 순수한 신앙 운동, 부처님의 정법으로 돌아가기 위한 승가의 정화를 목적으로 정혜결사를 추진해온 그였다. 그랬기에 권력의 2인자가 아니라 국왕이 부른다 해도 그런 요구에 선뜻 응할 마음은 생기지 않았을 것이다.

지눌이 거듭 사양하자 최우는 실망한 기색이 역력했다.

"자꾸 그리 말씀하시니 돌아갈 발걸음이 무겁습니다. 다만 나중에라도 필요하시면 언제든 기별하시길 바랄 뿐입니다."

최우는 지눌이 대접한 차를 한 모금 입에 대고는 서둘러 자리에서 일어났다. 결국 최우는 지눌의 수제자 진각국사 혜심 때에야 수선사(송광사)를 자주 왕래하면서 재정적인 후원을 아끼지 않았고 수선사를 정신적인 귀의처로 삼았다.

이튿날, 최우가 다녀갔다는 소식에 선방에 있던 득재 사형이 지눌의 방을 찾아왔다. 이미 수우의 입을 통해 최우가 방문한 이유와 반응 등이 거조사 대중 모두에게 알려졌다.

"국사 자리를 사양했다 들었네."

득재가 자리에 앉으면서 말했다.

"그리했습니다."

지눌이 다구들을 닦아 정리하면서 대답했다.

"그 뜻이야 장하네만 쉽게 얻을 수 있는 기회가 아닌데……"

득재가 다소 아쉬운 표정을 지어 보였다. 정혜결사뿐만 아니라 거조사 전체의 살림을 책임진 득재로서는 당연한 반응일 수도 있었다.

"사형답지 않은 말씀이구려."

"부질없는 소리를 해봤네."

득재는 애써 아쉬움을 감추며 그날의 일을 마무리하려 했다. 하지만 지눌에게는 중요한 용건이 남아 있었다.

"안 그래도 사형께 상의드릴 일이 있었는데 잘 오셨습니다."

득재가 무슨 말인가 싶어 지눌을 물끄러미 바라보았다.

"날마다 결사에 동참하는 대중은 늘어나는데 도량을 증축할 수가 없어서 얼마나 불편했습니까?"

"그렇긴 했네만 그럭저럭 잘 견뎌왔지."

"문제는 앞으로도 대중이 계속 늘어날 텐데 도량이 턱없이 비좁으니 걱정입니다."

그런 과제 앞에서는 득재도 뾰족한 수가 나지 않았다.

"그러니 정혜결사 도량을 아예 다른 곳으로 옮기면 어떻겠습니까? 물론 이곳 주변으로 터를 더 닦고 새 당우를 몇 채 지으면 당장은 편할 수도 있습니다. 하지만 앞으로 계속 정혜결사를 이어나갈 바에는 널찍한 터에 근본도량을 세우는 게 낫지 않을까 합니다만."

"그러나 정혜결사의 본래 취지는 그런 게 아니지 않는가. 새 도량을 세우려면 비용이며 인력, 시간도 적잖이 들어갈 테고……"

실제로 청정수행을 강조해왔던 지눌의 평소 언행에 비춰보면 널찍한 터를 잡아 새로운 도량을 짓는 일은 사리에 맞지 않았다. 득재는 그게 궁금했다.

"저도 이곳을 떠나 새 도량을 세우는 게 옳은지 거듭 생각해봤습니다. 맑고 청빈한 수행 풍토를 진작시킨다면서 널찍한 터에 여러 채의 당우를 세우는 건 가당치 않은 일입니다. 그럼에도 어제 보았듯이 이곳은 벌써 권력의 손길이 미치게 되었으며 저 또한 그 손아귀에서 쉽게 벗어날 수 없습니다. 그래서 다소 힘이 들더라도 좀 더 남쪽으로 내려가 깊은 산속에 은둔하며 찾아오는 대중 모두를 원활하게 수용하면 어떨까 합니다만……"

비로소 지눌의 의도를 깨달은 득재는 천천히 고개를 끄덕였다. 지눌의 말을 듣고 보니 애써 거조사를 찾아 결사의 도량으로 닦았던 아쉬움을 달랠 수도 있을 터였다.

"듣고 보니 일리가 있는 말일세."

"저 또한 걱정이 없는 게 아닙니다. 하지만 굳은 원력만 있다면 불보살의 가피가 왜 없겠습니까? 다시 한 번 힘을 내봅시다."

"그렇게 하세."

어렵사리 득재의 동의를 받은 지눌은 수우를 돌아보며 말했다.

"이번엔 네가 풍수지리의 지견을 발휘할 때가 되지 않았겠느냐?"

"네에?"

"내일 새벽에 여기서 나가 도량을 세울 만한 곳을 찾아보란 말이다."

"네에, 스님!"

"풍수를 앞세우기 전에 사방을 둘러보아 마음이 평온해지고 신심이 충만해지는 곳을 찾으면 될 것이니라. 그게 선승의 면모가 아니겠느냐?"

"스님 말씀 명심하겠습니다."

이처럼 지눌은 새로운 결사 도량을 물색하게 한 뒤 다시 득재 사형에게 부탁했다.

"앞으로 결사에 동참한 거조사 대중들은 사형께서 이끌어주셔야겠습니다."

"그건 또 무슨 말인가?"

"저 또한 내일 새벽에 이 아이와 함께 길을 떠날까 합니다. 사형께서 머물던 상무주암으로 가려고요."

지눌이 상무주암에서 다시 치열한 수행정진을 시작할 뜻을 밝히자 득재는 고개를 갸우뚱했다.

"자넨 이미 두 차례나 큰 깨달음을 얻고도 미진한 부분이 여태 남았단 말인가?"

"이 아둔한 중에겐 육조와 같은 돈오돈수가 가당치 않습니다. 그러니 닦고 또 닦는 수밖에요."

"정말 모를 일이군."

득재는 지눌의 의도를 짐작할 수 없다며 고개를 저었다.

"사실은 아직도 의심이 풀리지 않은 바가 있기 때문입니다. 사형도 잘 아시다시피 제가 보문사 시절 이후 지금까지 10여 년을 지내왔고 나름대로 부지런히 수행하여 세월을 헛되이 보내지 않았습니다. 그럼에도 정견情見을 버리지 못했는지 마치 원수와 함께 있는 것처럼 어떤 물건이 가슴에 걸린 듯 짓누르고 있단 말입니다."

"자네가 그 정도라면 난 얼마나 까마득한 길일까?"

득재가 자조했다.

"그럴 리 있겠습니까? 다만 제가 아둔하고 더딘 나머지 미혹의 길에서 쉽사리 빠져나오지 못한 탓이라 여겨주십시오."

"그처럼 말하니 내가 무슨 명분으로 붙잡을 수 있겠나? 아무튼 상무주암이야말로 사방이 툭 트인 수행도량일세. 이곳의 번잡함을 잊고 성불하시게."

이윽고 이튿날 새벽이 밝았다.

여느 때처럼 인시에 눈을 뜬 지눌은 결사 대중들과 더불어 예불을 마친 뒤 방으로 들어가 걸망을 챙겨 들었다. 수우 또한 전날 밤 떠날 준비를 마쳤는지 문밖에서 기다리고 있었다. 먼 옛날, 지눌이 굴산사를 떠날 때처럼 득재 사형이 다른 대중들 모르게 일주문 밖까지 나와 두 사람을 배웅했다.

푸르스름한 어둠 속에서 지눌이 득재에게 합장으로 작별을 고했다.

"늘 사형께 무거운 짐만 남겨놓고 떠나는구려."

"쓸데없는 소리. 나야말로 자네 덕분에 매번 큰 힘을 얻고 정진할 수 있었는데……"

"이번엔 또 얼마나 걸릴지 모르겠습니다. 아무튼 새 도량에서 다시 뵙게 되면 이런 일이 없도록 하리다."

"나 역시 그리 되길 바라겠네. 부디 건강하시게."

이렇게 득재 사형과 헤어진 지눌은 어둠 속을 더듬어 산 아래 큰길까지 내려간 뒤 수우에게 일렀다.

"이제 남쪽으로 가보아라. 터를 잡으면 상무주암으로 기별하고……"

"네에, 스님. 성불하십시오."

"오냐. 천만 년 넘게 승가의 근본도량이 될 터를 정하는 것이니 두루 알아보되 날카롭게 통찰해야 한다. 내가 늘 말하던 호시우행이란 말을 염두에 두어라."

"네에, 스님."

수우는 그리 납한 뒤 오체투지의 삼배로 작별 인사를 올렸다. 어느덧 날이 밝고 있었다. 수우와 헤어진 지눌은 지리산을 향해 걸음을 옮겼다.

상무주암에서 얻은 완전한 깨달음

대개 참선을 공부하는 사람은
활구活句를 참구하고 사구死句를 참구하지 말아야 한다.
활구에서 깨치면 영원히 잊지 않을 것이요,
사구에서는 얻는 것이 있다 하더라도 자신도 구제하지 못할 것이다.

《간화결의론》

상무주암은 경상남도 함양과 전라북도 남원의 경계인 지리산 중북부 능선에 위치한 고찰이다. 지금도 이 능선에는 상무주암을 비롯해 도솔암, 영원사, 문수암, 삼불사, 약수암, 실상사 등이 터를 잡고 있어 수행자의 발길이 줄을 잇는다.

현재 상무주암을 거느린 영원사는 신라 진덕여왕(재위 647~654년) 무렵에 창건된 것으로, 창건자 영원靈源 스님의 이름에서 유래했다고 한다. 상무주암 주변의 사암들이 저마다 깨달음의 도량으로 유명한 것처럼 영원사에 전해지는 설화도 깨달음과 깊은 관련이 있다.

그중 하나는 영원과 그의 스승 사이에 얽힌 이야기이다. 범어사에서 수행하던 영원은 욕심 많은 스승을 떠나 지리산에서 10년 동안 도를 닦았다. 그 후 다시 범어사로 돌아가 보니 스승의 육신은 구렁이로 환생한 뒤였다.

"스님, 어쩌다 이런 몸을 받으셨습니까?"

영원이 묻자 구렁이는 눈물만 흘렸다.

"조금만 기다리십시오."

영원은 스승을 제도하기로 다짐한 뒤 다시 지리산으로 돌아가던 중 젊은 부부를 만났다.

"이 산에는 웬일로 오셨습니까?"

"저희가 부부의 연을 맺은 지 오래이나 아직 자식을 얻지 못해 기도를 하러 왔습니다."

그 말을 듣고 난 영원이 말했다.

"걱정 마십시오. 앞으로 열 달이 지나면 아들을 낳을 겁니다. 하지만 그 아이가 일곱 살이 되면 이곳으로 데려오세요. 그렇지 않으면 아들을 잃을 수 있습니다."

영원은 그때부터 절을 짓기 시작해 7년 만에 완성했다. 한편 그의 예언을 들은 부부도 아들을 낳았는데 바로 영원의 욕심 많은 스승이 환생한 것이었다. 어느덧 아이가 일곱 살이 되자 부부는 약속한 대로 영원을 만났던 곳으로 데려갔다.

"스승께선 여기서 득도를 하셔야 윤회의 업을 면할 수 있습니다."

영원이 환생한 스승에게 일렀다.

"그리하리다."

영원은 스승을 한적한 방으로 모신 뒤 출입문에 작은 구멍을 냈다.

"지금부터 제 말을 잘 들으십시오. 이 구멍으로 커다란 황소가 뛰어 들어올 때까지 수행에만 전념하셔야 합니다."

결국 아이는 열심히 수행하여 황소가 문구멍으로 뛰어 들어오는 것을 보고 크게 깨달음을 얻었다고 한다.

그렇게 창건된 영원사는 한때 100칸이 넘는 당우마다 수행승으로 꽉 찰 정도로 유명한 수행도량이었다. 영원사 위쪽 널찍한 바위에 자리 잡은 암자가 상무주암으로, 보조국사 비문에는 그곳이 '경치가 그윽하고 고요하여 천하의 으뜸으로 수행하기에 좋은 곳이었다'고 적혀 있다. 역사 기록으로는 상무주암이 어느 시기에 창건되었는지 전해지지 않지만 당시만 해도 수행도량으로 유명했던 게 분명하다.

지눌은 득재의 설명을 듣고 상무주암을 찾아갈 때 승복 세 벌과 발우 한 벌만 걸망에 넣었다. 해발 1,100미터 고지에 자리한 상무주암은 지리산 능선을 연결하는 하봉과 중봉, 천왕봉, 촛대봉, 반야봉, 노고단 만복대에 이르기까지 한눈에 굽어보는 곳이다. 빼어난 경관만으로도 그곳 수행자들의 깨달음을 완숙한 경지로 끌어올릴 듯했다. 머무름이 없다는 뜻의 무주無住라는 용어는 일체의 경계에 머물지 않는 반야 삼매의 경지를 상징하는데, 지금의 상무주암 편액은 근대의 고승 경봉선사가 쓴 것으로 알려진다.

경봉은 지눌의 《보조어록》을 읽다가 견처見處를 얻고 크게 기뻐하여 송광사 국사전으로 달려가 지눌을 참배했다. 동안거 기간이 시작되기 전이었는데도 흰 눈이 펑펑 쏟아졌다. 이에 경봉은 천지신명이 그 일을 증명하는 것이라며 그때부터 '보조국사 지눌을 먼 스승〔遠師普照〕'으로 삼았다고 한다. 아마도 경봉이 상무주암의 편액을 쓴 것도 지눌이 머물며 큰 깨달음을 얻은 곳임을 기리는 일이 아니었을까 싶다.

일급 수행도량답게 지눌이 상무주암에 도착했을 때에도 선객 대여섯 명이 장좌불와의 수행에 전념하고 있었다. 지눌은 그들과 똑같은 자격으로 방부를 들인 뒤 정진을 시작했다.

순수한 선객만의 집합이고 보니 꼭 필요한 문답 외에는 묵언이 일상화된 곳이었다. 지눌로서는 청원사 천일정진 후로 오랜만에 가지는 침묵의 시간이었다. 따라서 그의 상무주암 시기는 '바깥 인연을 물리치고 오로지 안으로 자신을 관조할 수 있는 계기'가 되었다. 그런 침묵 속에서도 지눌의 독서는 계속 이어졌다.

지눌의 상무주암 시기는 대혜종고大慧宗杲의 《어록》과 불가분의 관계로 남았다. 1089년 안휘성에서 태어난 대혜는 열일곱 살에 출가해 선 수행에 매진하면서 수많은 저술을 남겼다. 그중 《대혜어록》이 대표적이며 30권 분량의 그 《어록》 중 25~30권에 해당하는 《서장書狀》은 선문의 요지를 간명직절簡明直截, 철저친절徹底親切하게 설명한 것으로 오늘날까지 선객들의 지침이 되고 있다.

••• 영원사
경남 함양군 지리산에 있는 사찰로, 신라 진덕여왕 때 창건되었다. 지눌은 이 절의 부속 암자인 상무주암에서 세 번째 깨달음을 얻었다.

특히 대혜는 굉지정각宏智正覺이 주장한 묵조선默照禪을 비판하며 활구活句 참선을 강조한 것으로 유명한데 세수 일흔다섯 살인 1163년, 그러니까 지눌이 다섯 살 무렵 열반했으니 지눌에게는 동시대의 스승인 셈이다.

대혜가 활동하던 무렵 중국 선종에서는 조동종과 임제종의 대립이 심각했다. 이때 대혜가 고칙공안古則公案, 즉 화두를 참구하며 깨달음에 이르는 수행법을 강조하고 나서자 굉지는 그것을 '간화선'이라 일컬으며 맹렬히 비난하고 나섰다. 이에 따라 대혜도 조동종이 강조한 '묵묵히 내면을 관찰함으로써 깨달음을 얻게 된다'는 선 수행법을 '묵조선'이라 반격하면서 묵조선과 간화선이라는 용어가 대두했다. 물론 묵조선과 간화선 모두 당시 선객들에게는 두 가지의 감로문甘露門으로 통했으므로 서로 우열을 따지는 건 사리에 맞지 않았다.

아무튼 대혜와 굉지의 논쟁은 간화선에 대한 인식을 대중화했고, 그런 개념은 몇 해 뒤 고려에서도 지눌에 의해 정립되었다.

진리와 계합하는 이라면 누구든 스승으로 삼았으며 고금에 편찬된 불서를 모조리 섭렵한 지눌이 아니던가. 그런 지눌이 상무주암에 머물 때 중국에서 발간된 지 몇 해 지나지 않은 《대혜어록》을 접한 것은 그의 생애뿐만 아니라 한국 불교사의 일대 전진이었다.

지눌은 《대혜어록》 가운데 '선은 고요한 곳에도 있지 않고 시끄러운 곳에도 있지 않으며, 날마다 반연하여 응하는 곳에도 있지 않고, 생각하고 분별하는 곳에도 있지 않다. 그러나 먼저 고요한 곳이나 그 모든 곳을 버리고 참구하지도 말아야 한다. 만일 갑자기 눈이 열리면 비로소 그것이 집안일임을 알 것이다'라는 대목에서 마침내 큰 깨달음을 얻었다. 대혜의 말인즉, 진리는 어디에나 있으니 열심히 참구하여 자기 자신과 진리가 둘이 아님을 깨달아야 한다는 것이다. 이 대목을 읽는 순간 지눌은 여태 체험하지 못한 새로운 감격으로 전율했다.

지눌은 《대혜어록》을 통해 진리는 어디에나 있다는 사실을 분명히 깨달았다. 이와 같은 깨달음을 통해 '나'라는 벽을 깨뜨리고 진리와 하나가 되었다. 지눌은 더 이상 마음에 걸리는 것도 없었으며 비로소 큰 자유를 얻었다. 10년 동안 자신의 마음을 짓누르던 원수가 아지랑이처럼 사라지면서 지눌은 비로소 세 번째이자 완벽한 깨달음을 얻었다.

그 후 지눌은 《대혜어록》을 통해 고려 최초로 간화선을 소개하는 데 힘썼으며, 《간화결의론》을 지어 오늘날까지 간화선이 한국불교의 대표적인 수행 전통으로 자리 잡는 데 큰 영향을 주었다. 그런가 하면 상무주암 체험 이후로 줄곧 《화엄론》과 《대혜어록》을 법을 펴는 두 날개로 삼았으며, 《육조단경》의 주인공인 혜능을 먼 스승으로, 대혜의 《서장》을 가까운 스승으로 삼았다.

그 결과 지눌이 새롭게 다진 참선수행을 오늘날 보조선普照禪이라고 부른다.

보조선은 오늘날 한국의 선사상을 상징하는 용어로도 쓰인다. 지눌은 모든 중생 스스로가 곧 부처라는 인식을 갖게 하려고 노력하였다. 그러면서도 수행하는 사람들의 근기가 저마다 다른 점에 착안해 수행법을 세 가지로 구분했다.

첫째가 혜능의 가르침대로 삼학을 겸수하는 정혜쌍수문이며, 둘째는 이통현이 이해하는 화엄의 교리와 관법을 실천하는 원돈신해문, 셋째는 대혜종고의 간화선을 가리키는 경절문[※]이다.

여기서 정혜쌍수문은 성적등지문[※※]으로 불리기도 한다. 이와 관련해 보조국사 비문에는 다음의 기록이 전하고 있다.

> (보조국사가) 사람들에게 읽기를 권할 때는 언제나 《금강경》으로 하고 법을 세워 그 뜻을 펼 때에는 반드시 《육조단경》으로 했으며 《화엄론》과 《대혜어록》으로써 날개를 삼았다. 또 세 가지 문을 열었으니 첫째는 성적등지문이요 둘째는 원돈신해문[※※※]이며 셋째는 경절문으로, 그것에 의해 수행하여 믿어 들어가는 이가 많았으니 선학의 왕성함이 근래에 비교할 수 없었다.

오늘날 지눌은 목우자牧牛子라는 호로도 자주 불리는데 기록상으로는 그가 언제부터 이 호를 사용했는지 분명하지 않다. 다만 1190년 《권수정혜결사문》을 쓰면서 말미에 '공산에 숨어 사는 목우자 지눌이 삼가 쓴다'고 표

경절문徑截門 : 점진적인 수행 단계를 거치지 않고 간화선을 통해 곧바로 성불에 이르는 수행법.

성적등지문惺寂等持門 : 돈오점수를 바탕으로 하여 선정과 지혜를 함께 닦는 수행법.

원돈신해문圓頓信解門 : 자기 마음이 곧 부처임을 깨닫고 보살행을 닦아 성불에 이르는 수행법.

기했으므로 목우자라는 자호는 적어도 거조사 시기나 그 이전부터 사용했을 것으로 추측된다.

목우자는 말 그대로 '소 치는 사람'이라는 뜻으로 지눌은 소를 길들이듯 스스로 수행하여 깨달음을 얻겠다는 뜻에서 이런 자호를 쓴 것으로 보인다. 이는 깨달음에 이르는 과정을 상징하는 십우도十牛圖를 연상케 하는 이름이기도 하다. 십우도는 심우도尋牛圖 또는 목우도로도 불리는데 심우, 견적, 견우, 득우, 목우, 기우귀가, 망우존인, 인우구망, 반본환원의 단계를 지나 중생제도를 위해 길거리로 나가는 입전수수入廛垂手의 10단계로 표현된다.

지눌이 십우도를 염두에 두었다면 아마 하가산 보문사 시기에 《화엄경》《화엄론》을 통해 두 번째 깨달음을 얻고 난 뒤로 목우자라는 자호를 사용한 것은 아닌가 싶다. 결과적으로 보면 보문사에서 얻은 깨달음조차 아직 완전한 게 아니었기 때문이다. 지눌 자신도 이를 자각해 거조사의 일을 정리하고 상무주암으로 간 것은 아닐까? 그리하여 마침내 완전한 깨달음인 인우구망, 반본환원의 경지에 이르고 중생제도를 위한 입전수수에 나선 것은 아닐까?

지눌이 상무주암에서 《대혜어록》에 몰두하고 있을 무렵, 제자 수우가 반가운 소식을 전했다. 마침내 정혜결사를 본격적으로 펼치게 될 터를 찾아냈다는 내용이었다.

수우는 스승과 작별한 뒤 남쪽으로 내려가 새 도량을 찾는 일에 심혈을 기울였다. 물론 지눌이 그랬던 것처럼 발길이 닿는 사찰마다 머물며 수행을 멈추지 않았다. 그러면서도 주변 지형과 교통,

산세를 자세히 살폈다.

마침내 수우는 지금의 전라남도 순천시 송광면에 이르렀는데 그곳에는 송광산을 배경으로 한 길상사가 자리 잡고 있었다. 길상사는 신라 말엽, 혜린慧璘선사가 창건한 도량으로 수우가 처음 찾아갔을 때는 30~40명의 대중이 살 만한 건물이 있었지만 퇴락한 모습이 완연했다.

수우는 길상사에 머물 것을 허락받은 뒤 날마다 절 뒷산과 주변을 배회하며 과연 수백 명 대중이 머물며 정혜결사를 추진할 만한 곳인지 면밀히 살폈다. 무엇보다 경계가 뛰어나며 토지가 비옥해 제대로 가꾸면 1,000여 대중이 살아도 넉넉할 듯했다. 어머니의 품속에 안긴 듯 편안하고 아늑한 절터였다.

수우는 기뻐하며 주지의 방으로 찾아가 사정을 설명했다. 당시 길상사를 지키던 노승 또한 지눌의 높은 법력과 정혜결사에 대해 익히 알고 있었다. 그럼에도 길상사를 새로운 정혜결사의 도량으로 내놓는 일에는 소극적이었다.

결국 수우가 여러 차례 설득하고 나서야 지눌과 직접 만나 이야기를 나눈 뒤 가부를 결정하겠다는 뜻을 전했다. 수우는 즉시 상무주암으로 편지를 보내 급히 길상사로 와주십사 하는 뜻을 스승 지눌에게 알렸다.

정혜결사의 근본도량을 닦으며

경전에 말씀하기를 "한 생각 깨끗한 마음이 바로 도량이니 항하의 모래처럼 많은 칠보탑을 만드는 것보다 훌륭하다. 보탑은 마침내 부서져 티끌이 되지만 한 생각의 깨끗한 마음은 부처를 이룬다"고 하셨다.
원컨대 수도하는 사람들은 이 말을 음미하여 부디 마음에 새겨라. 이 몸을 이 생에서 제도하지 못하면 또 어느 생을 기다려 제도할까.

《수심결》

수우의 편지를 받을 때만 해도 지눌은 한창《대혜어록》의 삼매에 빠져 있었다. 그래서 섣불리 나서지 말고 좀 더 차근차근 주변을 살피도록 일렀다. 그리고 얼마 지나지 않아 마침내 '가슴을 짓누르던 원수'를 떨쳐내고 완벽한 깨달음에 이르렀다.

그토록 오매불망하던 깨달음을 얻고 난 지눌은 더 이상 상무주암에 머물 필요가 없어졌다. 〈십우도〉에 비유하면 중생제도를 위해 거리로 나서는 입전수수의 단계였다. 지금이야말로 승과에 급제하기 전부터 추진하려 했던 정혜결사를 완성할 때였다.

지눌은 가벼운 발걸음으로 상무주암에서 하산해 수우가 기다리는 길상사로 향했다. 이때가 1200년(신종 3), 지눌의 나이 43세였다.

지눌이 도착했을 때 길상사의 노승은 수우가 설득할 때와는 달리 표정이 많이 누그러져 있었다. 지눌이 새로운 정혜결사의 도량을 찾게 된 배경을 설명하고 나자 노승이 말했다.

"이미 중들이 사는 도량을 내놓으라는 건 옳은 처사가 아니올시다. 더구나 이 절로 말할 것 같으면 엄연한 화엄종찰인데 선 수행 도량으로 가꾸려 하다니……"

이에 지눌이 답했다.

"소승 또한 《화엄경》을 여러 차례 읽었기에 이 절의 이름만 듣고도 화엄종 사찰임을 짐작했습니다. 하오나 우리가 출가해 삭발염의로 수행하는 근본이 어디에 있겠습니까?"

"그거야 도를 깨닫고 중생을 제도하는 데 있죠."

"그렇습니다. 하지만 지금 우리 승가가 어떤 모습인가요? 선종이다 교종이다, 돈오돈수다 돈오점수다 서로 다투며 속인들의 재물을 탐하고 권력에 기대어 자기 문중과 종파의 세력을 키우는 데 여념이 없습니다. 그러니 어느 세월에 계정혜 삼학을 닦아 도를 얻고 중생을 제도하겠습니까? 소승이 정혜결사를 주창한 데에는 그런 뜻이 있으니 노장님께서 깊이 헤아려주시기 바랍니다. 정혜결사는 종파를 불문하고 각지의 승려와 재가 불자, 유생 들이 한 뜻으로 모여 수행함으로써 마침내 이 땅의 불법을 바로잡고 해탈하는 데 목적을 두었습니다. 그러니 노장님과 이곳 대중들도 정혜결사에 동참해주시길 부탁드립니다. 절을 빼앗는다거나 물러나라는 말씀이 아니라 함께 모여 살자는 뜻입니다."

지눌이 거듭 간청하자 길상사 노승은 그제야 수긍하는 눈치였다.

"그처럼 좋은 뜻으로 이 나라의 승가를 바로잡겠다 하시니 이 늙은이가 어찌 앞길을 막을 수 있겠소. 다만 여기 살던 대중들을 물리치지나 마시오."

"그 스님들이 떠난다 해도 붙잡아야 할 형편입니다. 아무 걱정 마시고 불사가 끝날 때까지 불편을 참아주시기 바랍니다."

결국 지눌은 우여곡절 끝에 길상사를 정혜결사의 근본도량으로 가꾸기 시작했다. 지눌은 먼저 제자 수우에게 말해 절을 지어본 경험이 있는 천진, 작조 등 다른 제자를 부르도록 했다. 그리고 거조사에 있는 득재 사형에게 편지를 보냈다. 길상사를 새로운 터로 정했으니 속히 거조사 일을 정리하고 와달라는 내용이었다. 며칠이 지나자 득재는 직접 오는 대신 답장을 보내왔다.

지눌이 상무주암으로 떠난 뒤 거조사에 모였던 대중들도 차츰 줄어들었다고 한다. 그런 이유로 전과 같은 정혜결사의 열기가 식어 득재 또한 그동안 발원해온 큰 깨달음을 얻기 위해 불철주야 정진에만 매진했으며 곧 머나먼 곳으로 떠날 예정이라고 했다.

"…… 전날 개경에서 나눴던 이야기를 기억하는가? 언젠가 인간을 극한으로 몰아넣는 설산이나 사막에 몸을 던져보려고 했다는 이야기 말일세. 그 후 자네 말처럼 그런 고행을 통해서만 도가 이뤄지는 게 아니라 여겨 이 땅의 아름다운 산하를 떠돌았으나 결국 아둔하기 이를 데 없어 자네와 같은 깨달음에 이르지 못했네.

그런 나머지 남모를 자괴감을 떨쳐내지 못한 채 어리석게도 고행의 순례를 생각한 것일세. 이제야말로 내 몸을 생사의 기로에 던져 열흘 굶은 사람이 밥 생각하듯이, 목마른 사람이 물 생각하듯이 간절한 마음으로 수행에 매진하고자 하네. 부디 정혜결사를 원만히 회향하길 바라네."

이 글을 읽고 난 지눌은 가슴이 먹먹해졌다. 따지고 보면 정혜결사는 득재 사형의 의분에서 본격적으로 시작된 게 아닌가? 그런 사형을 다시 만나게 된다는 기대에 마음이 든든했건만……

지눌은 어쩌면 차안此岸에서는 더 이상 그와 재회할 수 없으리라는 생각에 한동안 마음이 착잡했다. 그러나 고려의 산천을 떠나 전인미답의 설산이나 사막에 몸을 맡기겠다는 것은 득재 사형다운 결심이라 할 수 있었다. 이미 거조사를 떠나 어디론가 행방을 감췄을 것이니 찾을 수도 없을뿐더러 설사 운 좋게 다시 만난다 해도 뜻을 굽힐 사형이 아니었다.

결국 홀로 정혜결사 도량을 중창해야 할 지눌은 며칠 후 수우와 천진, 작조 등 제자들을 불렀다. 지눌이 길상사에서 새롭게 정혜결사를 이끌어나갈 것이라는 소식은 어느새 각지로 퍼져나갔다. 그 소식을 듣고 찾아온 대중들로 길상사 도량은 붐비기 시작했다. 따라서 절터를 넓히고 건물을 증축하는 일이 더욱 시급해졌다.

"새로운 결사도량을 세우는 것이니 먼저 도량의 이름부터 바꿔야겠구나."

지눌은 이렇게 말하며 송광산 길상사를 조계산曹溪山 정혜사定慧社

로 바꾸게 했다.

"먼저 산명은 육조 혜능대사가 머물며 선을 널리 펴신 일을 승계한다는 뜻에서 조계산으로 정하며, 사찰명은 정혜결사의 도량이란 뜻으로 정혜사라 부르기로 하자."

이렇게 하여 지금의 조계산 송광사는 한동안 정혜사로 불렸다. 그러다가 1205년, 중요한 중창불사가 이루어지고 낙성법회를 할 무렵 제자들의 건의에 따라 수선사修禪社로 사명을 바꾸었다.

"스님, 여기서 40리 밖 계족산에도 정혜사라는 작은 절이 있습니다. 비록 규모는 작지만 신라 때 혜조慧照국사가 창건한 고찰이니 혼동을 피하기 위해 다른 사명으로 정하는 게 어떠신지요?"

"듣고 보니 일리가 있구나. 그렇다면 수선사로 이름을 바꾸도록 해라. 본래 선이란 사유수思惟修, 정려靜慮라는 뜻이니 선정과 지혜를 통틀어 가리킨다. 따라서 정혜와 수선은 이름이 다를지언정 그 뜻은 한가지다."

이때부터 지눌 당시에는 수선사라는 이름이 통용되었다. 지눌이 열반한 뒤에는 조계산의 본래 이름인 송광산이 당시 관습상 많이 사용되었던 까닭에 수선사는 송광사松光社로 불리다가 지금처럼 조계산 송광사松廣寺로 정착했다. 즉 빛 광光 자를 넓을 광廣 자로 바꾸었으며 처음 결사의 도량임을 상징하기 위해 쓰였던 단체 이름 사社 자를 절 사寺 자로 바꾸어 본래 음을 살리면서도 수행도량의 뜻을 명확히 했다.

현재의 송광사라는 이름과 관련해서는 고려와 조선 시대를 거치면서 몇 가지 이야기가 생겨났다. 그중 하나는 송松 자를 파자하면 '十八(木)+公' 이니 18명의 큰스님이 등장해 이 땅의 불법을 널리〔廣〕 펴게 될 도량임이 예정되었다는 것이다. 보조국사 이래 16명의 국사가 배출된 도량으로 현재 승보종찰의 위상을 갖추게 된 것을 두고 누군가 지어낸 이야기인 듯하다.

다른 이야기는 매의 일종인 솔개와 관련이 있다. 신라 때 혜린선사가 처음 길상사를 창건할 때 그 산에 솔개가 많았다고 한다. 그런데 주변 지역 사람들은 솔개를 '솔갱이'라고 발음했는데 음운 변화를 일으켜 솔갱이산이 송광산으로 불리게 되었다는 것이다.

그런가 하면 지눌이 정혜결사를 옮기기 위해 터를 잡을 때 화순과 순천 경계에 있던 모후산에서 나무로 깎은 솔개를 날렸더니 지금의 송광사 국사전 뒷등으로 날아가 앉아 송광사라고 부르게 되었다는 이야기도 있다. 또 그 뒷등의 이름을 솔개가 내려앉은 곳이라는 뜻의 '치락대'라 불렀다고 한다. 그러나 실제로는 지눌이 정혜결사 도량을 옮길 무렵엔 먼저 수우를 보내 터를 찾게 하고 자신은 지리산 상무주암으로 올라가 완전한 깨달음을 얻은 것으로 기록되었으니 지눌이 나무로 깎은 솔개를 날렸다는 이야기도 전설로 추측된다.

한편 송광사 쌍향수를 두고도 지눌과 관련된 재미있는 이야기가 전해진다. 송광사 천자암에 있는 쌍향수는 천연기념물 제88호로 지정되었으며 한국에서 가장 아름다운 나무로 손꼽히는 수령 800년 이상의 고목이다. 보조국사가 후금의 황후에게 생긴 불치병을 치료하자 이에 감동한 황제 장종이 셋째 태자(훗날 담당湛堂 국사)를 지눌의 제자로 삼게 했다. 이에 지눌이 중국 황태자를 거느리고 송광사로 돌아온 뒤 지팡이를 나란히 꽂았더니 두 지팡이에서 싹이 터 오늘날의 쌍향수로 자랐다는 이야기이다. 지눌은 평생 동안 중국에 간 적이 없으며 그럼에도 독자적인 한국 선의 체계를 세운 고승이었다. 그런 데다 담당은 지눌 이후 송광사 제9세 국사인 까닭에 동시대 인물도 아니다. 만약 지눌이 나중에 환생했다면 모를까 두 사람이 실제로 만날 일은 없으니 이 이야기 또한 전설이라 할 것이다.

아무튼 퇴락한 송광산 길상사를 조계산 정혜결사의 도량으로 가꾸게 된 지눌은 이후 제자들과 함께 도량을 확장하는 데 따른 밑그림을 그리게 했다. 이때 제자들에게 큰 지침을 내렸다.

"정혜결사의 터를 이곳으로 새로 정하고자 한 것은 고려의 승가를 이끌어갈 인재를 양성하기에 적합한 도량을 세우기 위해서다. 따라서 도량 또한 역대 불보살과 조사의 가르침, 전통을 승계해 거기에 어울리는 위의를 갖추는 게 좋겠구나. 호화롭지 않되 수백 명의 대중을 모두 수용할 수 있으며 전통의 난야 구조를 갖추되 주변 지세와 잘 어울리는 도량이 되도록 하여라."

이에 따라 수우를 비롯한 제자들이 머리를 맞대고 여러 차례 논의한 끝에 수선사의 전체 구조를 크게 상중하 3단으로 만들기로 했다. 즉 상단에는 선방, 중단에는 교학을 강의할 수 있는 대도량, 하단에는 대중들의 요사를 짓기로 한 것이다.

••• 송광사 전경

송광사는 전남 순천시 송광면에 있는 승보종찰이다. 조계산이 빙 둘러 송광사를 품고 있다.

이런 원칙에 따라 수선사 맨 위쪽에는 선방과 설법전을 짓되 이전에 지은 산신각과 응진전은 그대로 놔두기로 했다. 그런 다음 전문 선객이 공부하는 상사당上舍堂, 신참 선객이 공부하는 하사당을 각각 짓고 객승 처소인 백운당白雲堂과 도량승 처소인 청운당靑雲堂을 배치했다. 또 중단에는 대웅전을 중심으로 좌우에 문수전과 보현전을 지으며 법당 건너편에 법왕문을 짓고 그 좌우로 재실을 만들도록 했다. 그리고 문수전과 보현전 뒤로는 기존의 건물을 그대로 두며 하단에는 해청당, 임경당, 도성당 등의 요사를 지어 대중들의 처소로 사용하게 하였다.

그 무렵, 백양사에서 한 비구가 지눌을 찾아왔다.

"소승 성부性富라 합니다. 스님께서 정혜결사 도량을 세우신다는 소식을 듣고 작은 도움이나마 드리고자 한걸음에 달려왔습니다."

"고맙구려. 한데 어떤 일을 도와주시겠소?"

"소승은 출가 전부터 대목大木 일을 익혔습니다. 출가한 후에도 여러 사찰을 지어본 경험이 있으니 이곳의 일을 맡겨주시면 성심껏 추진해보겠습니다."

"마침 잘되었소. 안 그래도 내 제자들이 요즘 설계를 하느라 부산한데 역량이 부족하니 스님이 주도하여 이번 불사가 원만히 회향될 수 있도록 해주시오."

이때부터 수선사 불사는 완공될 때까지 성부의 주도로 착착 진행되었다.

이제 남은 과제는 건물을 짓는 데 쓸 비용 문제였다. 지눌을 비롯한 대중들이 고심했으나 뾰족한 대책이 나오지 않았다. 그런데 정혜결사의 도량을 건설한다는 소식이 널리 알려지면서 곳곳에서 시주자들이 나타났다.

그중 금성(나주)에 사는 진직승陳直升이 대표적이었다. 진직승은 상당한 권력을 가진 지방 토호로 지눌의 정혜결사 주창에 크게 발심하여 재가 제자가 되었으며 백금 열 근을 선뜻 보시했다. 이로써 수선사를 건립하는 데 쓸 기본 기금으로 삼기에 충분한 금액을 확보할 수 있었다. 진직승 외에 지눌이 살아 있을 때 참지정사 최축, 국대부인 송씨 등 수많은 이들이 두주법답사재, 시주 축하금, 삼보전 향유보 등의 명목으로 전답과 노비, 땔감 등을 시주했는데 전답만 곡식 4,000석을 수확할 정도의 넓이였다.

이런 시주에 힘입어 수선사 대작불사는 예정대로 착착 진행되어 착공 9년 만에 80여 간의 불우佛宇와 재실齋室, 승료僧寮, 주고廚庫 등이 완성되었다. 그 뒤로도 진각국사 혜심 등이 중창해 송광사는 동방제일도량의 면모를 갖추었다. 하지만 임진왜란 때 일부 당우가 소실된 데 이어 1842년(헌종 8)에는 큰 화재가 일어나 모든 건물이 불타 없어지는 수난을 겪기도 했다.

그 뒤 1922~1928년에 설월雪月, 율암栗庵 등이 건물을 중수했고 1943~1956년에도 승려와 신도 들이 힘을 모아 차례대로 당시의 모습으로 복원했다. 또 그로부터 40여 년이 지난 1983~1990년에도 대웅전을 비롯해 30여 동의 전각과 건물을 새로 짓고 중수하여 오늘에 이른다.

한편 수선사 불사가 진행되는 도중에도 전국 각지의 승려와 유생 들이 구름처럼 모여들어 정혜결사에 동참함에 따라 지눌은 그들을 지도하는 데 여념이 없었다.

"……혹 어떤 수행하는 사람으로서 제 마음이 깨끗하고 묘한 덕을 지녔다는 말을 듣고, 믿고 즐거워하여 닦아 익힙니다. 그러나 오래전부터 '나'라는 상에 굳게 집착하여 그 습기가 너무 무거움으로써, 갖은 의혹의 장애를 일으켜 정情을 잊지 못하는 이는 '사람들의 몸이나 마음은 사대와 오음이 인연을 따라 허깨비로 난 것으로서 거짓이요, 진실이 아닌 것이 마치 뜬 물거품과 같아서 그 속이 비었는데, 무엇을 '나'라고 하며 무엇을 '남'이라고 하겠는가?'라는 공관空觀으로 그 견해를 부수어야 합니다.

이렇게 깊이 관찰하여 세상의 티끌을 잘 씻고, 마음을 늘 겸손히 하여 교만을 멀리 떠나면 현재의 번뇌를 억제하고, 선정과 지혜에 힘입어 차츰 밝고 고요한 성에 들어갈 것입니다. 그러나 만일 그가 온갖 착함으로 제 힘을 도와 개발하지 않으면 멀리 돌거나 막히기 쉽습니다. 그러므로 모름지기 공양하고 대승 경전을 읽고 외며, 도를 행하고 예배하며, 참회와 발원을 늘 행하여 폐하지 않아야 합니다.

그리하여 그는 삼보를 사랑하고 공경하는 순후한 마음이 있기 때문에 부처님의 위력에 힘입어 업의 장애를 녹이고 선근이 물러나지 않으리니, 만일 이와 같이 제 힘과 남의 힘으로 안팎으로 서로 도와 위없는 도를 뜻하여 구하면, 어찌 아름답지 않겠습니까?"

정혜결사는 지눌이 절감한 당시 수행 풍토의 문제점에서 시작했다. 따라서 불교계를 정화하며 승가와 종단의 화합을 궁극적인 목표로 삼은 신앙 운동이라 할 수 있다. 그리고 이런 목표를 이루기 위해서는 반드시 부처님이 살아 있을 때 그 틀을 마련한 정법正法, 불법의 근본정신을 따를 필요가 있었다. 처음 수선사 정혜결사에 동참한 대중은 300여 명이었으나 나중에는 800여 명에 이를 정도였는데 지눌은 우선 그들부터라도 정법에 따라 수행할 수 있도록 청규를 제정하기로 했다.

그 결과 《계초심학인문》이 편찬되었다. 이 글은 오늘날에도 초학자들이 기본으로 익혀야 할 《발심수행장》※ 《자경문》※※과 더불어 《초발심자경문》을 이루고 있다. 지눌은 《계초심학인문》을 집필하기에 앞서 인도와 중국의 율문律文과 청규 등을 깊이 분석했다. 인도는 기후와 풍토, 제도가 고려와 큰 차이가 있으며 중국의 청규는 지나치게 엄격한 게 문제였다. 따라서 청규의 기본 정신을 살리기 위해 핵심을 정리하고 고려 당시의 사원 생활과 실정에 맞도록 다시 구성했다. 여기에는 출가한 후 몸에 익힌 지눌 자신의 체험도 반영되었다. 그리하여 모두 908자의 간단명료하면서도 정법을 올바르게 구현할 수 있는 《계초심학인문》이 완성되었다.

지눌은 이를 곧바로 수선사 대중들

《발심수행장發心修行章》: 신라 원효대사가 출가 수행자를 위해 지은, 발심發心에 대한 글.

《자경문自警文》: 고려 후기 충렬왕 때의 고승 야운野雲이 자신의 수행을 경책하기 위해 쓴 글.

에게 반포해 매일 실천하도록 했으며 1205년(희종 1)에는 대웅전 낙성식을 기념하면서 목판으로 인쇄해 전국 각 사찰에 배포했다. 이후 《계초심학인문》은 1233년의 해인사 간행본을 비롯해 1570년의 강진 무위사 간행본 등 수많은 사찰에서 지속적으로 간행되어 오늘에 이른다. 이는 《계초심학인문》이 우리나라 실정에 맞는 최초의 청규로서 의의가 높고 참다운 수행자의 자세를 자상히 밝히는 교과목으로 영향력이 크다는 것을 뜻한다.

조선 초기인 1397년(태조 6), 엄격한 숭유억불 정책이 시행되던 무렵 선승 상총尙聰은 승가의 흐트러진 기강을 바로잡기 위한 여러 방안을 건의했다. 이에 따라 태조는 전국 사찰이 송광사의 제도를 본받도록 하며 특히 보조국사가 제정한 《계초심학인문》을 승가의 청규로 삼게 했다. 그 뒤로 《계초심학인문》은 불교의 필수 교과목으로 채택되었으며, 승려는 물론 일반 신도까지 배워야 할 기본서로 정착했다. 한편 오늘날에는 《계초심학인문》을 '송광청규'로도 부르는데 이는 지눌이 수선사 시절에 이 청규를 제정한 데 따른 별칭이라 할 수 있다.

《계초심학인문》은 서론과 본론, 결론 세 부분으로 구성되었다. 서론은 불교에 처음 입문한 사람을 위한 경책을 담고 있다. 앞부분을 보면 이렇다.

> 무릇 처음 마음을 낸 사람은 반드시 나쁜 친구를 멀리하고 어질고 착한 친구를 가까이하라. 오계와 십계 등을 받아 지키고 범하거나

열고 막음을 잘 알아야 한다. 다만 부처님의 성스러운 말씀에 의지할 뿐이며, 어리석은 무리의 헛된 말을 따르지 마라.

이미 출가하여 수행자들과 함께하는 데 있어 항상 부드럽고 온화하고 착하고 공손함을 생각해야 한다. 아만심을 내거나 자신을 치켜세우는 행동을 해서는 안 된다. 큰이는 형, 작은이는 동생이 되며 혹 다투는 이가 있으면 양설兩說로 화합하게 한다. 다만 자비로운 마음으로 서로를 대하며 나쁜 말로 사람을 상하게 하지 말아야 한다. 만약 도반을 속이거나 업신여기며 시비를 따지면 그 출가는 전혀 이익이 없다.

본론에는 계戒를 받아 정식으로 승려가 된 이들이 대중 처소에 있을 때나 사찰 밖으로 나갔을 때 지켜야 할 청규를 구체적으로 제시했다. 그리고 결론에는 수행자들의 마땅한 수행 규범뿐 아니라 참선 수행법, 법문을 듣는 법, 수행자가 제대로 지키지 못하는 몇 가지 율법, 경전과 스승에 대한 마음가짐 등을 소상히 밝히고 있다.

어느덧 대총림을 이루게 된 수선사 대중 수백 명이《계초심학인문》을 철저히 암기하고 실천함에 따라 정혜결사는 고려의 승가 전체를 정화하는 핵심으로 자리 잡았다. 당시 지눌은 날마다 후학을 지도하고 자상히 이끌어주는가 하면 틈틈이 자신의 사상을 정리해 책으로 편찬하는 일에도 심혈을 기울였다. 그 결과《수심결》《진심직설》《원돈성불론》《간화결의론》《법집별행록절요병입사기》《화엄론절요》 외에 지금은 전해지지 않지만 혜심 등 후학이 정리한 《상당록》과 《법어집》, 지눌의 시문을 모은 《가송歌頌》 등 금과옥조와 같은 책들이 편찬되었다.

《수심결》은 지눌이 《대혜어록》을 열람한 41세 이후에 집필한 것으로 추측되는 저술로, 지눌 사상의 핵심인 돈오점수와 정혜쌍수를 설하는 내용으로 이루어졌다. 이 책은 편찬 이후 중국과 일본에도 전해져 중국의 여러 대장경과 일본의 《대정신수대장경》에도 수록될 정도로 높이 평가되었다.

《진심직설》은 제목 그대로 참마음에 대해 직접적으로 논하는 내용으로 이루어졌는데 선서禪書의 백미로 손꼽힌다. 이 책 또한 중요성이 높이 평가되어 중국과 일본의 대장경에 수록되었다.

《원돈성불론》과 《간화결의론》은 지눌이 열반한 뒤 수제자 진각眞覺국사 혜심慧諶이 펴냈다. 《원돈성불론》은 화엄의 수증문인 원돈신해문圓頓信解門을 세우는 지침서로 지눌이 이통현의 화엄사상을 자유자재로 구사한 논서로 알려진다. 《간화결의론》은 지눌이 수선사 대중들에게 120일 동안 《대혜어록》을 강설한 내용을 정리한 것으로, 이 저술도 일본의 《대정신수대장경》에 수록되었다.

《법집별행록절요병입사기》는 지눌이 입적하기 한 해 전인 1209년에 지은 책으로 규봉종밀의 《법집별행록》을 절요하고 지눌 자신의 견해를 덧붙였다. 돈오점수를 강조한 이 저술은 한국 불교 강원의 교과서인 《사집四集》에 포함되어 널리 연구되었으며 이에 따라 여러 가지 간행본이 전해진다.

《화엄론절요》는 40권에 이를 정도로 방대한 이통현 장자의《신화엄경론》의 핵심을 3권으로 요약한 저술이다. 특히 2권 후반부에서 3권까지는 이통현의 해석을 지눌이 재해석했는데 이를 통해 지눌 특유의 화엄사상을 잘 볼 수 있다.

뒤늦게 얻은 수제자 혜심

제 마음속에 있는 모든 부처님의 보광명지로 일체 중생을 두루 비추어 보면,
중생의 모양이 여래의 모양이요, 중생의 말이 여래의 말이며,
중생의 마음이 여래의 마음이요, 나아가 살림살이의 산업과 공예의 기술 등이
다 여래의 보광명지의 운전하는 작용으로서 별다른 것은 전연 없다.

《원돈성불론》

정혜결사 대중들에게 법을 설하며 몸소 수행에 힘쓰고 틈틈이 자신의 사상을 책으로 정리하던 지눌에게는 1년이 하루와 같았다. 그래서였을까? 지눌은 차츰 자신의 몸이 예전과 같지 않음을 느꼈다. 하긴 백약이 무효였던 어린 시절과 비교해보면 출가 후 별 탈 없이 40여 년 가까이 지내온 것 자체가 부처님의 가피였다.

그러나 몸이 약해지면 마음도 약해지는 게 인지상정이었다. 지눌은 차츰 훗날의 일을 걱정하는 날이 많아졌다. 다행히 수선사 결사 대중은 저마다 고려 불교를 정화하겠다는 높은 원력을 세우고 지눌의 가르침을 충실히 따르고 있었다. 구름처럼 모여든 대중

수백 명이 입승의 죽비 신호만으로도 흐트러짐 없이 조석 예불과 발우 공양, 참선 수행에 임했다. 주변을 맴도는 산짐승 소리와 목수들의 톱질이나 대패질, 망치질 소리가 아니라면 수선사가 적막한 산사라 해도 무방할 만큼 질서 정연했다.

그러나 저 수많은 후학 중 누가 무거운 짐을 지고 정혜결사를 계속 이끌어갈 것인가? 지눌은 제자들을 둘러보며 이런 걱정에 잠길 때가 많았다. 어느덧 직계 제자만 해도 수십 명이 넘었으나 그중 단 한 사람, 군계일학이 보이지 않는 게 문제였다.

지눌이 수선사에 주석한 지 2년째 되던 1202년의 일이다. 하루는 지눌이 송나라의 고승 설두중현雪竇重顯선사가 수선사로 들어오는 꿈을 꾸고는 자리에서 벌떡 일어났다. 지눌보다 180여 년 앞서 태어난 설두는 운문종의 선사로, 특히 시문詩文에 뛰어난 것으로 유명했다. 그리하여 《설두칠부집》《설두송고》 등 게송이나 공안을 가려 뽑은 책을 저술했는데 그중 《설두송고》는 훗날 편찬된 《벽암록碧巖錄》의 모체가 될 만큼 뛰어나 선가의 고전이 되었다.

꿈에서 설두의 화현을 본 지눌은 곧 중요한 인물이 수선사를 찾으리라 짐작하고 시자에게 일러 객을 맞을 준비를 하도록 일렀다. 아니나 다를까, 바로 그날 오후에 한 청년이 지눌을 찾아왔다.

"어떻게 오셨는가?"

지눌이 물었다.

"소생은 최영을[※]이라 합니다. 작년 사마시[※※]에 급제해 국학의 학정으로 있사온데 얼마 전 어머니가 돌아가셨기에 이곳에서 재를 올리고 명복을 빌어드리고자 합니다. …… 아울러 출가해 스님의 제자가 되고자 하오니 허락해주십시오."

지눌은 최영을이 국학에 있다는 말을 듣고는 불현듯 선친을 떠올렸다. 그는 상무주암에서 정진할 때 아버지가 위급하다는 소식을 뒤늦게 전해 들었다. 그렇게 된 것은 개경에서 지리산 상무주암까지 거리가 먼데다 교통 또한 불편해서였다. 소식을 전한 사람이 지눌의 행방을 여러 단계에 걸쳐 수소문하느라 지눌은 아버지가 타계한 뒤에야 생명이 위급하다는 소식을 들었다. 그 일로 지눌은 선친의 임종을 지키지 못했다. 그것은 무엇보다 가슴 아픈 일이었으나 출가 수행승으로선 도리 없이 감당해야 할 과정이기도 했다.

최영을崔永乙 : 영을은 자字이고 본명은 식寔으로 알려짐.

사마시司馬試 : 고려 때 국자감에서 진사를 뽑던 시험으로 '국자감시'로도 불린다.

잠시 회한에 잠겼던 지눌이 최영을에게 답했다.

"어머니를 잃었다니 얼마나 참담하신가. 내가 시자들에게 일러 49재를 정성스럽게 올려드리겠네."

"참으로 감사합니다."

최영을이 거듭 고개를 숙여 절했다.

"그런데 사마시에 급제하고 지금 국학에 몸담고 있다면 벼슬길이 열린 것인데 어찌 출가를 하려는가?"

"저는 스님께서 승과에 급제하시고도 명리를 버린 일이며, 지금처럼 수선사를 세워 정혜결사를 이끌고 계시는 이유와 그 과정을 잘 알고 있습니다. 외람된 말씀이오나 저 또한 명리를 버리고 깨달음을 얻고자 합니다."

이때 지눌은 최영을이 큰 법기法器임을 단박에 알아보았다. 그의 말이 아니라 몸가짐과 눈빛을 통해 상당한 각오와 결의, 그의 그릇을 본 것이다. 그러나 지눌은 최영을의 출가를 단번에 허락하지 않았다. 그의 모친 49재를 치르며 좀 더 지켜볼 작정이었다.

훗날 진각국사 혜심으로 불리게 될 최영을은 지금의 전라남도 화순에서 향교 진사 최완과 어머니 배씨 사이에 태어났다. 배씨는 혜심을 잉태할 무렵 하늘로 통하는 문이 활짝 열리면서 천악天樂이 은은히 들려오는 꿈을 꾸었다 한다. 그 후 잉태하고 12개월이 되어서야 혜심을 낳았다. 그런 데다 혜심은 7일 만에 비로소 눈을 떴다고 하니 여느 위인들에 비해 출생도 늦고 눈을 뜨는 과정도 느리다는 게 특징이라면 특징이었다.

혜심은 어려서 아버지를 잃은 뒤로 홀어머니의 보살핌을 받으며 자랐다. 그래서였는지 일찌감치 세상의 덧없음을 깨닫고 출가를 결심했다.

"어머니, 소자는 유학을 공부해 벼슬을 얻기보다는 깊은 산으로 들어가 도를 깨닫고 싶습니다."

하지만 젊은 나이에 과부가 된 혜심의 어머니는 하나밖에 없는 아들의 출가를 허락하지 않았다.

"네 뜻이야 알겠다만 너마저 떠난다면 이 어미는 혼자 누굴 의지해 살라는 것이냐?"

"하오나 소자는 깨달음을 얻고 널리 중생을 제도하는 게 소원입니다."

"안 된다. 내 눈에 흙이 들어가기 전까지는 출가할 엄두도 내지 마라. 넌 유학을 열심히 공부해 훌륭한 관료가 되어야 한다."

혜심은 어머니의 끈질긴 만류에 따라 출가할 뜻을 잠시 접어야 했다. 대신 어머니의 소원대로 유학을 익혀 23세 되던 1201년(신종 4), 사마시에 합격해 국학 학정으로 벼슬을 시작했다.

그때 고향에서 급보가 날아왔다. 그의 벼슬길을 그토록 염원했던 어머니가 갑작스레 병석에 누워 위급하다는 소식이었다. 혜심은 즉시 고향 집으로 달려가 어머니를 위해 기도를 올렸다. 혜심은 자랄 때 어머니의 원대로 유학을 공부하면서도 틈틈이 수많은 불서를 탐독해가며 염불과 기도, 참선 수행을 익혀왔다. 그런 연유로 어머니를 간병할 때에도 불보살의 가피를 빌기 위해 기도를 멈추지 않았다. 그런 정성 덕택이었는지 혜심의 어머니는 꿈속에서 여러 불보살이 사방에서 모습을 나투는 장면을 보며 깨어났는데 어느덧 병이 씻은 듯이 나았다. 그러나 한 해를 넘기지 못하고 이듬해 세상을 떠나자 혜심은 아예 출가를 결심하고 수선사의 지눌을 찾아간 것이었다.

그 후 어머니의 49재가 끝나자 혜심은 지눌의 방을 다시 찾아갔다.

"아직도 내게 출가하려느냐?"

지눌이 물었다.

"그러하옵니다, 큰스님!"

혜심이 답하자 지눌은 고개를 끄덕였다.

"뼈를 깎는 수행으로 깨달음을 얻고 불법을 널리 전하겠느냐?"

"반드시 그 말씀을 명심해 실천하겠습니다."

"이달 보름에 수계 의식을 열 것이니 준비해라."

마침내 지눌은 혜심을 제자로 받아들이고 3사7증※을 모신 가운데 손수 삭발을 해주었다. 또 혜심이라는 법명까지 내렸다. 혜심은 비록 늦은 나이에 출가한 데다 사마시에 급제한 유생이었으나 불교에 대한 기본은 지눌의 어떤 제자들보다 탄탄하게 다진 뒤였다. 이미 교와 선에 막힘이 없었으며 지눌이 꿈에서 보았던 설두중현 선사와 인연이 있었던지 시재詩才 또한 월등했다.

지눌에게 계를 받고 난 혜심은 줄곧 수선사에 머물며 정혜결사 대중들과 함께 수행에 전념했다. 그러다가 희종이 즉위하던 1204년의 어느 날, 지눌에게 말했다.

"스님, 소승은 잠시 다른 곳으로 가서 수행에 전념하고자 합니다."

이때 지눌은 아무런 질문도 없이 혜심의 간청을 수락했다. 전날 자신도 곳곳을 떠돌며 수행에 몰두해 세 차례의 큰 깨달음을 얻은 경험 때문이었다.

3사7증三師七證 : 수계할 때 그 행사를 증명하기 위해 참석하는 전계대화상, 교수아사리, 갈마아사리 등 세 스승과 법력이 높은 일곱 스님.

"그렇게 하려무나."

이후 혜심은 구례군 오산鰲山, 지리산 금당암金堂庵, 구례군 전물암 등에서 치열한 구도 정진에 전념했다. 구례군 오산의 정상 너럭바위에서 수행할 때는 불철주야 정진했는데 매일 새벽마다 어김없이 목청을 가다듬고 게송을 읊었다. 그 시간이 매우 정확하며 목소리 또한 우렁차고 낭랑해 주변 10여 리에 걸쳐 사는 사람들은 그 소리만으로도 시각을 짐작할 정도였다. 그래서 지금도 혜심이 수행했던 자리는 좌선암坐禪巖 행도석行道石이라는 이름으로 불린다. 지리산 금당암 시절에도 눈이 머리까지 차올랐는데 그것을 모를 정도로 좌선삼매에 잠겼다고 한다.

혜심은 이처럼 약 3년에 걸쳐 고행의 용맹정진을 마친 뒤 수선사로 돌아왔다.

120일 동안 이뤄진 수선사 법회

지혜가 있는 사람이라면 모름지기 삼가고 조심하여
몸과 마음을 채찍질해야 한다.
스스로 자신의 잘못을 알아 뉘우치고 고쳐서 조화로운 마음으로
부지런히 밤낮으로 수행해 온갖 괴로움에서 벗어나야 한다.

《권수정혜결사문》

지눌이 혜심의 깨달음을 인가하기 전의 일이다. 지눌은 시자에게 일러 며칠 뒤에 법석을 열 준비를 하도록 지시했다. 마침내 법회일이 되자 수선사의 대중 800여 명은 물론 소식을 들은 주변 지역의 승려들과 재가 제자, 유생 들까지 찾아와 법당 안팎을 가득 메웠다.

"……요즘 선이나 교를 펴는 사람들은 다만 문자를 배우고 이해하는 것으로 업을 삼고 관행으로 세상사를 초월할 생각은 끝내 하지 않습니다.

관행觀行 : 마음으로 진리를 비추어 보고 그 진리에 따라 실천함.

따라서 아무리 불법이 퍼질 시운時運이 돌아왔다 해도, 번뇌의 성품이 본래 공하고 묘한 작용이 자재로워 법이 스스로 그러한 것이니 그것은 시운과 관계가 없는 일입니다.

마명馬鳴 조사도 말하기를 '이른바 법이란 곧 중생의 마음이다'라 하였으니, 그 어른이 어찌 사람을 속였겠습니까? 다만 신심이 견고하여 알뜰한 관조觀照로 깨끗한 업을 쌓으면 비록 이 생에서는 크게 깨닫지 못한다 하더라도 부처가 될 바른 인因은 잃지 않을 것입니다.

가만히 생각하면 우리는 영원한 과거로부터 생사에 빠져 한량없는 고통을 받다가 지금 다행히 사람의 몸을 얻었고 또 다행히 불법을 만났으며 더구나 이 세상의 구애되는 일에서 벗어났거늘, 그런데도 스스로 물러서거나 게을러 관행을 닦지 않고 세월을 허송하다가 갑자기 목숨을 잃고 나쁜 세계에 떨어지면 그때 가서는 아무리 한 글귀의 불법을 듣고 바른 생각으로 관조하려 한들 무슨 소용이 있겠습니까?

그러므로 나는 항상 같이 사는 도반들에게 분수에 따라 관행하여 부처와 조사의 수명을 잇기를 권하고 원하는 것이니 부디 여러 달사達士들은 함께 증명하시기 바랍니다."

이 법회를 마치고 며칠이 지나 지눌은 혜심을 비롯해 정선, 수우, 충담, 담령, 곽조, 몽선, 단심, 인민, 정성, 해공, 가휴, 각순 등 직계 제자뿐 아니라 작수, 진직승, 진의금 등 재가 제자들을 모두 불렀다.

"앞으로 수선사의 일은 혜심을 중심으로 너희가 맡도록 해라. 난 잠시 여길 떠날 것이다."

그때 제자들이 걱정스러운 낯으로 물었다.

"큰스님, 저희에겐 아직 버거운 일입니다. 어찌 그런 말씀을 하시는지요."

"정혜결사는 자리를 잡았다. 그렇다면 이 수선사가 중심이 되어 널리 정혜결사의 감로수를 전하는 게 옳지 않겠느냐? 난 그 일을 하려고 한다."

"하오나 저희가 어떻게 감당할 수 있을지……"

제자들이 거듭 걱정하자 지눌이 다시 말했다.

"모두 뜻을 모은다면 능히 헤쳐나갈 수 있을 것이다."

이때 혜심이 나섰다.

"큰스님의 명은 마땅히 받드는 게 도리일 것입니다. 하오나 소승은 아직 큰스님의 발뒤꿈치에도 미치지 못합니다. 하오니 그 말씀은 거둬주십시오."

이에 지눌이 다시 말했다.

"내가 아주 떠나겠다는 뜻은 아니니 과히 염려할 것 없다."

그때부터 지눌은 수선사 주변의 여러 지역을 오가며 사암 등을 창건하고 몸소 선정을 닦아 모범을 보였다. 기록에는 지눌이 지금의 광주 무등산의 규봉암圭峰庵과 조월암祖月庵, 지금의 광양 백운산에 해당하는 억보산億寶山 백운정사白雲精舍, 적취암積翠庵 등을 세운 것으로 전한다. 이 중 규봉암과 백운정사는 오늘날까지 명맥을 잇고 있으며 특히 백운정사는 혜심이 지은 시를 듣고 지눌이 크게 기뻐한 곳으로 유명하다.

1205년(희종 1) 가을, 혜심은 몇몇 도반과 함께 백운정사에 머물던 스승을 뵈러 수선사를 떠났다. 혜심 일행이 억보산 숲길에 이르렀을 때 지눌이 시자를 부르는 소리가 메아리가 되어 울려 퍼졌다. 혜심은 그 소리를 듣자 불현듯 시심詩心이 일었다.

숲 속에서 아이 부르는 소리 들었네
차 달이는 향기 돌길 바람 타고 전해지니
억보산 초입에 들어섰을 뿐인데
이미 암자에 계신 큰스님을 뵈었네

呼兒響落松蘿霧 煮茗香傳石徑風 才入億寶山下路 已參庵內老師翁

혜심은 홀로 그 시를 외우며 일행과 함께 걸음을 옮겨 마침내 스승 지눌 앞에서 큰절을 올렸다. 그러고는 방금 전 지은 시를 낭송했다.

"옜다! 이 부채나 받아라."

지눌이 들고 있던 부채를 혜심에게 건넸다. 시재가 특출했던 혜심은 그런 중요한 순간을 그냥 넘기지 않았다.

전날엔 스승이 쥐고 계시던 부채가
지금은 제자 손에 들어왔네

만약 번뇌 망상이 뜨겁게 일어난다면
마음껏 맑은 바람 일으키려네.

昔在師翁手裏 今來弟子掌中 若遇熱忙狂走 不妨打起淸風

혜심이 다시금 시를 지어 올리자 지눌은 알 듯 모를 듯 미소를 지었다.

"큰스님, 이제 중창불사가 거의 끝나갑니다."

혜심 일행은 수선사의 일을 보고한 뒤 지눌을 모시기 위해 백운정사를 찾았던 것이다.

"잘되었구나. 그럼 내일 새벽에 떠나도록 하자."

수선사 중창불사가 마무리됨에 따라 정혜결사운동은 더욱 힘을 얻었다. 지눌은 이튿날 제자들을 거느리고 수선사에 도착해 낙성식 준비에 소홀함이 없도록 당부했다. 그러면서 한마디 덧붙였다.

"중창불사가 원만히 회향되었으니 낙성식을 기념해 경찬법회를 열어야겠다."

"언제부터 열까요?"

"지금이 9월 초순이니 10월 1일부터 여는 게 어떻겠느냐?"

"그렇다면 준비하는 데 무리가 없겠습니다."

지눌의 뜻을 따라 제자들은 낙성식과 기념 법회를 준비하기 위해 분주히 움직였다. 그중 가장 서두를 일은 수선사 중창불사 낙성식과 지눌의 강설로 이뤄질 경찬법회를 널리 알리는 것이었다. 수선사 대중들은 초청장 문구를 초안하며 그 내용을 판각해 인쇄하고 전국 각계각층으로 발송하는 일을 분담해 각자의 역할을 다했다. 한편 여러 차례 대중공사를 열어 낙성식 당일의 의식과 의전儀典, 음식 준비며 경찬법회 참석자들의 숙식 문제 등도 치밀하게 준비했다. 이 낙성식을 앞두고 국왕 희종은 '조계산 수선사'라는 친필 현판을 써서 내려보냈다. 이 무렵이 정혜사라는 이름을 수선사로 개명한 때였다.

당시 국왕들은 최충헌 일당의 농단으로 실권을 잃은 지 오래였다. 희종도 그런 상황 속에서 왕위를 이어받았다. 그의 아버지 신종은 재위 시 만적의 난을 비롯해 수많은 민란을 겪은 데다 왕권마저 최충헌에게 빼앗겨 허수아비 임금 신세였다. 더구나 몸도 허약해 1204년에는 태자(희종)에게 왕위를 물려주었다.

희종은 신종의 맏아들이었으니 왕권을 물려받을 자격이 충분했다. 그럼에도 최충헌은 희종이 즉위한 것이 자신의 공이라며 노골적으로 압력을 가했다. 희종은 하는 수 없이 최충헌을 문하시중에 명하고 진강군개국후로 봉했으나 최충헌의 압박은 좀체 그치지 않았다. 그리하여 희종은 지눌이 열반하고 1년 뒤인 1211년, 최충헌 일당을 없애려 했으나 사전에 발각되어 폐위당하고 강화와 교동 등으로 유배되었다. 그 뒤에도 계속 최충헌을 없애고 복위하려다가 교동에 다시 유배되었다가 1237년에 숨졌다.

이런 시절이라 희종은 즉위하기 전부터 명성을 들어온 지눌을 마음 깊이 흠모했다. 즉위한 뒤로는 지눌을 왕사나 국사로 추대해 정신적인 귀의처로 삼고자 했다. 하지만 최충헌의 감시와 압력에 따라 그마저 여의치 않았다. 그럼에도 당시 동방제일도량으로 중창불사를 마친 수선사 법회를 앞두고 친필 현판을 내려 지눌에 대한 존경심을 표현했던 것이다.

이윽고 그해 10월 1일, 수선사 중창불사 낙성식이 열리자 각지의 수많은 비구뿐만 아니라 왕실, 조정의 고위 관료, 귀족과 호족, 수선사 주변에 사는 선남선녀 수천 명이 모여들어 발 디딜 틈이 없었다. 낙성 의식은 부처님 재세 시의 율법과 고려의 전통을 두루 반영해 여법하고 성대하게 치러졌다.

낙성식에 이어 지눌은 넉 달(120일)에 걸쳐 《대혜어록》 강설을 시작했다. 이에 따라 수선사 대중들은 낮에는 지눌의 설법을 듣고 밤에는 좌선수행에 전념하는 등 빈틈없는 일과를 수행했다.

"…… 선문에도 은밀히 전하는 뜻을 감당하기 어려운 중근기, 하근기의 무리가 있습니다. 그들은 말을 떠나 생각을 끊음으로써 마음에 맞고 이치에 들어갔으나 눈앞에 일어나는 일들을 밝게 깨닫지 못합니다. 그러므로 경산대혜선사는 그들을 꾸짖어 '굳이 쉬기만 하려는 이는 생각을 잊고 공적空寂만 지켜 앎을 내는 것이다' 하였습니다. 혹은 범부들의 날로 활용하는 보통 마음을 지극한 도라고 잘못 인정하여 묘한 깨침은 구하지 않으면서 '다만 거리낌이 없는 자재에 맡겨 마음이 생기고 생각의 움직임을 간섭하지 마라. 일어나는 생각과 사라지는 생각이 본래 실체가 없다'고 합니다. 그러므로 대혜선사는 또 그들을 꾸짖어 '그들은 자연의 본체만 지켜 구극의 법을 삼음으로써 앎을 내는 이들이다' 하였습니다……"

지눌은 출가 이후 평생을 그러했던 것처럼 수선사에서도 늘 부처님 당시의 계율에 따라 생활함으로써 안거할 때에도 흐트러짐이 없었고 울력할 때에도 항상 대중에게 모범을 보였다. 다른 사람의 칭찬이나 비방에도 마음을 움직이지 않았으며 오직 도로 맡은 바를 다했다.

그의 성품은 인자했고 참을성이 많아 후학을 지도할 때 뜻을 거스르는 사람이 있어도 정성을 다해 마치 어머니가 자식을 보살피는 것과 같았다고 한다. 또 사람을 제도하는 방편도 뛰어났는데 이와 관련해 그의 속가 누이와 얽힌 이야기가 전해진다.

지눌이 출가 전 사이좋게 뛰놀던 누이는 수선사를 자주 찾아 지눌과 혈육의 정을 나누곤 했다. 그러나 아우만 잔뜩 믿은 나머지 자신의 수행에는 게을렀다.

"나는 부처님처럼 훌륭한 스님을 아우로 두었으니 걱정할 것이 없네. 설사 내가 도를 닦지 않더라도 다른 사람까지 제도하는 스님 덕분에 지옥에 떨어질 일은 없겠지?"

이런 말을 들을 때마다 지눌이 타일렀다.

"누님, 행여 꿈에서라도 그런 마음을 가져선 안 됩니다. 이 동생이 깨달음을 얻었다 해서 누님도 덩달아 도인이 되는 것은 아니니 열심히 정진하셔야 합니다."

하지만 누이는 들은 척도 하지 않았다. 이에 지눌은 어떻게든 누이를 제도해야겠노라 다짐하고 하나의 방편을 생각해두었다.

얼마 후 누이가 수선사로 찾아오는 날이 되었다.

••• 송광사 보조국사 감로탑
높이 286센티미터의 사리탑으로 송광사 관음전 뒤쪽 구릉에 자리잡고 있다.
전남무형문화재 제256호.

"큰스님, 공양 드셔야죠."

마침 공양 시간이 되어 시자가 말했다.

"아니다. 조금 있다가 먹을 테니 넌 일주문 밖에 있다가 내 누님이 나타나거든 재빨리 알려주어라."

잠시 후 밖에 나갔던 시자가 헐레벌떡 뛰어와 그 사실을 고했다. 지눌은 기다렸다는 듯이 그제야 공양을 시작했다.

"스님, 이 누이가 왔어요. 아휴, 숨차다. 공양 때가 지나 시장한데 나도 같이 먹읍시다."

"어서 오십시오, 누님. 오늘따라 국과 반찬이 맛있군요."

지눌은 누이를 간단히 맞은 뒤 공양을 계속했다.

"아니 스님, 누이가 먼 데서 왔는데 혼자만 먹는 법이 어디 있소?"

누이가 따졌지만 지눌은 들은 체도 하지 않았다.

그러자 누이는 벌컥 화를 냈다.

"스님, 내 배에서 나는 꼬르륵 소리 안 들려요? 오늘따라 왜 이러시오?"

이에 지눌이 되물었다.

"내가 이렇게 배부르게 먹으면 누님도 저절로 배가 부르지 않겠습니까?"

"그건 무슨 말이우?"

"누님이 늘 그러시지 않았습니까? 이 아우가 부처님처럼 큰스님인지라 누님은 수행을 하지 않아도 공덕을 받을 것이라고……

그러니 이 아우의 배가 부르면 누님의 배도 저절로 부른 게 아니냐 말씀입니다."

이 말을 듣고 난 지눌의 누이는 그제야 잘못을 뉘우치고 그 뒤 누구 못지않게 열심히 수행해 공덕을 쌓았다고 한다.

침묵의 가르침, 열반

그러므로 지금 불법이 쌓인 곳에 왔으니 빈손으로 돌아가지 말아야 한다.
부디 삼가라. 지혜 있는 사람이라면 보배가 있는 곳을 알면서 구하지 않다가
어찌 오래도록 외롭고 가난함을 원망하겠는가?
만일 보배를 얻으려 하거든 사람의 몸을 놓아버려라.

《수심결》

당대 최고의 학식을 갖추고 인품이 자상하며, 세 차례에 걸쳐 완벽한 깨달음의 경지에 올랐던 지눌이 주석한 수선사에는 일반 승려는 물론 속인, 왕족과 귀족, 유생 등 수많은 사람들이 정혜결사에 동참하며 제자가 되기 위해 모여들었다.

1208년(희종 4), 쉰하나가 된 지눌은 혜심에게 수선사의 일을 넘겨주고 자신은 무등산 규봉암圭峰庵으로 물러나고자 했다. 이를 위해 혜심의 깨달음을 시험해 최종 인가할 필요가 있었다.

하루는 지눌이 혜심과 함께 수선사 일주문 밖으로 산책을 나갔다. 그때 지눌은 버려진 헌신짝을 보며 물었다.

●●● 무등산 규봉암
해발 약 820미터 높이에 위치한 규봉암은 통일신라 시대 의상대사가 창건했다고 전한다.

"신은 여기에 있는데 신을 신었던 사람은 어디에 있는가?"

이에 혜심이 거침없이 답했다.

"왜 그때에 보지 않았습니까?"

지눌은 마침내 큰 소리로 웃었다. 얼마나 사자후처럼 큰 웃음소리였는지 멀리 떨어진 수선사 대중 모두가 화들짝 놀랄 정도였다. 과연 혜심을 처음 만났을 때, 아니 그 전날 꿈에 현몽했던 설두중현 때문에 가지게 되었던 기대가 바로 그 순간 현실로 이루어졌던 것이다.

그럼에도 지눌의 점검은 계속 이어졌다. 한번은 설법을 하던 지눌이 "개에게는 불성이 있느냐, 없느냐?" 하고 대중에게 물었다. 갑작스러운 질문에 모두 침묵할 뿐이었다. 이에 지눌이 다시 물었다.

"대혜종고선사의 열 가지 병통을 들어 대답해보아라."

바로 그때 혜심이 입을 열었다.

"그것은 삼종병을 겪은 사람이라야 비로소 그 뜻을 알 수 있습니다."

이에 지눌이 날카롭게 되물었다.

"삼종병이 지금 어디에서 숨을 쉬고 있는가?"

그러자 혜심은 거리낌 없이 옆에 있던 창문을 주먹으로 쳤다. 그러면서 오도송을 낭송했다.

삼종병三種病 : 참선 수행자가 얻게 되는 미도주작未到走作, 이도주착已到住着, 투탈무의透脫無依의 세 가지 병. 즉 미처 이루지 못한 채 성급하게 이럴까 저럴까 헤매는 것(미도주작), 공부가 무던히 되어서 재미가 붙은 나머지 그 자리에 머무는 것(이도주착), 모든 것을 허망하게 여겨 아무것에도 의지하지 않는 것(투탈무의), 이 세 가지를 일컫는다.

보광명전은 그대로 내 집이요
삼법의 한 근원에 첫잠이 깼다
아득한 거리를 한 생각에 거둬들이니
세간의 시간이야 모두 헛되도다.

普光明殿是吾家 三法一源初睡起 百十由旬一念收 世間時劫都爲爾

혜심의 답변과 오도송을 듣고 난 지눌은 전처럼 크게 웃으며 설법을 마치고 방장실로 들어갔다. 그런 뒤 시자를 시켜 혜심을 불러오도록 했다. 혜심이 들어서자 지눌은 그 제자의 깨달음을 최종적으로 인가하기 위해 몇 가지 질문을 던졌고, 이에 혜심은 두루 막힘없이 답했다.

그러자 지눌이 다소 상기된 표정으로 말했다.

"내가 이미 너를 얻었으니, 죽어도 여한이 없구나. 너는 마땅히 불법을 이어 정혜결사가 그치지 않도록 하여라."

"스님, 명심하겠습니다."

혜심이 오체투지로 다짐했다.

"이제 난 규봉암으로 가서 만년을 보낼 터인즉 오늘부터 수선사는 네가 이끌도록 해라."

이때 혜심이 답했다.

"큰스님, 그 말씀만은 지키지 못하겠습니다."

의외의 답변에 놀란 지눌이 물었다.

"왜 지키지 못하겠다는 것이냐?"

"소승은 아직 그만한 그릇이 못 됩니다. 해서 스님께서 머무셨던 지리산 깊이 들어가 더욱 정진할 작정이었습니다. 하오니 스님께서는 계속 수선사에 주석하시길 간청하옵니다."

"지리산으로 들어가 더 닦겠다?"

"그렇습니다, 스님. 부디 허락해주십시오."

혜심의 거듭된 간청을 지눌은 더는 막지 못했다. 이미 그 제자가 여러 곳으로 거처를 옮기며 피나는 수행을 했고 마침내 큰 깨달음을 얻게 된 과정을 잘 알고 있는 지눌이었다. 그럼에도 더욱 치열하게 구도의 길을 걷겠다는데 어찌 그것을 말릴 수 있단 말인가. 지눌은 혜심을 통해 지난날의 자기 모습을 비춰보고 있었다. 그러니 그 간청을 더는 물리칠 수 없었다.

"내가 본시 몸이 허약해 동진출가를 한 것인데 그 인연 때문인지 지금껏 잘 버텨온 모양이다. 하나 너를 얻은 뒤로 좀 더 깊은 숲속에서 유유자적하며 부질없는 목숨을 늘릴까 했으나 네 굳은 의지를 차마 꺾지 못하겠구나."

이로써 지눌은 규봉암에 은거할 뜻을 접었다. 대신 혜심이 수선사를 떠나 지리산의 넓고 깊은 품속에 은거했다.

1210년(희종 6) 2월.

지눌은 돌아가신 어머니를 천도하기 위한 재를 지냈다. 돌이켜보면 어머니는 병약한 아들 때문에 노심초사의 나날을 보냈으며 지눌이 아홉 살에 동진출가하여 애틋한 모자의 정마저 깊이 간직할 수 없었다. 그래서 지눌은 어머니의 타계가 무엇보다 가슴 아팠다. 효심이 깊었던 지눌은 몇 해 전 돌아가신 어머니의 무여열반을 위해 지극한 마음으로 49재를 치러드린 뒤 1210년 벽두에도 극락왕생을 기원하며 천도재를 올렸다.

천도재를 여법하게 치른 뒤의 일이다.

하루는 지눌이 제자들을 불러 당부했다.

"내가 이 세상에 살면서 설법하는 것도 그리 오래지 않을 것이니 부디 각자 노력해야 한다."

이 말에 깜짝 놀란 제자들이 물었다.

"큰스님, 어찌 그런 말씀을 하시는지요? 큰스님이 안 계시는 수선사의 앞날은 생각조차 하지 않았습니다. 다시는 그처럼 서글픈 말씀일랑 하지 마세요."

"한 번 왔다가 가는 게 정한 이치거늘 무엇이 서글프단 말이냐? 그런 미망은 떨쳐내고 어서 공부들 해라."

지눌은 이렇게 말한 뒤 수십 일이 지난 3월 20일, 그만 병석에 눕고 말았다. 이에 사중에 머물던 제자들은 각지의 문도들에게 그 상황을 알렸다. 소식을 접한 혜심 등 제자들이 다급히 수선사로 돌아왔다. 지눌의 병세는 점점 깊어졌다.

3월 26일, 거의 모든 문도들이 모여든 가운데 지눌은 밤늦도록 제자들과 법담을 나누었다. 그 자리에서 처음 정혜결사를 결심한 일이며 세 차례의 깨달음을 얻기까지의 과정, 《권수정혜결사문》을 쓸 때의 이야기, 수선사를 중창불사하면서 일어난 수많은 일들로 이야기가 꼬리를 물었다.

밤이 이슥할 때까지 스승이 자신들의 이야기를 귀 기울여 듣는가 하면 몸소 회고담을 털어놓자 제자들은 지눌의 병세가 호전되는 것으로 믿고 다소 안심했다.

이튿날 새벽이었다. 지눌은 문득 "오늘이 며칠이냐?" 하고 물었다.

"3월 27일입니다, 큰스님."

"오늘 날이 밝거든 대중들을 선법당善法堂(지금의 송광사 설법전)으로 모이게 해라."

이윽고 3월 27일, 아침 해가 한 뼘쯤 떠올랐을 때 수선사 대중은 하나도 빠짐없이 선법당에 모여들었다. 그때 지눌은 육환장을 들고 법상에 앉아 차분한 목소리로 설법을 시작했다. 누가 보더라도 평상시와 다름없는 모습이었다. 대중들은 그 모습에 크게 안도하며 지눌의 가르침에 귀를 기울였다.

"……지금 말세에 수도하는 사람은 먼저 진실한 지해知解로 제 마음의 진실과 허망과 생사의 밑과 끝을 환히 가리어 결정하고, 다음에는 못을 베고 쇠를 끊는 말로써 세밀하고 자세히 참구하여 몸을 빼어낼 곳을 얻게 되면, 이른바 책상 네 다리가 땅에 꼭 붙어서 흔들어도 움직이지 않는 것과 같으니 삶으로 나오거나 죽음으로 들어가거나 큰 자유를 얻을 것이다.

그러나 만일 다만 쇠를 끊는 언구로 지견을 씻어버리는 것만을 생각하고 진정한 깨달음이 없으면 반드시 그 행과 이해가 일치하지 않아서 아직 생사의 세계에서 자유를 얻지 못할 것이니, 그것은 옛 스님들이 나무라는 바이다. 따라서 다만 그 언구 속에 있는 깊은 이치를 깨달은 사람은 불법에 대한 지견이 전연 마음에 없어서 그야말로 깨끗하고 말쑥한 납승이라 할 것이다.

그러나 어떤 이는 지견의 지배를 받아 아무 진실한 행이 없고 또 사랑과 미움, 기쁨과 성냄, 남과 나의 이기고 지는 마음이 있으면 그는 체중현※을 깨닫지 못하고 마음 밖에 경계가 있기 때문에 말할 때에는 깨달은 듯하지만 경계를 대하면 도로 미혹해질 것이다.

…… 만약 진실로 세상을 뛰어넘은 장부라면 언설이나 지해의 지배를 받지 않고 언제나 경계에 부딪히는 인연을 만나는 곳에서도 세속의 이치도 퍼뜨리지 않고 또 불법의 이치도 논하지 않으면서 한 가닥의 사는 길을 얻으면 그는 저절로 삼세의 모든 부처님의 허물과 6대 조사의 허물과 천하 선지식의 허물을 보게 될 것이니, 그때 자기 집의 보물을 실어내어 모든 중생을 구제하면 곧 임금의 은혜와 부처님의 은혜를 한꺼번에 다 갚을 것이다."

지눌의 설법이 모두 끝난 뒤에도 한동안 숨 막히는 침묵이 선법당을 지배했다. 그때 한 제자가 벌떡 일어나자 모두의 시선이 그에게 집중되었다.

"큰스님께서 지금 병을 얻으셨는데,

체중현體中玄 : 임제선사는 선의 종지宗旨를 제창함에 있어서 "일구一句 가운데 모름지기 삼현문三玄門을 갖추고, 일현一玄 가운데 모름지기 삼요三要를 갖춘다"고 말해 삼현이 불교 선종의 기본 사상임을 강조했다. 체중현은 삼현의 첫 번째 것으로 삼세일념三世一念을 가리킨다. 삼현의 두 번째는 구중현句中玄, 세 번째는 현중현玄中玄이다. 보조국사 지눌은 이 삼현에 대해 깊이 있게 논술한 고승으로도 유명하다.

그 병은 저 유마의 병과 같습니까, 다릅니까?"

이에 지눌이 지그시 미소를 지으며 되물었다.

"넌 같고 다른 것만 배웠느냐?"

그러자 질문을 던졌던 제자는 아무 대꾸도 하지 못한 채 얼굴을 붉혔다. 바로 그때 지눌은 몸을 일으켜 세우며 육환장을 높이 들어 법상을 쾅쾅 두어 번 내리쳤다.

"일체의 모든 것이 이 가운데 있느니라."

그 어떤 대중들, 심지어 혜심조차 그것이 지눌의 마지막 육성이자 열반송임을 짐작하지 못했다. 지눌이 평상시와 다름없이 설법한 데다 육환장을 내리친 뒤 차분히 자리에 앉았기 때문이다. 하지만 지눌은 주장자를 짚은 채 꼿꼿이 앉아 눈을 감았다. 그 눈은 다시 뜨이지 않았다. 평생 고려 불교를 일신하기 위해 몰두한 대선사다운 좌탈입망이었다.

지눌이 세수 53세, 법랍 36세로 수선사에서 열반하자 문도들은 경건하게 다비를 치른 뒤 사리를 수습했다. 이때 오색의 큰 사리 30과와 수많은 작은 사리가 나왔다. 이에 문도들은 수선사 북쪽 기슭에 부도를 건립했다.

한편 지눌이 열반했다는 소식이 전해지자 그를 정신적 귀의처로 흠모했던 희종은 매우 슬퍼하며 '불일보조국사佛日普照國師'라는 시호를 내렸다. 이 시호는 지눌이 '부처님의 지혜 광명을 온 누리에 비추게 한' 선사였음을 뜻한다. 희종은 시호를 내림과 동시에 지눌의 부도를 '감로탑甘露塔'으로 명명했다. 이 감로탑은 오늘도 송광사 관음전 뒤 우뚝한 곳에서 묵묵히 송광사 도량과 대중들을 내려다보고 있다.

시호처럼 고려 불교를 태양처럼 밝게 했던 지눌이 열반하자 수선사 문도들은 일순간 어둠의 그림자에 묻힌 듯했다. 그러나 지눌에게는 혜심이라는 걸출한 제자가 있었다. 혜심은 수선사 사부대중뿐만 아니라 당시 고려인 모두의 주목과 기대를 한몸에 받았다. 그러나 정작 혜심은 스승의 다비를 치른 뒤 다시금 어디론가 종적을 감출 채비를 했다.

"스님, 수선사를 이끌어주셔야지 또 어디로 가려 하십니까?"

도반들이 앞다투어 혜심의 길을 막아섰다.

"전 아직 스승의 그림자도 밟을 수 없는 그릇입니다. 부디 깊은 산의 토굴로 들어가 수행할 수 있게 해주시오."

"그건 안 될 말씀입니다. 큰스님이 살아 계신다면 모를까 입적하신 뒤 대중들이 이처럼 어둠에 잠겼는데 스님마저 떠나면 큰스님의 유지를 누가 어떻게 받들 수 있겠소?"

"그렇습니다. 이미 스님은 큰스님께 인가를 받으셨으니 이곳에 주석하셔야 합니다."

이렇게 사형, 사제 들이 만류하자 혜심은 잠시 망설였다. 하지만 산승 본연의 모습에 충실하고자 하는 그의 의지는 좀체 꺾일 기미가 보이지 않았다. 이에 따라 지눌의 문도들은 국왕 희종에게 급히 편지를 보내 혜심으로 하여금 지눌을 계승하게 해달라고 청했다. 결국 혜심은 희종의 명을 받고서야 수선사에 머물렀다.

지눌에 이어 제2세 사주社主가 된 혜심은 무엇보다 지눌이 생전에 남긴 저서를 정리해 간행하는 일에 주력했다. 그런가 하면《선문염송禪門拈頌》과 같은 대작을 편찬해 고려 선종의 발전에 크게 이바지했다.

지눌의 사상을 그대로 승계한 혜심이었으나 스승과 다른 점도 있었다. 지눌이 순수한 신앙운동을 주창한 데 비해 혜심은 당시 최씨 무신 정권과 긴밀한 관계를 유지했던 것이다. 그 결과 최우가 수선사에 입사하는가 하면 두 아들을 혜심의 제자로 만들었다. 이런 관계를 통해 최씨 정권은 정신적 귀의처와 정치적인 입지를 튼튼히 다졌고 혜심은 수선사를 중창하는 데 필요한 경제적인 후원을 받을 수 있었다. 지눌이 생존했다면 결코 원하지 않았을 유착 관계였다.

이 밖에 오늘날 학계의 연구에 따르면 혜심은 지눌의 저술이나 행장 중 일부를 조작했을 가능성이 높다는 혐의를 받고 있다. 이를테면 지눌은 이 땅에 처음으로 '간화선'이라는 개념을 소개했으나, 정작 간화선을 본격적으로 현창한 이는 수제자인 혜심으로 알려졌다. 혜심은 간화선을 뿌리내리기 위해 간화선 이전의 선 수행법을 철저히 부정할 필요를 느끼고 지눌의 저술에 언급한 조사선 등을 간화선으로 오인하도록 문장을 조작했다는 것이다. 아무튼 이런 주장의 사실 여부를 떠나 지눌과 혜심은 사제지간이면서도 서로 이질적인 면모를 보인 것은 분명하다.

원효대사가 한국불교의 새벽을 열었다면 보조국사는 한국불교

●●● 목우가풍 현판(송광사 국사전 소장)

를 정오의 태양처럼 환하게 밝힌 중흥조로 일컬어진다. 오늘날 한국불교를 대표하는 조계종 종헌 제1조에서도 보조국사가 조계종을 중창한 대선사임을 명시하고 있다. 그러나 조계종을 개창한 도의국사의 생존 시기와 현대사회의 간극이나 역사적인 단절이 크다는 점을 고려할 때 보조국사를 조계종의 실질적인 개창자로 보는 시각이 지배적이다.

보조국사 지눌은 혼탁한 고려불교를 정화하는 데 평생을 바친 선승이자 학승이었고 위대한 사상가였다. 불의에 저항했으며 부처님의 정법을 실현하려 했던 계정혜의 스승이었다. 따라서 지눌로부터 비롯된 한국불교의 수행 풍토인 '목우가풍'이 그가 열반한 지 800여 년이 지난 지금까지 한국불교의 근간을 이룬 것은 당연한 결과라고 할 수 있다. 그럼에도 우리는 '내 마음이 바로 부처'라는 사실을 모른 채 마음 밖으로만 눈을 돌리는 건 아닐까?

●●● 보조국사 지눌 진영(송광사 소장)

/
감수를 마치고
/

보조국사의 역사적 위상

보조국사 지눌 스님은 원효 스님과 함께 한국불교의 가장 우뚝한 봉우리일 뿐만 아니라 한국을 대표하는 세계적 사상가입니다. 신라의 원효 스님이 불교의 여러 갈래 흐름과 쟁론을 화합시켜 회통불교의 초석을 놓았다면, 지눌 스님은 선과 교가 대립 갈등하는 타락한 고려불교를 바로잡아 선과 교가 둘이 아닌 회통불교의 전통을 확립하였습니다. 지눌 스님이 확립하신 이러한 전통은 오늘날까지 한국불교에 면면히 전승되고 있습니다.

그리하여 한국불교의 모든 총림에는 선원과 함께 강원과 율원이 어깨를 나란히 하고 있으며, 가르침을 통해 마음을 닦고 깨치는 수행을 병행하고 있습니다.

매 안거安居 때마다 2~3천 명의 눈푸른 납자들이 화두를 참구하고 있는데, 그 화두 참구의 간화선이 바로 지눌 스님이 최초로 소개한 수행법인 것입니다. 또한 강원교육의 교과과정은 지눌 스님이 중요시했던 과목을 중심으로 짜여 있으며, 그의 《계초심학입문》과 《법집별행록절요병입사기》는 필수과목입니다.

그외에도 스님의 저술은 시공을 초월하여 많은 선지식분의 진리의 눈을 뜨게 하고 있습니다. 근세 한국불교의 중흥조로 사라져가는 선풍을 다시 진작시킨 경허鏡虛 스님이 지눌의 결사정신을 이었으며, 또 그의 법을 이은 혜월慧月과 한암漢岩 스님께서는 지눌의 《수심결》을 읽다가 견성했다고 합니다. 또 효봉 스님께서도 꿈에 송광사 제16국사 고봉화상으로부터 《수심결》 법문을 듣고 '효봉'이란 법호를 받았으며, 경봉鏡峰 스님 역시 《보조어록》을 읽다가 견처를 얻고 지눌을 '먼 스승'으로 삼았다고 합니다. 조계총림을 개설하고 보조선을 세계 속에 선양한 구산九山 스님도 광양 백운산 상백운암에서 《보조어록》을 읽고 용맹정진을 하다가 오도송을 읊었다고 합니다.

이러한 지눌 스님의 영향력은 우리나라에만 국한되지 않습니다. 일본에 남아 있는 스님의 유일한 필사본 《화엄론절요》는 간행된 지 6년 만에 일본 가마쿠라 불교의 유명한 화엄승 명혜明惠 스님의 저술에 인용되었으며, 간행 88년 만에, 역시 가마쿠라 불교의 화엄승 원종圓宗 스님이 구두점을 찍으며 탐독하였습니다. 원종 스님은 1권 끝에 붉은 글씨로 두 번째 읽었음을 명기하고 그 소감을 이렇게 적었습니다.

쳐다보면 태산처럼 높고 굽어보면 대해처럼 넓구나. 전생에 어떤 인연이 있었기에 이제 이 《절요》를 만났을까. 나의 기쁨, 그리고 불법에 신순信順하는 마음 무엇에도 비교할 수가 없구나. 그저 유감스러운 것은 종일 화엄세계에 있으면서도 그 궁극을 타파하지 못했던 일이 부끄럽구나. 어찌할꼬.

지눌 스님의 대표적 저술들은 명나라 청나라 대장경에 수록되었으며, 일본의 《대정신수대장경》에도 수록되었습니다.

스님의 《진심직설》은 대만과 일본에서 주해서가 나왔고, 또 1997년에는 미국에서 역해서가 나오기도 하였습니다. 1983년에는 송광사에서 구산 스님으로부터 선을 배운 버스웰Robert Buswell 교수가 미국의 하와이대학교에서 《화엄론절요》를 제외한 스님의 전 저술을 영문으로 번역, 출판하여 지눌사상 세계화의 기틀을 이루었습니다.

《선학의 황금시대The Golden Age of Zen》란 명저를 낸 대만의 세계적 석학 오경웅吳經熊 선생은 지눌 스님의 저술로부터 깊은 영향과 감동을 받았음을 한국어판 서문에서 이렇게 밝히고 있습니다.

"본인은 중국의 선불교를 연구하는 동안 한편으로는 한국의 선불교로부터 깊은 영향을 받았음을 이 자리를 빌려 밝히고자 합니다. 《선학의 황금시대》를 집필하면서 본인은 특히 《보조법어》와 서산대사의 《선가귀감》의 도움을 많이 받았습니다. 《보조법어》 중에

> 서도 특히 《수심결》은 저의 선학 이해를 심화시켰으며 깊은 영향과 감명을 주었습니다."

또한 스님의 사상은 인간학, 인간회복학으로 조명되기도 했고, 토머스 머튼, 칼 바르트의 신학, 아시시의 프란치스코 등 기독교 사상과도 비교되었으며, 퇴계사상, 정신분석, 교육학, 사회학 등 다양한 영역과도 비교 연구가 이루어졌습니다.

서양철학을 전공했던 고 박종홍 교수는 지눌 스님을 이렇게 평가했습니다.

> "만일 외국학자들이 '너희 나라에도 철학자가 있느냐?' 고 묻는다면 나는 서슴지 않고 순천 송광사에서 만년을 보내신 보조 스님을 들겠다. 나는 평생 지눌이 지은 《절요》처럼 이슈가 뚜렷하고 논리가 명쾌한 철학서는 동서고금을 통틀어 따로 본 적이 없다."

정혜결사로 일관한 스님의 삶

스님이 살았던 12~3세기의 고려불교는 정법과 멀어진 타락한 불교였습니다. 밖으로는 정치적 소용돌이에 휩쓸려 승려의 기강이 해이해지고 안으로는 선과 교가 대립 갈등하여 서로를 '원수처럼' 여겼다 합니다.

스님은 고려불교의 타락상을 "부처님 법을 빙자하여 나와 남을 꾸미고 이양利養의 길에서 허덕이며 옷과 밥만 허비하고 있다"고 통탄했습니다.

스님은 고려불교의 현실을 직시하고 25세에 타락한 고려불교를 바로잡는 정혜결사를 결의하고 33세에 정혜결사운동을 본격적으로 시작, 송광사에서 53세에 생을 마칠 때까지 정혜결사로 일관한 삶을 살았습니다.

스님은 고려불교가 정법과 멀어진 이유를 불자들이 가장 기본적인 마음 닦는 수심修心을 게을리하기 때문이라 보았습니다. 그래서 그를 바로잡기 위해 선정과 지혜를 닦는 수심불교를 해야 된다 했습니다. 정혜결사는 실로 마음 닦는 수심결사修心結社라 할 수 있습니다.

정혜결사를 통해 스님은 왕실불교, 국가불교를 대중의 불교로, 기복불교, 의례불교를 수행불교로, 명예나 이익을 탐하는 불교를 수심불교로 일대 전환시키며 정법을 바로 세웠습니다.

스님의 사상은 고려불교를 바로잡으려는 고뇌의 산물입니다. 모든 사람들이 마음 닦는 바른 길을 걸을 수 있도록 제시하기 위해 그는 많은 저술도 했습니다. 따라서 그의 사상은 '마음' '깨침' '닦음'을 중심주제로 하고 있습니다.

지눌 스님에 의하면 우리 본래 마음은 육신 속에 있는 비좁은 바탕이 아니라 우주와 둘이 아니며 나와 남이 둘이 아닌 '하나'인 바탕이라 합니다. 그 바탕은 텅 비었으면서 환히 밝은 바탕[空寂靈知心]

이라 했고, 하늘·땅을 덮는 바탕이라 했습니다. 그 본래 마음이 다름 아닌 부처입니다. 따라서 우리는 부처로 살 수 있는 능력과 소질을 갖추고 있습니다.

그런데 마음이 부처라는 사실을 모른 채 바깥 대상에만 팔려 살기 때문에 중생살이를 면치 못하고 있습니다. 이제 필요한 것은 밖으로만 치닫던 의식의 빛이 일대 방향전환을 일으켜 본바탕 마음을 보아야 합니다(一念迴光見自本性). 그것이 돈오頓悟며 그때 터지는 탄성이 '마음이 부처'입니다.

돈오로 공부를 다 마친 것인가요? 지눌에 의하면 그럴 수도 있고 그렇지 못할 수도 있습니다. 돈오를 하는 즉시 부처인 마음이 생활 속에서 24시간 살아나면 더 닦을 게 없습니다. 그런 경우 돈오돈수입니다. 최상의 근기는 그렇게 될 수 있다 합니다.

그러나 일반적인 경우, 그렇게 되기는 힘들다 합니다. 돈오를 하더라도 과거부터 익혀온 습기習氣가 남을 수 있기 때문입니다. 그런 근기의 경우 점차적인 닦음으로 습기를 내려놓는 공부와 함께 이타의 보살행이 필요합니다. 그것이 점수漸修입니다.

스님은 타락한 고려불교의 현실에서 '최상근기가 몇이나 있을까?' 라고 생각했습니다. 그래서 돈오점수를 보편적인 길로 강조하고 있습니다. 그러나 스님은 결코 돈오돈수를 무시하지 않았습니다.

점수의 내용이 선정과 지혜를 함께 닦는 정혜쌍수이며, 그와 함께 이타의 보살행을 강조하는 점도 보조선의 한 특성이라 하겠습니다. 그는 "만약 남을 이롭게 하는 행이 없다면 곧 고요함만 취하는 무리들〔趣寂之徒〕과 무엇이 다른가?" 하였으며 "남을 제도하려 하기 때문에 먼저 선정과 지혜를 닦아야 한다." 했습니다.

스님은 혜능의 돈문頓門에 서면서도 점문漸門을 수용하고 있으며, 돈오점수를 강조하면서도 돈오돈수, 화두로 바로 깨치는 경절문을 함께 수용하고 있습니다. 또 하근기의 경우 염불수행도 권하고 있습니다. 이처럼 스님의 선은 근기에 따라 다양한 길을 제시하는 회통적 수심불교입니다.

이런 보조선의 확립으로 한국의 선은 비로소 중국선中國禪에서 벗어나 독자적 전통을 이루게 되었습니다. 이런 보조선의 전통을 '목우가풍牧牛家風'이라 부르며, 이 목우가풍은 조선조까지 16국사를 배출한 송광사를 중심으로 오늘날까지 한국불교에 면면히 전승되고 있습니다.

스님은 선과 교가 서로 '원수처럼' 대하는 고려불교의 현실을 고뇌하고, 선교가 둘이 아닌 전거를 찾기 위해 하가산 보문사에서 3년 동안 대장경을 열람한 끝에 마침내 《화엄경》을 통해 선교가 둘이 아님을 발견, 감격의 눈물을 흘리며 "부처가 입으로 말한 것은 교요, 조사가 마음에 전한 것은 선이다"라고 설파했습니다. 이는 후에 "선은 부처님의 마음이요, 교는 부처님의 말씀"이란 말로 정형화되었고 선교회통의 원리가 되었습니다.

스님은 '손가락'을 통해 '달'을 직접 보듯, 말씀을 통해 마음을 직접 깨치는 것을 수행의 바른 길이라 했습니다.

보조사상의 현대적 의의

첫째, 인간상실, 자기상실의 깊은 늪에 빠져 있는 현대인은 그로부터 진정한 인간회복, 자기회복의 원음을 들을 수 있습니다.

둘째, 외래사상, 외래문화의 무분별한 수용으로 가치관의 큰 혼돈상태에 빠진 우리는 지눌 스님으로부터 외래사상 수용의 자세를 배워야 할 것입니다.

셋째, 한국불교는 지눌 스님의 결사정신을 오늘에 살려야 합니다. 그러기 위해 제2의 정혜결사 운동이 절실히 필요합니다. 오늘의 결사는 인류의 미래를 선도할 수 있는 한국불교의 미래상에 대한 종합적인 계획과 그 구체적 실천방법을 분명히 제시하는 대중적 결사가 되어야 합니다.

지눌 스님의 정혜결사는 승속은 물론 삶을 인간답게 살려는 모든 사람들에게 열려 있는 결사였습니다. 이런 '함께' 하는 정신은 오늘에 음미되고 살려져야 할 것입니다.

오늘, 소설로서 보조국사 지눌스님의 삶과 사상을 다시 한 번 새겨보아야 하는 것은 스님의 투철한 현실인식과 결사정신, 그리고 쉼 없는 실천이 오늘 우리를 비춰보는 지혜의 거울로 다시 살아나야 하기 때문입니다.

오늘날, 보조사상에 관한 관심과 연구는 매우 활발하여 지금까지 50여 편의 학위논문과 600여 편이 넘는 학술논문, 그리고 10여 권의 단행본이 있습니다. 그럼에도 불구하고 보조 스님의 삶과 사상을 일반 사람들이 쉽게 접할 수 있는 저술은 보기 힘든 상황입니다. 때문에 소설로서 국사의 일생과 삶을 그린다는 이 기획은 학계나 수행 문중 모두가 크게 환영하지 않을 수 없었습니다.

노력에 노력을 기울여준 작가 선생님께 크게 격려를 보내는 바입니다.

2012년 10월

목우학인 강건기

/
저자 후기
/

21세기 지눌을 기다리며

보조국사 지눌 하면 가장 먼저 정혜결사를 떠올리게 된다. 세속과 영합한 고려 중기의 승가를 부처님 재세 시의 본래 위치로 돌려놓으려는 지눌의 정화운동이 고려 당시는 물론 지금까지 큰 영향을 끼치고 있기 때문이다. 뿐만 아니라 보조국사는 그 무렵 극심하게 대립하던 선종과 교종을 통합해 선교불이라는 한국불교 특유의 전통을 세운 개혁가였다.

우연한 계기로 이 글을 쓰기 전까지 보조국사가 오늘날 불교계에 끼친 영향력이나 그 중요성에 대한 인식이 별로 깊지 않았다. 한국불교의 저변에 깔린 보조국사의 사상과 가르침, 그가 세운 수행 전통을 간과한 까닭이다. 마치 물이나 공기가 인간 생존에 필수 불가결한 요소임에도 그 중요성을 쉽게 인식하지 못하는 현상과 같다.

그러던 중 그의 생애를 찬찬히 살펴보는 과정에서 줄곧 떨쳐지지 않는 의문이 있었다. 만약 고려 중기에 지눌과 같은 천재적인 개혁가가 없었다면 오늘날의 한국불교가 어떤 모습을 하고 있을까 하는 것이었다. 조금 과장한다면 고려 후기 또는 숭유억불 정책을 추진한 조선 초기에 불교는 이 땅에서 자취를 감췄을지 모른다. 설령 맥을 이었더라도 지금과는 다른 모습의 군소 종교로 남았을 가능성이 높다. 그만큼 지눌이 선교 양종을 통합하고 승가를 개혁한 영향력이 매우 크다는 것을 절감했다.

지눌은 원효와 더불어 한국불교의 가장 위대한 사상가이며 개혁가로 꼽히지만 그의 행장에 대해선 그다지 밝혀진 게 없다. 단적인 예로 그의 아명 또는 속명조차 기록에 전하지 않는다는 점을 들 수 있다. 그 밖에 형제 관계라든지 출가한 후 비구계를 받을 때까지 겪은 행자 생활, 가깝게 지냈던 도반들, 당시 권력자들과의 관계, 출가 후 속가 부모형제와의 교류, 인간적인 면모를 엿보게 하는 일화 등 여러 가지 궁금한 게 많았다. 이런 부분은 학문적으로나 사상적인 측면에서는 생략해도 무방할 소소한 이면이지만 소설 형식으로 그의 생애를 재조명하려면 필요한 요소이기도 하다.

보조국사는 세속과 권력에 결탁하려는 당시 승가 사회를 극도로 경계했다. 그런 마음가짐은 그가 온갖 난관을 무릅쓰고 정혜결사를 추진한 주요 배경이 되었다.

학문과 사상의 측면에서도 그는 세 차례나 깨달음을 얻은 선승이자 당시까지 간행된 거의 모든 불전을 섭렵한 대단한 학승이었다. 한마디로 그는 천부적인 재능에다 호시우행의 날카로운 시각과 끈기 있는 노력을 더해 이전투구의 고려 불교와 사회를 근본적으로 개혁한 인물이었다.

그런 까닭에 지금도 《보조사상》을 비롯한 학술지와 보조국사의 사상을 논한 수천 편의 국내외 연구논문, 수십 권을 헤아리는 관련 저술이 그가 한국불교에서 차지하는 비중과 영향력을 웅변한다.

이런 사정이라 그의 일대기를 소설로 그리는 것은 사족 하나를 덧붙이는 격이다 싶었다. 그럼에도 굳이 무모한 시도를 한 것은 오늘날의 불교계, 더 나아가 종교계 전체가 처한 복잡한 상황에서 지눌의 투철한 수행과 개혁 의지가 새삼스러웠기 때문이다.

역사는 반복된다고 했던가. 지눌 당시, 승가 일부에서는 권력층과 결탁하고 이권을 탐했으며 현실에 안주하려 했다. 선종과 교종은 극심하게 대립했다. 이런 모습은 근래에도 반복되어 뜻있는 스님들이 주도해 종단 개혁이 이뤄지면서 봉합되었다.

하지만 그런 개혁이 미봉책은 아니었을까 의구심이 드는 게 작금의 현실이기도 하다. 그런 까닭인지 지눌이 살았던 시대가 12~3세기가 아닌 21세기 현재인 듯 느껴진다. 물론 다른 종교계도 근본적으로는 이런 문제에서 자유롭지 못한 것으로 안다. 그러니 오늘, 여기에서 새삼스럽게 지눌과 같은 종교 개혁가의 등장이 기다려진다.

이 글은 보조국사의 행장이 담긴 묘비명을 비롯해 학자들의 연구로 밝혀진 여러 이야기를 골격으로 삼되, 당시 고려의 정치·사회적 상황과 연보의 행간을 소설적인 상상력으로 메우는 형식으로 이루어졌다. 그러다 보니 역사 기록에 없는 가공의 인물들이 등장해 지눌을 이끌거나 도와주는 것으로 묘사했다.

글을 쓰는 데 직접적인 가르침과 영향을 주신 분은 지눌을 좋아하여 스스로 목우학인이라 부르는 강건기 명예교수님이시다. 강 교수님은 이 책의 전체 방향을 짚어주었으며 참고할 만한 연구 논문 수십 편과 관련 저술을 보내주셨다. 그리고 원고를 마친 뒤에는 꼼꼼히 감수해 오류를 바로잡아주셨다. 이 지면을 통해 다시 한 번 감사의 말씀을 올리고 싶다.

또한 이 원고를 쓸 때 강 교수님의 《보조국사 지눌의 생애와 사상》 등 여러 저서와 《깨달음의 거울》(법정 옮김, 동쪽나라), 《지눌연구》(심재룡, 서울대학교출판부), 《땅에서 넘어진 자 땅을 짚고 일어나라》(김달진 편역, 동화출판사), 《불일 보조국사와 조계산 송광사》(현고, 활안, 불교정신문화원) 등 여러 단행본을 참조했다. 다만 소설이라는 형식을 취하다보니 일일이 출처를 밝히지 못한 점 관계된 분들께 깊은 양해를 구한다.

이 소설을 기획하고 수시로 진행 상황을 점검해준 김형균 선배님과 기꺼이 출간을 결정해준 김영사 박은주 사장님, 정성껏 책을 만들어준 편집진에게도 감사드린다.

2012년 10월

이정범

/

보조국사 지눌 연보

/

1158년(출생) 황해도 서흥에서 아버지 정광우, 어머니 조씨 부인 사이에서 태어났다. 지눌은 법명이며 스스로 지은 호는 목우자, 열반한 후 국왕 희종에게 받은 시호는 불일보조국사이다.

1165년(8세) 구산선문의 하나인 사굴산계 종휘선사의 제자로 동진출가했다. 이후 17세에 수계득도했다. 이 소설에서는 그가 강릉 굴산사로 출가한 것으로 묘사했으나 실제로는 어느 사찰로 출가해 어떻게 공부했는지 명확한 기록이 없다. 다만 '묘년으로부터 조사의 세계에 몸을 던져 선방을 두루 참예하면서 부처님과 조사들이 중생을 위해 자비를 내린 가르침을 자세히 살펴보았다'는 《권수정혜결사문》의 표현 등으로 추측할 때 그가 여러 선방을 두루 참예하며 수행했고 경전과 조사의 어록도 폭넓게 읽었음을 알 수 있다.

그는 개인적인 수행과 공부에만 머물지 않고 현실 사회에 대한 날카로운 통찰을 통해 당시 불교계의 지향을 심각하게 모색한 것으로 보인다. 고려불교를 바로잡아 정법을 바로 세우려는 새로운 불교운동인 정혜결사는 이런 통찰과 비판 정신에 따른 것이었다.

1182년(25세) 고려 시대의 승려를 대상으로 하는 과거 시험인 승선에 합격했다. 승선에 합격하면 대선大選이라는 정식 법계를 받게 된다. 이후 단계를 밟아 왕사, 국사로 추대될 수 있기에 승선 합격은 승려들의 출세 관문이라 할 수 있다.

지눌은 승선에 합격한 뒤 열린 보제사 담선법회에서 타락한 고려불교를 바로잡자면서 결사를 제안했다. 이에 10여 명의 비구가 뜻을 함께하겠다며 동참했다. 지눌의 결사 제안은 타락한 고려불교를 정법불교로, 왕실과 국가 위주의 불교를 대중불교로, 기복과 의례불교를 수행불교로, 명리를 추구하는 불교에서 선정과 지혜를 함께 닦는 수심불교로 일대 전환하려는 역사적인 의의를 지닌다. 하지만 이런 제안과 달리 현실적인 뒷받침이 따르지 못해 훗날을 기약하게 된다.

같은 해에 지눌은 창평 청원사로 옮겨 그곳에서 《육조단경》의 '진여자성이 생각을 일으키면 비록 육근으로 보고 듣고 분별해 알더라도 대상에 물들지 않고 참 본성이 항상 자유롭다'는 구절을 읽다가 첫 번째 깨달음을 얻었다. 이후 지눌은 혜능을 먼 스승으로 삼고 평생 그의 종지를 따랐다.

1185년(28세) 지눌은 선과 교가 서로 다르지 않다는 근거를 찾기 위해 지금의 경상북도 예천에 있는 하가산 보문사로 옮겨 3년 동안 대장경을 열람한다.

1187년(30세) 보문사에서 《화엄경》을 읽다가 선교가 계합할 수 있는 근거를 찾고는 감격한 나머지 경전을 머리에 이고 눈물을 흘리며 방안을 돌았다. 지눌은 곧이어 이통현의 《화엄론》을 통해 선과 교가 둘이 아님을 확신하고 '선은 조사의 마음이며 교는 부처님의 말씀'이라고 결론을 내렸다. 이로써 선은 부처님의 마음[佛心], 교는 부처님의 말씀[佛語]이라는 선교회통의 원리로 자리 잡았다.

같은 해, 보제사 담선법회 때 정혜결사를 약속했던 득재라는 승려가 팔공산 거조사에 머물면서 전날의 약속대로 정혜결사를 본격적으로 시작하자며 여러 차례 청했다. 이에 따라 지눌은 경상북도 영천에 있는 거조사(지금의 은해사 말사인 거조암)로 옮겼다. 참고로 이 소설에서는 득재가 굴산사 시절부터 지눌과 친한 사형으로 묘사했으나 역사 기록에는 보제사 담선법회 때 처음 만난 것으로 되어 있고 거조사 시절 이후에는 그 이름이 나타나지 않는다.

1190년(33세) 팔공산 거조사에서 머물며 정혜결사의 취지를 전국에 알리고 본격적인 결사를 시작한다. 이때 알린 정혜결사의 취지문이 바로 《권수정혜결사문》으로 지눌의 불교 사상을 분명하게 밝히는 명문으로 평가된다. 정혜결사의 취지가 알려짐에 따라 전국에서 수많은 승려와 왕족, 재가 불자, 나아가서는 유가와 도가 사람들까지 동참했다.

1198년(41세) 대중이 늘어나 거조사 도량이 비좁아지자 넓은 장소를 찾아 정혜결사 도량을 옮겼다. 한편 지눌은 지리산 상무주암으로 들어가 다시 참선 수행에 몰두했다. 그러던 중 대혜종고의 어록을 읽다가 '선은 고요한 곳에도 있지 않고 시끄러운 곳에도 있지 않으며, 날마다 반연하여 응하는 곳에도 있지 않고, 생각하고 분별하는 곳에도 있지 않다. 그러나 먼저 고요한 곳이나 그 모든 곳을 버리고 참구하지도 말아야 한다. 만일 갑자기 눈이 열리면 비로소 그것이 집안일임을 알 것이다'라는 구절에서 세 번째로 큰 깨달음을 얻었다.
이후 지눌은 대혜종고의 영향을 받아 한국에서 처음으로 간화선을 소개했고 그 내용을 정리해 《간화결의론》을 편찬했다.

1200년(43세) 제자 수우가 새 정혜결사의 도량으로 길상사(지금의 송광사)를 물색함에 따라 길상사로 옮겼다. 이때 그의 명성을 듣고 많은 사람들이 모여들어 송광사는 정혜결사의 근본도량으로 자리 잡았으며, 많은 재가 신도들이 보시를 해 중창불사가 활발히 추진되었다.

1205년(48세) 중창불사가 완성됨에 따라 정혜결사운동은 더욱 박차를 가할 수 있었다. 이 무렵 평소 지눌의 명망을 듣고 흠모하던 국왕 희종이 '조계산 수선사' 친필 현판을 내렸다. 수선사는 지눌이 열반한 후 송광사로 이름을 바꾸어 오늘에 이른다. 당시 수선사 중창을 기념해서 같은 해 10월 1일부터 120일 동안 경찬법회를 열어 낙성식을 봉행했다. 이때 지눌은 낮에는《대혜어록》을 강설했고 밤에는 좌선수행에 전념했다.

지눌은 송광사에서 11년 동안 주석하면서 타락한 고려불교의 승풍을 새롭게 뜯어고치고 정법을 바로 세우는 일에 전념했다. 그 결과 한국의 선불교는 독자적인 선풍을 이룩했는데, 이러한 보조선의 전통을 목우가풍이라고 부른다. 목우가풍은 조선조까지 16국사를 배출한 송광사를 중심으로 지금까지 한국불교의 전통으로 계승되고 있다.

1210년(53세) 모친의 천도재를 지낸 뒤 수십 일이 지나 "내가 이 세상에 살면서 설법하는 것도 오래지 않을 것이니 부디 각자 노력하라"고 당부했다. 그리고 3월 20일에 병을 얻어 27일에 열반했다. 세수 53세, 법랍 36세였다. 그는 삶의 마지막 순간까지 제자들과 진리의 말씀을 나누다가 법상에 앉은 채 정혜결사로 일관한 삶을 조용히 마감했다.

문도들이 화장하여 유골을 수습했는데 오색의 사리가 나왔다. 문도들은 수선사 북쪽 기슭에 부도를 세워 큰 사리 30과와 수많은 작은 사리를 모셨다. 국왕 희종은 지눌이 열반했다는 소식을 듣고 크게 슬퍼하며 '불일보조국사'라는 시호를 내렸으며, 지눌의 부도탑을 '감로甘露'라 명명했다.